HISTÓRIA DA DANÇA
NO OCIDENTE

HISTÓRIA DA DANÇA NO OCIDENTE

PAUL BOURCIER

Tradução
MARINA APPENZELLER

martins Fontes
selo martins

1.ª edição *1987*
2.ª edição *2001*
3.ª tiragem *setembro de 2011*

Tradução
MARINA APPENZELLER

Preparação do original
Maurício Bolthazor Leal
Revisão
Alessandra Maria Rodrigues da Silva
Paula Passarelli
Produção gráfica
Geraldo Alves
Arte-final
Moacir Katsumi Matsusaki

Dados Internacionais de Catalogação na Publicação (CIP)
(Câmara Brasileira do Livro, SP, Brasil)

Bourcier, Paul
História da dança no ocidente / Paul Bourcier ; tradução Marina Appenzeller. – 2.ª ed. – São Paulo: Martins Fontes, 2001.

Título original: Histoire de la danse en occident.
ISBN 978-85-336-1475-8

1. Dança – História 2. Dançarinos – Biografia I. Título.

01-3922 CDD-793.309

Índices para catálogo sistemático:
1. Dança : História 793.309

Martins Editora Livraria Ltda.
Av. Dr. Arnaldo, 2076
01255-000 São Paulo SP Brasil
Tel. (11) 3116.0000
info@martinseditora.com.br
www.martinsmartinsfontes.com.br

Índice

A Robert Mallet, reitor da Academia e chanceler das universidades de Paris, poeta, a quem a Universidade deve sua abertura para a história da orquéstica e o fato de ter reconhecido uma ressonância singular no discurso do corpo.

P. B.

Capítulo 1

A primeira dança foi um ato sagrado

O primeiro dançarino tem 14000 anos –
O neolítico inventa a dança ritual

Certos autores descreviam outrora uma "cerimônia dançada" da pré-história: na gruta de Pech-Merle (Lot), há dezenas de milhares de anos, as mulheres vinham dançar para obter maior fecundidade. Alguns eram até mais precisos, dizendo que elas executavam uma dança em ritmo binário, com o tempo forte sobre o pé esquerdo. Como prova, as marcas que haviam deixado na argila. É, sem dúvida, uma narrativa comovente: as trevas da gruta, as mulheres dançando por entre a fumaça das tochas, uma bela sequência que se presta muito bem ao sonho! Infelizmente, para essa gente cheia de imaginação, basta ir lá constatar a verdade: em Pech-Merle, só há duas marcas de pés de crianças, o direito e o esquerdo; um pouco mais atrás, uma só marca, bem escavada no chão, de um único pé de mulher, o esquerdo. É pouco para uma multidão de peregrinos.

Eis um exemplo típico de falta de probidade científica: não verificar as fontes e deixar a imaginação vagar alegremente para além do documento.

É difícil estudar a orquéstica da época da pré-história, pois ela se estende por um período considerável: o primeiro documento que apresenta um humano indiscutivelmente em ação de dança tem 14000 anos; o período histórico começa apenas cerca de oito séculos antes de nossa era.

Além disso, esses períodos cobrem culturas bem diferentes: a madaleniana, a primeira onde encontramos documentos orquésticos, vai de 12000 a 8000 anos antes de nossa era; a neolítica, cujas áreas são muito dispersas, se estende de 8000 a.C. a 5000 ou 2000 a.C., conforme as regiões; é sucedida pela idade do bronze, por um milênio ou um milênio e meio, antecedente à idade do ferro, que alcança a época histórica a partir da qual começamos a dispor de documentos escritos.

Enfim, se os documentos iconográficos do período madaleniano parecem agora conhecidos e classificados ou fotografados corretamente, o mesmo absolutamente não acontece com os documentos dos períodos seguintes, precisamente porque são abundantes e estão dispersos pelo mundo. Ainda é necessário elaborar um trabalho muito importante de levantamento e de comparação, pois os especialistas da pré-história se preocuparam muito pouco com a história do movimento, sem perceber quais as noções complementares que esta poderia lhes trazer. Foram reconstituídos *corpus* de vasos e inscrições antigas, que permitiram que se conhecesse melhor a história e as civilizações de outrora. Ainda é preciso montar o *corpus orchesticum.* Impõe-se, portanto, uma grande prudência nas conclusões a serem tiradas dos documentos que conhecemos, as quais devem ser consideradas apenas como sondagens.

Também se impõe uma grande prudência quanto à sua interpretação. Comete-se frequentemente o erro de estudá-los coma nossa mentalidade moderna, que os analisa em comparação com as nossas civilizações atuais ou com aquelas ditas "primitivas", na medida em que ainda existem. O bom senso nos aconselha mantermo-nos numa atitude estritamente objetiva, estritamente descritiva.

Estamos, diz essencialmente o grande estudioso da pré-história André Leroi-Gourhan, na posição de um arqueólogo dos milênios futuros que poderia descobrir, por exemplo, documentos do ritual católico sem dispor de textos que o explicassem. Que ligação ele poderia estabelecer entre as numerosas representações de uma pessoa crucificada e o simulacro de refeição que é a comunhão?

A regra essencial é, portanto, examinar bem os documentos, não ir além das constatações evidentes e não ceder à tentação de imaginar sistemas de ritos mágicos, como se faz com muita frequência.

A orquéstica madaleniana

Na época paleolítica, o homem é um predador; vive da caça, da pesca e da colheita, sujeito aos acasos do destino. No clima rude da glaciação de Würm, que fez com que as geleiras dominassem grande parte do território atual da França, o animal é um inimigo difícil de ser vencido, uma presa difícil de ser abatida. Assim, ele condiciona a sobrevivência do homem, fornecendo-lhe o indispensável: carne e gordura para a alimentação, peles para as vestimentas, ossos e chifres para os instrumentos. O ecossistema paleolítico baseia-se nos animais; as danças só poderiam referir-se a eles.

Os agrupamentos humanos não ultrapassam a escala da horda. O meio para a habitação, possível somente nas regiões fora das geleiras, é semipermanente: as entradas das grutas e não as próprias grutas, abrigos sob as rochas. Pode ser também um acampamento num ponto de passagem obrigatório dos rebanhos em migração, como o sítio de Pincevent, próximo de um antigo vau do Sena. As grutas são santuários, pois existe o sentimento religioso. Comprova-o o uso da sepultura ritual, com os crânios salpicados de tintura ocre. As sepulturas de crânios de animais, também tingidos de ocre, levam a supor que os homens pré-históricos cultuavam os animais. Portanto, não se deve excluir *a priori* a ideia de uma dança religiosa que nenhum documento atesta expressamente.

Quatro documentos

Quatro documentos orquésticos caracterizam a época paleolítica e, mais precisamente, quanto aos três primeiros, a cultura madaleniana. São eles:

– uma figura na gruta de Gabillou, gravada 12000 anos antes de nossa era;

– um semicírculo de ossos, datado de 10000 a.C., dito de "Saint-Germain", pois, encontrado na gruta de Mas-d'Azil, encontra-se no museu de antiguidades nacionais de Saint-Germain-en-Laye;

– um conjunto de nove personagens, gravado na gruta número dois de Addaura, perto de Palermo (Sicília); datado de 8000 a.C., pertenceria ao mesolítico, período intermediário entre o paleolítico e o neolítico.

Não consideraremos a figura do "homem com o arco", da gruta de Trois-Frères, pois seu movimento orquéstico não é evidente, nem o conjunto das mulheres pintadas na gruta de Cogul (província de Lerida, na Espanha), cuja composição e data são incertas.

É muito pouco, principalmente se compararmos esta amostragem restrita com os trinta e cinco documentos "orquésticos" que o professor Schmidt, especialista da universidade de Tübingen, citava há algumas décadas.

Mas deve-se saber que eram raras as representações humanas na época paleolítica: 4% de homens e 2,5% de mulheres entre 1794 figuras parietais, segundo Leroi-Gourhan.

É preciso considerar que o número de documentos é limitado e que há um rigor em sua seleção. Felizmente, os documentos considerados são característicos.

A figura de Gabillou

Numa parede da gruta de Gabillou (perto de Mussidan, na Dordonha), está representado o ancestral dos dançarinos: a silhueta gravada de um personagem, visto de perfil, de cerca de trinta centímetros de altura. A cabeça e o corpo estão cobertos por pele de bisão. As pernas, sem qualquer dúvida humanas, indicam uma espécie de salto no lugar. O ângulo do torso com as pernas é de vinte e cinco a trinta graus.

Não levaremos em consideração os sinais gravados ao lado ou sobre ele: podem ser anteriores à gravação da silhueta e nada ter a ver com ela. Continuam inexplicáveis na atual fase de nossos conhecimentos.

Não poderíamos comentar muito mais sobre esta figura se não a aproximássemos de uma, mais explícita, na gruta de Trois-Frères.

A figura de Trois-Frères

Este documento, datado de 10000 a.C., encontra-se na gruta de Trois-Frères, próxima de Montesquiou-Avantès (Ariège). Está isolado de qualquer outra representação, o que é raro, principalmente nesta gruta, cheia de figuras. Encontra-se num canto absidal, no fundo da cavidade, a muitos metros de altura. Sem chegarmos às observações lírico-subjetivas do abade Breuil, que foi o primeiro a descobri-la – e justificadas pela beleza e estranheza (da figura) –, faremos as seguintes constatações:

– *Corpo*. A cabeça, gravada, está voltada para frente. O tronco, silhuetado por um traço espesso de tinta preta, apresenta-se em um falso perfil. Os dois braços estão em semiextensão, o direito num plano ligeiramente superior ao esquerdo. O tronco marca uma inclinação de cerca de quarenta graus em relação às pernas. Estas estão levemente flexionadas sobre os joelhos; a esquerda está diante da direita, erguida; o pé esquerdo assenta-se horizontalmente no chão; o direito, em *relevé*, prepara-se para colocar-se no mesmo plano.

O conjunto é um bom instantâneo de um movimento de giro do corpo sobre si mesmo, realizado por um calcar dos pés no mesmo nível. Não é possível saber se o movimento é feito sem que o dançarino saia do lugar, numa área circular ou numa linha.

– *Vestimentas*. A cabeça está inteiramente coberta por uma máscara de rena (ou de cervo), com chifres e pelos. O tronco está vestido com uma pele, provavelmente de bisão ou de cavalo. Nas nádegas estão fixados um órgão sexual masculino – de rinoceronte, segundo Leroi-Gourhan – e uma cauda de cavalo.

Este traje é, sem dúvida, elaborado. Não é o caso de considerá-lo um disfarce para a próxima caçada. É uma roupa proposital, inabitual e portanto cerimonial ou ritual, constatação reforçada pelo detalhe do órgão sexual masculino.

– *Caráter da dança.* O personagem executa um giro sobre si mesmo. Como a constituição anatômica dos homens daquela época era, segundo os especialistas, análoga à nossa, os efeitos psicossomáticos deste giro são aqueles que todos sentem: perda do sentido de localização no espaço, vertigem, uma espécie de desapossamento de si mesmo, um *êxtase* no sentido etimológico da palavra.

Como uma analogia eloquente, é preciso notar que em qualquer parte do mundo e em qualquer época, inclusive na nossa, as danças sagradas, através das quais os executantes pretendem colocar-se num estado em que acreditam estar em comunicação imediata com um "espírito", se executam através de giros. Os xamãs, lamas, dervixes, exorcistas muçulmanos, feiticeiros africanos giram sobre si mesmos em seus exercícios religiosos, o que os leva a um estado de transe provocado pela dança, como o do dançarino de Trois-Frères.

Imitações tachistas desta figura, datadas de épocas posteriores, foram encontradas na Suécia e principalmente na África do Sul. Leroi-Gourhan acredita que se trata da representação de um mito. Qual? Como se espalhou por regiões tão afastadas umas das outras? Deve-se acreditar, conclusão que ultrapassa a constatação pura, que a humanidade dispunha de uma espécie de fundo cultural comum? Desde já, a dança nos leva além do simples movimento.

O "semicírculo" de Saint-Germain

Este fragmento de um círculo de ossos data da época madaleniana e é praticamente contemporâneo do dançarino de Trois-Frères. Pode-se observar, claramente gravada, a silhueta de um homem, cuja cabeça está coberta por uma máscara em forma de focinho. Os braços estão na mesma posição que a das duas figuras precedentes; o corpo, aparentemente nu, apesar de que estrias no contorno possam levar a pensar na representação esquemática de uma pele, está inclinado quarenta graus em relação ao eixo das pernas; o sexo é itifálico; a perna esquerda está erguida, o joelho levemente flexionado; a direita está estendida, o pé colocando-se no chão pelos dedos.

A roda de Addaura

Data de 8000 a.C., portanto do mesolítico, quando as representações de grupo começam a ser frequentes, esta cena gravada na gruta de Addaura apresenta uma roda de sete personagens dançando em torno de dois personagens centrais que se contorcem no chão – um deles parece estar na posição de ponte. Estes últimos são itifálicos, enquanto os outros não o são. Todos estão nus, mas usam as máscaras com o focinho pontudo, frequentemente encontradas nas figuras parietais – mesmo naquelas que não indicam movimento – e que não representam um animal claramente determinado.

O movimento vai da direita para a esquerda, ou seja, é o da direção aparente dos grandes astros, o sol e a lua. Deve-se reconhecer uma dança cósmica? A resposta não cabe ao domínio da constatação. Sem aventar hipóteses gratuitas, contentar-nos-emos em observar que todas as rodas espontâneas, mesmo as das crianças de nossos dias, giram na mesma direção.

Trata-se aqui da mais antiga representação da dança de grupo. No atual estado de nossos conhecimentos, a roda é o movimento primitivo da dança coral. É verdade que a roda tem as virtudes de uma dinâmica de grupo, principalmente nos casos em que é conduzida por animadores colocados no centro, como acontece em geral nas danças africanas, por exemplo. Há uma excitação nervosa recíproca, um abandono de ao menos uma parte da identidade pessoal em proveito da identidade do grupo.

Em suma, parece, segundo os documentos conhecidos, que a dança nos períodos mesolítico e paleolítico está sempre ligada a um ato cerimonial que coloca os executantes num estado fora do normal.

O estado de despersonalização que parece ser procurado é favorecido pelo uso de máscaras de animais que, obrigatoriamente, fazem parte do rito.

Desde já, é preciso observar que a máscara permanecerá: de uso ritual nos tempos antigos, torna-se acessório de representação obrigatório até meados do século XVIII, quando é substituída pela maquilagem. No Oriente, a máscara ou a maquilagem completa são ainda regra na maioria das danças religiosas.

A erosão do sagrado

A partir do período neolítico, a condição humana se transforma fundamentalmente: de predador, o homem transforma-se em produtor; descobre as práticas da agricultura e da criação de animais; pode dispor de reservas de alimentos e, em certa medida, tornar-se senhor de seu destino.

Temos duas consequências: a população vai aumentar e, por possuírem bens e serem obrigados a protegê-los, os homens vão se organizar em grupos mais poderosos do que a família.

Nascem as cidades, diferentes umas das outras e até rivais, cada uma com sua personalidade própria, suas próprias divindades protetoras, com frequência um animal simbólico, um totem. Como é normal, os ritos religiosos personalizam-se em cada grupo à medida que este descobre sua identidade. Cada grupo terá, portanto, sua ou suas danças próprias.

Por outro lado, qualquer grupo humano tende a alcançar a estabilidade, pois é formado para garantir uma certa ordem; é organizado em classes especializadas em funções. A classe sacerdotal, cujo papel é manter contato com as divindades protetoras, não deixará os atos rituais e as danças ao acaso das inspirações individuais. Cada cidade terá seu rito, suas danças fixas.

Mas, por outro lado, a superpopulação, os *rezzou* acarretam grandes movimentos migratórios a partir do quinto milênio antes de nossa era. O ponto de partida foi a margem nordeste do Mediterrâneo, precisamente onde a neolitização e o uso de metais foram mais precoces. Duas rotas abriam-se: uma terrestre, que seguia o vale dos grandes rios (Danúbio, Reno), outra marítima, mais tentadora, que levou gradualmente os homens do Leste mediterrânico a implantarem suas culturas, seus ritos, suas danças nas ilhas e na costa. O efeito dessas migrações foi impor aos países invadidos culturas alógenas ou – o que foi frequente

– sobrepor às culturas autóctones práticas culturais estrangeiras.

É possível supor com bom senso que, se a documentação fosse suficientemente ampla e datada, poder-se-ia constituir uma etnologia orquéstica, da mesma forma que foi possível recentemente começar a estabelecer uma etnologia jurídica.

Assim, talvez fosse possível explicar alguns fatos que atualmente só podemos constatar com espanto: por exemplo, na cerâmica dita de Samara (império de Sumer) há bordas de vasos decoradas com frisos muito típicos de fileiras de dançarinos "estenografados"; exatamente o mesmo motivo encontra-se num prato que aparentemente pertence ao segundo milênio antes de Cristo, descoberto na necrópole do Moulin em Mailhac (próximo de Narbonne), na métopa de um prato proveniente de uma aldeia sobre pilotis do lago de Bourget (museu de Chambéry), num hidrião grego de estilo geométrico e em muitos outros documentos. Não são concebíveis intercâmbios a tal distância e com tantos séculos de intervalo. Essas convergências demonstrariam a existência de um patrimônio cultural comum a toda a humanidade?

Danças agrárias e danças totêmicas

Enquanto se espera, é possível classificar provisoriamente os documentos conhecidos.

Em nenhum lugar foram encontradas representações de danças agrárias miméticas muito antigas. Foram resgatadas, porém, em grande número, representações de combates cerimoniais dançados. A civilização grega nos mostrará o laço entre as danças guerreiras e os rituais agrários.

Os pesquisadores também tentam decifrar uma cena orquéstica resgatada em Fulton's Rock (África do Sul), publicada por Lee e Woodhouse em *Art on the Rocks of South Africa* (p. 162): um personagem (vítima humana de um sacrifício ritual?) é enterrado num recinto em torno do qual outros dançam. Já seria possível observar aqui um mito que anunciaria o da coreia grega, o mito do deus, celebrado em muitos cultos, que morre e ressuscita na primavera, como a natureza?

Principalmente na África do Sul, pode-se observar cenas de dança, em solo ou coletivas, entre as pinturas rupestres, os participantes vestidos de animais de forma mais ou menos realista. Levam a supor um culto totêmico dançado. De fato, a arqueologia nos mostra que os agrupamentos humanos tinham então sua divindade-totem. Em Çatal Hüyük (Turquia), era venerado o touro, simbolizado pelo bucrânio, culto que se espalhará mais pelos países mediterrânicos. Pode-se, portanto, sem risco de erro, identificar essas danças com atos rituais dirigidos à divindade protetora do lugar.

A partir de então, assiste-se a uma mudança no sentido da dança: da identificação com o "espírito", conseguida pela dança por giro, passa-se a uma liturgia, a um culto de *relação* e não mais de *participação*, a um rito cívico, porque integrado à vida da cidade e comandado por ela.

Enfim, os documentos mostram o nascimento da dança cerimonial leiga: o cortejo suntuoso dito "da dama branca" (África do Sul) inclui um grupo de dançarinas. As pinturas rupestres do Tassali apresentam moças em saltos de uma grande pureza de linhas.

A dança nos antigos impérios

O Oriente Médio

Por falta de documentação suficiente, só se pode falar com grande precaução da dança nos antigos impérios médio-orientais. É verdade que um grande período sem evidências estende-se entre o abandono da pintura parietal e o surgimento de uma iconografia orquéstica na cerâmica e em outras artes plásticas. Mas também é verdade que os documentos, bem numerosos a partir do segundo milênio antes de Cristo, são, como os do neolítico, pouco levados em consideração.

De fato, muito pouco chegou até nós em matéria de orquéstica do império de Sumer, que abre a série dos grandes impérios mesopotâmicos. É bem arriscado reconhecer em relevos danças que devem ser, com maior probabilidade, apenas desfiles ritmados; mais arriscado ainda é reconhecer, como fazem alguns autores, um "bastão de dança" na representação de um bastão recurvado. Mais interessante é a cerâmica que nos apresenta fileiras de dançarinos estereotipados; melhor ainda é um pedaço de louça do Louvre, um fragmento de um coro de mulheres, cobertas por longos véus, que se dão as mãos para dançar em roda.

É provável que seria extremamente proveitoso um levantamento sistemático, nos museus de Teerã, Bagdá e Alepo, dos documentos orquésticos desta época e dos impérios que substituíram Sumer.

Na mesma região, mas em época mais tardia, a de Partos, no início de nossa era, foram encontrados muitos exemplares de um motivo ornamental em bronze, designado pelos arqueólogos pelo nome de "haste de estandarte". Trata-se de um círculo no qual se inscrevem quatro dançarinos, joelhos flexionados, braços erguidos e mãos unidas. Trata-se, com grande probabilidade, de uma roda referente a um rito cósmico, sem dúvida solar.

O Egito dos faraós

No decorrer de sua longa história, da época neolítica até o ano 30 antes de nossa era, o Egito praticou amplamente a dança, na forma de dança sagrada, depois de dança litúrgica – principalmente liturgia funerária – e, enfim, de dança de recreação.

Os arqueólogos encontraram no alto Egito pinturas rupestres da época neolítica, semelhantes às da África do Sul e do Tassili. Com destaque para a que representaria uma roda em torno de um personagem mascarado, e outra representando uma roda de mulheres que se dão as mãos. Assim, o Egito testemunha, por sua vez, o estreito parentesco das formas e das finalidades na orquéstica desta época.

Mas, desde o período pré-faraônico, o Egito marca a sua originalidade através de representações coreográficas em armas rituais. Nos túmulos, e desde a época antiga, qualquer que fosse a condição de seu proprietário, vê-se dançarinos e dançarinas, aparentemente especializados, acompanhando cortejos funerários e guiando os defuntos até o limiar de sua vida pós-terrestre.

Os baixos-relevos dos templos descrevem procissões com partes coreográficas obrigatórias. Em Luqsor, dançarinos com clavas ou bumerangues figuram no cortejo da visita anual do deus Amon, proveniente de Karnak. Também em Luqsor, o deus era acolhido por um colégio de sacerdotisas-dançarinas quase nuas, com postos proeminentes no templo. No templo de Bouto, dançava-se anualmente um combate ritual para celebrar o advento da primavera (cf. Drioton, "Les fêtes de Bouto", *in Bulletin de l'Institut d'Égypte*, n.º 25, 1943, p. 6). Por outro lado, a vida da corte exigia a participação de dançarinas, frequentemente representadas, no cortejo dos faraós, com a cabeça graciosamente jogada para trás.

Um bom número destas representações orquésticas levanta questões ainda não resolvidas. Assim, o túmulo de Antef-Iker, governador de Tebas sob Sesóstris I, no Médio Império, mostra, ao lado de uma cena de dança que evoca a ceifa e a vindima, uma outra ação interpretada como um rito de fecundidade: a "abertura dos seios das mulheres" (cf. Alliot, "Le culte d'Horus à Esfou", *in Bibliothèque d'étude*, p. 226, Institut français d'archéologie orientale). Em que consistia exatamente esta prática dançada? Era um verdadeiro sacrifício ou uma lembrança atenuada?

O que são estes sacerdotes-dançarinos, ditos "Muu", que podemos ver a partir do Antigo Império (terceiro milênio antes de Cristo), até o Novo (de 1500 a 400 anos antes de nossa era), substituindo os dançarinos dos cortejos fúnebres para ajudar os mortos em sua iniciação à vida intemporal? Os numerosos documentos iconográficos em que figuram, com leves modificações indumentárias através dos tempos, evocariam demônios infernais ou funcionários sacerdotais especializados?

Também são encontrados, da época do Baixo Império, toda uma profusão de representações de um deus dançarino chamado Bés, grotesco, careteiro esteatopígico, que pode lembrar os silenos dançarinos, tão gordos que os especialistas chamam-nos "sátiros estufados", que, por volta da mesma época, aparecem nos cortejos dionisíacos nos vasos gregos. Influência ou coincidência?

São bem numerosos os documentos iconográficos sobre a dança no Egito; mas sua dispersão pelos monumentos egípcios, pelos museus e a má classificação são um grande obstáculo à compreensão da orquéstica egípcia. A isso podem-se acrescentar textos bastante herméticos, principalmente aqueles que fazem alusão a danças célebres nos *mammisi* quando dos aniversários rituais das divindades. Baixos-relevos em Dendera ilustram estas cerimônias, através de danças de macacos acompanhados de deuses-anões (cf. Daumas, "Les *mammisi* de Dendérah", *in Bulletin de l'Institut français d'archéologie orientale*, pl. LIV).

Um estudo sério sobre a dança no Egito ainda está por ser feito; exigiria, com certeza, trabalhos interdisciplinares; mas poderia trazer novas noções sobre a cultura egípcia e suas relações com as culturas vizinhas. Logo de início, os intercâmbios parecem evidentes: na época do Alto Império, observa-se no Egito a prática da dança com joelhos flexionados, semelhante à dos hebreus, dos cretenses, dos gregos; também se percebe, em diversos períodos, o gesto dos braços em oposição, uma palma voltada para o céu, a outra, para a terra. Trata-se de danças típicas de um antigo fundo mediterrânico, de uma transposição orquéstica do sinal indo-europeu do *svastika* (em sânscrito, "vida feliz")?

Também é possível notar imediatamente o gosto dos egípcios pela dança acrobática, principalmente pela dança em que se joga a nuca ou todo o corpo para trás a ponto de fazer uma ponte, alcançando-se os tornozelos com as mãos. Um belo exemplo deste movimento é dado pelo célebre "fragmento da dançarina", conservado no museu egípcio de Turim. Esta prática também é encontrada com frequência entre os gregos.

A dança entre os hebreus

Os hebreus são proibidos por sua religião de representarem seres vivos. A documentação iconográfica excluída, só podemos recorrer aos documentos escritos, essencialmente à Bíblia. Há algumas alusões à dança, principalmente nos livros líricos, como os *Salmos,* mas geralmente são vagas, do tipo: "Louvemos Javé através de cantos e danças". Além disso, nos textos canônicos, como a *Mishna,* código das práticas rituais no Templo de Jerusalém no século I de nossa era, nada concerne à dança.

Em primeiro lugar, a dança hebraica surpreende pelo seu caráter paralitúrgico: não inscrita no ritual das celebrações, parece ser abandonada à espontaneidade da multidão; no entanto, é praticada num contexto religioso. Por outro lado, seu conteúdo é vago, mas seus esquemas se inscrevem em limites rígidos: rodas, danças em fileiras, giros. Quando se trata de *nabis* e de multidões em peregrinação, parece ser uma espécie de socialização de transes individuais. É preciso observar que, única em seu contexto cronológico, é praticada sem máscaras, indubitavelmente devido a interditos religiosos. Finalmente, apresenta um caráter absolutamente excepcional: suas formas e seu espírito – ela conservou sua função religiosa – não evoluíram: o povo hebreu é o único a não ter transformado sua dança em arte. Mas não é sua cultura marcada por um conservadorismo rigoroso?

Encontramos danças em fileiras, por exemplo, no *Êxodo*, XV, quando a profetisa Miriam, irmã de Moisés, tamborim na mão, dirige um coro de mulheres para celebrar a passagem pelo Mar Vermelho; o mesmo rito será dançado na vitória de Jefté (*Juízes*, XI, 34), na de Davi sobre Golias (I *Samuel*, XVIII, 6-7), na de Judith sobre Holoferno (*Judith*, XV, 12-13). As rodas são evocadas no *Êxodo*, XXXII, quando, ao descer do Sinai, Moisés encontra seu povo dançando em torno do Bezerro de Ouro e, de forma mais ortodoxa, nos *Salmos* (XXVI, 6): "Javé, ando em roda em torno de teu altar". As "jovens de Silo" dançam em roda nos vinhedos, sem dúvida durante a festa dos Tabernáculos, quando os homens de Benjamin vêm raptá-las (*Juízes*, XXI, 19-23).

A famosa dança de Davi quase nu diante do Arco, ao voltar a Jerusalém (II *Samuel*, VI), merece ser examinada mais detalhadamente. Ao se examinar o texto, pode-se observar que ela se caracteriza por giros (*mekarkêr*) e saltos (*mepazzez*). Voltamos a encontrar aqui a técnica orquéstica mais antiga, a da época madaleniana. Talvez possamos considerar a nudez de Davi como uma lembrança do itifalismo outrora ritual? E, no entanto, estamos no início do primeiro milênio antes de Cristo.

Finalmente devemos notar o emprego, por várias vezes, de um termo ambíguo que evoca a ideia de uma dança "manca". A tradução grega do primeiro livro dos *Reis* (XVIII, 21) propõe uma explicação, empregando o termo *oklazein* para o termo hebraico *pisseah*: "acocorar-se". Aparentemente trata-se da dança com os joelhos flexionados, frequente nas culturas antigas do Mediterrâneo oriental.

Capítulo 2

A *dança, dom dos Imortais*

Dança dionisíaca – Pírrica – Danças de culto – A técnica grega

De seu nascimento à sua morte, a civilização grega é completamente impregnada pela dança. Ritos religiosos, pan-helênicos ou locais, cerimônias cívicas, festas, educação das crianças, treinamento militar, vida cotidiana, a dança está presente por toda a parte. Comprovam-no milhares de documentos em figuras e textos. É possível acompanhar com uma precisão bastante satisfatória a evolução das ideias orquésticas através da cultura grega.

Apenas os primórdios da civilização grega (aproximadamente de 1500 a 700 a.C.) ainda não são bem conhecidos. O deciframento da escrita *linear B*, de Micenas, é recente, e não são todos os textos deste período que podem ser explorados. As descobertas arqueológicas ainda podem nos trazer muitos dados. Convém, portanto, ser prudente quanto a esta fase.

Aqui também falta o *corpus orchesticum* que, se reunisse todos os documentos dispersos ao acaso por museus onde nem sempre são acessíveis, permitiria uma história exata e comparativa.

Com muita frequência, a dança na Grécia foi abordada a partir da classificação de Platão (*Leis*, I): dança de beleza/dança de feiura, com subgrupos internos.

Ponto de vista de filósofo e não de historiador. O último deve tentar captar a dinâmica da dança grega, sua elaboração original, sua evolução em função das transformações da cultura e do contexto sociopolítico.

A dança grega nasce em Creta

Todas as narrativas lendárias gregas situam em Creta a origem de suas danças e de sua arte lírica: foi na "ilha ascendente", segundo o qualificativo de Homero, que os deuses ensinaram a dança aos mortais, para que estes "os honrassem e se alegrassem"; lá foram reunidos os primeiros "Tiases" (grupos de celebrantes) em honra de Dionísio; lá foram compostos os primeiros ditirambos (termo cuja origem parece bem pré-helênica); lá nasceu o *choros* trágico e a própria tragédia. Estes textos traduzem um fato atestado historicamente: para os imigrantes do Oriente Médio, Creta foi um ponto de parada precoce; por escolha, fixaram-se na ilha no terceiro milênio antes de Cristo, para depois se espalharem pela Grécia continental; também a partir dali estabeleceram contatos contínuos com os colonos já estabelecidos no baixo Egito.

A partir de documentos que chegaram a nós, podemos acreditar que a dança tenha tido um papel importante na cultura cretense: intervinha na liturgia oficial e também nos grandes atos da vida particular. No entanto, estes documentos não são numerosos: cerca de doze, atualmente classificados, e entre os quais os mais antigos datam de meados do segundo milênio antes de Cristo. O fato não é surpreendente se nos lembrarmos que Creta por muitas vezes foi devastada por terremotos e invasões antes desta época. Entretanto, são documentos significativos. Creta herda tradições orquésticas que detectamos desde o início da história; aprimora-as e transmite aos gregos um material que estes transformarão completamente.

Belos anéis de ouro encontrados nos túmulos reais (Isopatta, Kalvya, perto de Phaistos) e afrescos em Cnossos mostram dançarinas girando sobre si mesmas, ora com os joelhos flexionados, ora saltando. Um grupo de terracota, proveniente de Palaiakastro e conservado no museu de Heraklion, apresenta três mulheres dançando em roda enquanto uma quarta toca lira. Outro apresenta três mulheres encapuzadas dançando em roda em torno de uma árvore. Estas danças pertencem à tradição religiosa original. Num sarcófago encontrado em Agia Triada, um grupo de dançarinas e um grupo de mulheres músicas figuram num cortejo funerário.

O mais interessante é constatar o uso frequente em Creta do gesto simbólico: a dançarina estende os braços horizontalmente, quebra os antebraços na altura dos cotovelos e coloca-os em oposição, um para o alto, o outro para baixo; no primeiro caso, a palma se abre em direção ao céu, no outro, em direção à terra. É um gesto reservado à dança: os adoradores cretenses apresentam-se com uma mão à altura do peito, a outra aberta para frente, sem dúvida em direção à divindade, normalmente representada com os braços erguidos.

Observamos este gesto entre os egípcios, voltaremos a encontrá-lo entre os dançarinos dionisíacos – a cerâmica grega mostra-o até o início do século IV a.C. – e depois entre os etruscos. Atualmente, faz parte do material orquéstico dos dervixes, após ter passado pela dança religiosa dos sufis, o *sâma*, associada à dança por giros. Perenidade surpreendente.

A dança grega, ato total

Para os gregos, a dança era de essência religiosa, dom dos imortais e meio de comunicação com eles. Os autores clássicos afirmam-no: ordem e ritmo, características dos deuses, também são as da dança (Platão, *Leis*, II). A orquéstica é a criação direta da Musa com seu aspecto trinário: poesia, música, movimento. É a *mousiké*, é a *choreia* dos Trágicos.

A dança é também "um meio excelente de ser agradável aos deuses e de honrá-los" (Platão, *Leis*, VI). Está presente na celebração dos mistérios: "Não há iniciação sem dança" (Pseudo-Luciano, *A dança*).

Daí os mitos narrados pelos autores gregos, segundo os quais os próprios deuses teriam ensinado a prática da dança (o que lembra a tradição hindu): Réa revela-a aos Coribantes, Atena ensina a pírrica...

Enfim, a dança é divina porque dá alegria. Um jogo de etimologia que os gregos adoravam: *choros* derivaria de *chora*, a alegria.

Para Sócrates, que praticava a *memphis*, a dança forma o cidadão completo: "Os que honram melhor os deuses pela dança são também os melhores no combate" (Platão, *Leis*, VII).

Para ele, a dança é um exercício que "dá proporções corretas ao corpo". É fonte de boa saúde; os pitagóricos afirmam que ela "expulsa os maus humores da cabeça" (Polidoro, *Pitágoras*). Anacreonte diz numa canção: "Quando um velho dança, conserva seus cabelos de ancião, mas seu coração é o de um jovem".

A educação concederá portanto muito espaço à dança. Em suas várias formas, a pírrica é a base da formação física, da formação militar. É também um treino para a reflexão estética e filosófica. Isto é confirmado por Platão (*Leis,* II): a *choreia* é uma educação completa.

Povo admirável que não separou o corpo do espírito, para quem o corpo também era um meio de conquistar o equilíbrio mental, o conhecimento, a sabedoria.

Dionísio, este deus múltiplo

Sob sua forma específica, a dança dionisíaca é a dança mais antiga conhecida na Grécia. Provém do velho fundo neolítico. Sua evolução ilustra de forma exemplar a evolução de toda a dança, de toda a cultura grega.

Dionísio é ainda um desconhecido: nem sua origem nem sua natureza são conhecidas de forma indiscutível. Até o início deste século, os eruditos viam nesta entidade um deus alógeno, importado do Oriente Próximo, mais precisamente da Frígia ou da Lídia. Seu próprio nome associava para eles uma raiz grega, *di(F)o,* a uma estrangeira, *nusos,* considerada como equivalente de *kouros,* ou seja, "jovem deus" ou "filho de deus".

Uma outra grafia, lida recentemente em duas tabuinhas de Minos, *Di-wo-nu-so-jo,* leva outros a acreditarem ser Dionísio de origem grega. No entanto, segundo nossos conhecimentos atuais, ele não aparece antes do século VII a.C. e, primeiramente, nos vasos coríntios. A questão permanece aberta e é bastante importante para se compreender bem a dança dionisíaca (cf. Martin e Metzger, *La religion grecque*, PUF, 1976).

Esta dualidade na origem de Dionísio é acompanhada por uma dualidade de sua natureza – que talvez a explique. Por um lado, aparece como o deus do despertar primaveril da vegetação e portanto como o deus da fertilidade-fecundidade: muitos dos ritos dionisíacos são ritos agrários e comportam a ostentação do *phallos*. Por outro lado, é o deus do *ubris*, entusiasmo, embriaguez (em seu sentido material e espiritual), do transe, do êx-(es)tase.

Deus do irracional, antinômico e complementar do luminoso Apolo, Dionísio representa uma corrente muito forte entre os gregos: seu culto impregna muitos outros. Podemos encontrá-lo associado às práticas oraculares de Apolo em Delfos, aos ritos do deus curador Asclépio, à celebração dos mistérios de Elêusis. Os homens têm os deuses que merecem: o *ubris*, constante do espírito grego, é um contrapeso para o racionalismo rígido. Mas, como o irracional é a exaltação do individualismo, como toda sociedade quer subordinar os individualismos, o culto dionisíaco, em grande parte dançado, será recuperado pelo sistema social.

A princípio dança sagrada, dança de loucura mística, a dança dionisíaca tornar-se-á cerimônia litúrgica de forma fixa inscrita no calendário, depois cerimônia civil, antes de se tornar ato teatral e dissolver-se na dança de diversão. A lei universal da erosão do sagrado verificar-se-á, como quando da passagem do paleolítico à época da produção.

Fugir para as montanhas

Dionísio não tinha o monopólio das danças ditas orgiásticas que parecem caracterizar os cultos originários do Oriente. Assim, os coribantes celebram Cibele, "a grande mãe", com gritos, movimentos vivos, ritmados pelo estalar dos crótalos e pelo rolar dos tímpanos. Também os gales, outra confraria de dançarinos especializados no culto de Adonis, deus oriental igualmente da fertilidade, festejam sua ressurreição primaveril com passos precipitados, saltos, flexionar dos joelhos e de todo o corpo, chegando às vezes a um grau de frenesi que os leva a se cortarem para regar o altar com seu sangue. Apuleio descreve bem essas práticas em O *Asno de Ouro ou as Metamorfoses* (VII).

Conhecemos o culto primitivo de Dionísio não por documentos representando figuras da época – de fato, estas só aparecerão com os vasos coríntios –, mas por textos posteriores.

Era celebrado principalmente por mulheres possuídas pela *mania*, a loucura sagrada, donde seu nome, mênades. Elas abandonam suas casas, fogem para a floresta, para as montanhas: o *oribasis*. Entregam-se a danças arrebatadas, caçam pequenos animais com as mãos, sacrificam-nos, rasgando-os com os dedos – o *diasparagmos*, no qual é evidente a lembrança dos sacrifícios humanos –, e comem a carne crua, o que é chamado *omofagia* (lembrem-se dos mitos de Orfeu e Panteu).

Na época histórica, em Esparta, essas práticas foram substituídas pelas festas de primavera de Artemis Korythalia (de *korythalis*, ramo novo). Celebradas por mulheres fantasiadas de homens, que colocavam *phalloi* postiços, sua correspondente na Lacônia eram os *Brullikistai*, ocasião de danças frenéticas de mulheres disfarçadas de homens e vice-versa, com acompanhamento de címbalos rituais; alguns desses instrumentos, com dedicatórias, foram encontrados nos santuários de Artemis Limnatis.

Podemos nos surpreender com o fato de a sábia Artemis apadrinhar cerimônias deste tipo. Mas é preciso observar que ela substituiu divindades locais louvadas desde os tempos mais antigos. Um processo de substituição pode ser constatado em toda parte; as novas religiões mudam o nome das divindades, mas conservam os costumes: quantas fontes "milagrosas", louvadas desde os tempos mais antigos, acabaram tendo como padrinhos santos católicos!

Essas práticas de cultos foram representadas em vasos, nossa fonte principal de documentação em forma de figuras, com frequência esteriotipadas – e cruas – dos cortejos dionisíacos. Ao redor de Dionísio, as mênades são acompanhadas por sátiros, por vezes itifálicos, lembrança das representações que encontramos na época pré-histórica. Vestidas de *nebride* – pele de corça – ou de *pardalide* – pele de pantera – sobre o *chiton*, levam o tirso, bastão encimado por uma pinha, ou a férula, caniço ornado com um buquê de folhas e flores, ou ainda instrumentos de percussão, crótalos e tamborins principalmente. Suas danças – pois quase sempre estão representadas em movimentos de dança – são formadas por movimentos vivos: passos corridos ou escorregados, braços estendidos, com maior frequência em oposição, saltos com as pernas esticadas ou não, torso, pescoço e cabeça jogados para trás, seu gesto típico ("o revirar que tritura as nucas", notava Píndaro). Só podemos pensar no revirar das danças egípcias. Recusar-nos-emos, entretanto, a tentar a reconstituição do "passo das mênades", proposto por Louis Séchan em *La danse grecque antique* e idealizado a partir de movimentos inspirados em diferentes vasos: ele descreve uma sucessão de passos corridos, de um *grand jeté* no lugar, braços estendidos em oposição, o busto inclinado. É um encadeamento interessante, mas com um tanto de invenção.

A partir do século VII a.C., o culto de Dionísio tornou-se uma liturgia. Antes de mais nada, liturgia agrária, em Atenas. O deus é representado por uma árvore ou um tronco de madeira onde se penduram vestes, máscaras; as pessoas vão em procissão, em sua direção, levando o *phallus* e sacrifícios. São as Dionisíacas dos campos, que acontecem no início do outono.

No calendário litúrgico de Atenas, figuravam, a seguir, as Leneanas em janeiro, as Antestérias em fevereiro-março: três dias de festa que associavam a bebida e a homenagem aos mortos – possível contaminação com um culto ctoniano do deus. No calendário agrícola, esta festa marca o início do período em que se trabalha nos vinhedos.

Em março-abril, eram celebradas as grandes Dionisíacas: a efígie do deus era tirada de seu templo e as pessoas levavam-na em procissão ao teatro no flanco da Acrópole, onde, durante dois dias, organizavam-se concursos de ditirambo e, depois, três dias de concursos dramáticos, com coros dançados.

Das mênades a Eurípides

O ditirambo, hino cantado e dançado em honra de Dionísio, chegou à sua forma final por volta do século

VI antes de nossa era. Muitos helenistas, assim como Aristóteles, consideram-no o germe da tragédia grega.

O ditirambo, um gênero "recuperado"

Mas o ditirambo nem sempre foi um gênero tão moderado. Parece que, em sua origem, foi um intermediário entre a loucura sagrada das mênades e a cerimônia cívica. Sua evolução é um bom exemplo da "recuperação" pela comunidade das práticas cultuais que levavam ao transe individual e também uma boa ilustração da lei universal da erosão do sagrado.

Dois elementos permitem que tenhamos uma ideia, sem dúvida próxima da realidade, do que era o ditirambo primitivo. Num dístico – um dos raros fragmentos conservados de uma obra que parece ter sido importante –, Arquilóquio de Paros, poeta e mercenário que viveu no início do século VII a.C., vangloria-se de saber "entonar bem o belo canto do senhor Dionísio, o ditirambo, fulminado no coração por um bom gole de vinho" (Jeanmaire, *Dionysos,* Paris, 1970, pp. 235 ss.). Por outro lado, existia em Atenas, segundo o testemunho de Demóstenes, uma confraria dos *iobacchoi,* cujo nome indica sua função: nas cerimônias, esses "bacantes" soltavam gritos rituais, análogos aos "iu-iu" árabes e que foram traduzidos pelo Évohé báquico.

Pode-se considerar que o ditirambo primitivo era uma roda em torno de um coro, que devia contar com cinquenta participantes rodando em volta de um altar de Dionísio, sobre o qual era celebrado um sacrifício sangrento, lembrança da *omofagia* das mênades; lembrança também, atenuada, dos sacrifícios humanos que, na época mais antiga, eram sem dúvida oferecidos ao deus: é preciso mencionar que, ainda no século IV a.C., uma criança era sacrificada e comida ritualmente num culto no monte Liceu, na Arcádia, para celebrar Dionísio; um dos qualificativos desta divindade era "comedor de carne crua".

O chefe do coro, o *exarchôn,* lançava uma invocação, sem dúvida em alguns versos improvisados, os dançarinos respondiam por gritos rituais, tudo durante a cerimônia que, preparada por "um bom gole de vinho", levava os participantes a um estado próximo do transe. Podemos nos reportar ao exemplo ainda atual das cerimônias de seitas muçulmanas ou africanas.

Em Corinto, no século VI a.C., as invocações e gritos cederam lugar a um poema composto com antecedência, cantado alternadamente pelo *exarchôn* e pelos dançarinos. Arion teria sido o autor do primeiro poema ditirâmbico. Transplantado para Esparta, para Atenas e para outras cidades, o ditirambo tornou-se um gênero poético praticado por grandes autores como Píndaro, sendo sempre, contudo, cantado e dançado em roda ao redor de um altar de Dionísio. O costume da roda poderia explicar igualmente a forma circular da *orchestra* nos teatros gregos primitivos. Logo o ditirambo tornou-se o motivo para um destes concursos de que os gregos tanto gostavam.

No século IV a.C., o ditirambo perdeu seu sentido religioso e passou a ser um simples concurso coral em que eram celebrados os deuses e os heróis.

O coro da tragédia

Desenvolvido o papel do *exarchôn,* colocado não à cabeça do conjunto, mas diante dele, travando um diálogo com ele, sendo duplicado, triplicado por personagens cujo destino se cantava, eis que nasce a tragédia. Sabemos que seu iniciador, Tespis, só utilizava um ator. "Ésquilo, o primeiro, aumentou de um para dois o número de atores, diminuiu a importância do coro e atribuiu o papel principal ao diálogo", afirma Aristóteles (*Poética,* 1449 a). Sófocles utiliza três atores, Eurípedes até oito. Ao mesmo tempo, o número de participantes do coro baixa de cinquenta (o do ditirambo) para quinze (cf. J. de Romilly, *La tragédie grecque,* PUF, 1973). No século IV a.C., o coro desaparecerá.

É preciso sublinhar a importância do papel do coro na tragédia clássica.

O coro entrava pelo lado direito, o *parodos,* desfilava em um retângulo de três filas e cinco linhas, em Eurípedes, os melhores dançarinos na fila da direita, do lado do público. Cantava e dançava na própria métrica dos versos que lhe eram confiados. Com frequência, a métrica anapéstica (⏑⏑–) marcava a intervenção do coreuta, que dava o sinal para os cantos e para as danças, como no ditirambo. Outra possibilidade: apenas os dançarinos figuravam na *orchestra,* cantores e músicos sustentando-os em voz em *off.* É o que era chamado *hiporquema,* utilizado sobretudo para movimentos vivos em que os coristas não podiam, fisiologicamente, cantar e dançar ao mesmo tempo. O coro executava três ou quatro entreatos lírico-coreográficos (que lembram os "divertimentos" de nossas óperas) entre os episódios dramáticos. Os conjuntos podiam intercalar solos, duos e trios. Ao final da ação, o coro saía pelo lado esquerdo, o *exodos.*

Os autores trágicos eram encarregados de organizar ou, ao menos, de supervisionar as ações do coro. Ésquilo estipulava suas próprias coreografias; Sófocles chegou a dançar no papel de Nausicaa.

O coro da comédia

Um espaço maior e mais livre era dado, na comédia, à ação do coro, formado, em princípio, por vinte e quatro membros, organizados em quatro filas de seis ou seis filas de quatro. Num trecho especial, a *parabase,* o coro podia interpelar diretamente o público em nome do autor.

A forma de entrada variava: uma carga para os *Cavaleiros* de Aristófanes, giros para *A Paz,* um combate para *Lisístrata*... A forma do *exodos* era com frequência a de uma parada báquica e burlesca. Destaca-se a das *Vespas,* com os três filhos de Carchinos em papéis acrobáticos.

A dança da comédia, a *cordax,* era mais movimentada que a da tragédia, que lembrava principalmente a *emelia.* Caracterizava-se por ondulações dos quadris, que podiam lembrar a dança do ventre, pelo busto quebrado para a frente, por saltos.

O coro satírico

Ainda mais movimentado que o da comédia, o coro satírico, composto por cinco filas de três, transformou-se pouco a pouco em farsa, em *commedia dell'arte.* Sua dança chamava-se *sikinnis.*

Da dança sagrada da *mania* a esta bufonaria bastante ousada, passando pela liturgia agrária, pela festa cívica e pela peça de teatro, completa-se o circuito de erosão do sagrado.

As transformações da pírrica

As danças guerreiras existem desde a época neolítica, e voltamos a encontrá-las na Grécia. Cronologicamente, manifestam-se primeiramente em Creta, depois no Peloponeso, principalmente em Esparta; só chegam a Atenas no século VI a.C.

Sabemos que as migrações que partiram do Crescente fértil chegaram em primeiro lugar a Creta e depois à região de Micenas. Deve-se concluir que as danças guerreiras são um ritual importado que foi modificado em suas formas mais do que em sua essência durante a evolução cultural da Grécia? É uma hipótese bem verossímil, mas ainda não suficientemente confirmada no estado atual de nossos conhecimentos.

A dança nacional por excelência de Esparta era a pírrica, considerada como um elemento essencial da educação geral e como uma preparação militar, além de ter uma função religiosa, cujo sentido obliterou-se gradualmente. As crianças aprendiam-na desde os cinco anos (Platão, *Leis*, XIV). O aprendizado, sob a direção do *hoplomachos* (o combatente sob as armas), compreendia exercícios preparatórios de flexibilidade, chegando o aprendiz até a ter de jogar o corpo para trás e alcançar os tornozelos com as mãos. Em seguida, ensinava-se a quironomia (porte de braços e mãos), simulacro dos gestos do combate.

Tratava-se de uma verdadeira dança, pois todos os movimentos eram encadeados por um ritmo dado pelo tocador de flauta dupla, o *aulos*. Os vasos nos mostram centenas de exemplos destes exercícios.

Uma variedade da pírrica, a *embateria*, era o passo de ataque oficial da falange lacedemoniana. Era escandida pelo *aulos* num ritmo anapéstico e acompanhada por cantos de circunstância. Ateneu (O *Banquete dos Sábios,* XIV) conservou para nós um fragmento do célebre poeta manco, Tirteu: "Vamos, crianças de Esparta, que a dança do ataque celebre Ares".

No plano das festas cívico-religiosas, a pírrica era dançada para o culto de Dióscuros e durante as Gimnopedias, celebração muito solene, executada por dançarinos nus, conduzidos por um coreuta coroado de palmas, no ritmo lento de um peã (Ateneu, *op. cit.*, XV), na parte da ágora chamada *choros.*

Também em Atenas a pírrica era considerada treinamento físico e preparação militar, "a dança guerreira por excelência" (Platão, *Leis,* VII).

Os pirriquistas participavam dos cortejos das pequenas e das grandes Panateneias. Eram divididos em três coros – adultos, efebos e crianças –, cada um formado por dois grupos de "inimigos" de oito dançarinos, no total um conjunto de quarenta e oito. Como os coros trágicos, seu recrutamento, treinamento e apresentação ficavam a cargo de cidadãos ricos, que tinham o título de coregos. O orador Lísias (XXI, 4) conta-nos que o custo de um único coro de efebos chegava a 7 minas (uma mina: 436 gramas de ouro).

Os pirriquistas concorriam entre si. Prêmio para o primeiro classificado: um boi no valor de 100 dracmas (uma dracma: cerca de 4 gramas de prata), destinado ao sacrifício.

Um baixo-relevo, encontrado no flanco da Acrópole, representa oito pirriquistas vencedores e seu corego. Certos pesquisadores reconheceram pirriquistas no friso do Partenon.

A pírrica degenerará como a dança dionisíaca: de rito litúrgico, de rito cívico, passará a ser dança de representação. A evolução deve ter sido rápida. Já Xenofonte descreve (*Anabase*, IV) pírricas dançadas como brincadeiras, nos intermédios dos banquetes: um pirriquista, um escudo em cada braço, simula paradas contra adversários que vêm, cada um de um lado, dando voltas, giros; termina por um giro seguido de um *roulé-boulé*. Em outro trecho, o autor descreve um voo simulado, seguido por uma perseguição e por um combate entre um lavrador e um malfeitor.

As danças folclóricas de Creta e da Lacônia, onde ainda se pratica o *pyrrhichis*, conservam a lembrança da pírrica. Seu ritmo em três tempos e seus saltos lembram a *bourrée*, tradicional do Auvergne.

Danças de culto e de festas

Não se pode falar de uma dança religiosa pan-helênica. Cada deus tinha seu rito próprio com variantes locais muito importantes, porque as várias cidades queriam preservar zelosamente sua cultura original. É preciso acrescentar a esta noção que, em muitos casos, um culto antigo fora recoberto por um novo, mas conservando elementos mais ou menos importantes.

Em Esparta, celebravam-se as *Hiakynthia* (Ateneu, *op. cit.*, IV), onde, segundo os fragmentos de texto que chegaram a nós, ritmos lentos e danças de jovens em tempos rápidos sucediam-se às danças antigas.

Em Delos, lugar lendário do nascimento de Apolo, sede de uma confederação dominada por Atenas, onde "todos os sacrifícios eram celebrados com danças e música" (Pseudo-Luciano), um colégio de virgens sacerdotisas tinha a função de celebrar um culto dançado ao redor do altar de Apolo. A cerimônia acontecia à noite, à luz de archotes, acompanhada por peãs e cantos hiporquemáticos. Era celebrada segundo o calendário litúrgico ou a pedido de devotos particulares que davam uma contribuição.

Todavia, a mais célebre das cerimônias de Delos era a dança do *geranos* (o grou). Segundo a tradição, havia sido inventada por Teseu, vencedor do Minotauro, e pelos sete rapazes e sete moças de Atenas que salvara. Era celebrada em julho.

Podia apresentar-se como uma dança em fileira de rapazes e moças intercalados e que se davam as mãos: uma espécie de farândola, cujas ondulações evocavam o entrelaçado do labirinto. Um bom exemplo é fornecido pelo "vaso François" (museu de arqueologia de Florença). Ainda com maior frequência, os participantes eram colocados em duas fileiras que formavam um V, como num voo de grous.

O *geranos* era dançado à luz de archotes ao redor não do altar de Apolo, como seria normal, mas do de Afrodite, ornado com chifres de touro e, por este motivo, chamado *keratôn*.

Originalmente, Afrodite era uma deusa da fertilidade vinda do Oriente; o culto do touro, do bucrânio, era comum naquela região; finalmente, a tradição atribuía a origem do *geranos* a Creta. Encontramo-nos, portanto, diante de uma estratificação típica dos intercâmbios culturais que, durante milênios, produziram-se no cadinho da bacia mediterrânica.

Acrescentemos que a dança em fila em que os participantes se ligam por um lenço, um pedaço de tecido, um ramo ou uma coroa era muito difundida na Grécia antiga e continuou através dos séculos, como testemunham os ortostatos da época helenística, descobertos recentemente na Anatólia, e o registro das dançarinas sobre o pedestal do obelisco de Teodósio, em Istambul. Atualmente, a dança popular do *kalamantianos* representa sua sobrevivência.

As Parteneias (*partena:* jovem) eram muito difundidas por toda a Grécia. Já no século VI a.C., Safo cantava-as. Voltamos a encontrá-las em Creta, em Argos, por ocasião das festas de Hera Anteia, em Tirinto e até na Grande Grécia. Estão geralmente associadas a um culto floral primaveril. Mas, quanto a um tema mais particular, podemos ver no Louvre o baixo-relevo chamado "as dançarinas Borghese". Representa a dança das ergastinas, jovens de Atenas encarregadas de fiar e tecer a lã para o *peplos* oferecido a Atenas durante as Panateneias. Caminham dançando, carregando corbelhas, onde se encontra a lã necessária para o seu trabalho, com a efígie da coruja, pássaro dedicado à deusa (*ergon:* trabalho).

Em Karyai, lugar de culto nos confins da Arcádia e da Lacônia, consagrado a Artemis Karyatis e às ninfas, as moças das grandes famílias de Esparta traziam, sobre a cabeça, em procissão, oferendas em cestos de vime. Estes cestos trançados foram substituídos por diademas feitos de folhas trançadas e entrelaçadas. Vestidas com um *chiton* à altura dos joelhos e preso ao corpo por um cinto, elas traçam turbilhões em meia ponta, mãos no peito ou braços estendidos.

Um ex-voto em Delfos apresenta três moças de Karyai (*karyatides*), encostadas no topo de um fuste. Este monumento mostra a passagem para um motivo estereotipado de arquitetura, em que cabeças de mulheres, portando amplos enfeites, sustentam um entablamento. As mais conhecidas são as cinco (uma foi reconstituída) cariátides no pórtico do Erechtheion, na Acrópole de Atenas.

Danças da vida cotidiana

A dança intervinha em todos os momentos da vida dos gregos, do nascimento à morte. Encontramos portanto:

– danças de nascimento e pós-parto; ignoramos sua natureza, mas não há dúvidas de que existiram; sabemos até que as dançarinas recebiam como agradecimento pãezinhos redondos de milho temperados com grãos de sésamo;

– danças que celebram a passagem dos efebos à categoria de cidadãos; ignoramos sua forma, se é que tiveram uma forma fixa;

– danças nupciais celebradas em dois tempos, na noite das núpcias e no dia seguinte pela manhã, acompanhadas por cantos de himeneu; à noite, dançava-se diante da porta dos recém-casados, cantando-se o epitalâmio (*epithalamion:* canção do leito); temos muitos textos célebres a respeito deste assunto; pela manhã cantava-se e dançava-se uma alvorada diante da porta;

– danças de banquetes, executadas com maior frequência por uma dançarina profissional, acompanhada por uma tocadora de *aulos*; eram danças provocantes, que a dançarina acompanhava com o estalar de crótalos e por danças acrobáticas. Xenofonte (*Banquete,* II) descreve o mecanismo; a *kubistèsis,* ancestral do salto mortal, também era praticada como atração entre os pratos: um salto sobre as mãos, cabeça jogada para frente, o executante recai sobre os pés ou completa uma volta ou, ainda, permanece equilibrado sobre as mãos e, com os pés, esboça passos de dança ou apanha objetos; por vezes, os acrobatas executavam um salto mortal passando por arcos recobertos de lâminas – mas isto já não se trata de dança.

Técnica da dança grega

Dispomos de três tipos de fontes para tentar conhecer a técnica, ou as técnicas, de dança dos gregos:

– os textos de autores antigos; nesse caso, as informações são fragmentárias ou alusivas; para explorá-las em profundidade, seria preciso elaborar e analisar, através da informática, um glossário de todos os termos empregados para designar as danças;

– os documentos representados e, principalmente, as milhares de figuras orquésticas nos vasos; mas seria necessário possuir um repertório exaustivo e poder compará-los;

– os escritos dos comentadores do baixo período, como Ateneu; eles nos fornecem muitas informações, mas só podemos aceitá-las se lembrarmos que escreveram muito tempo depois do desabrochar das técnicas de dança que descreviam; assim, Ateneu compunha na primeira metade do século III a.C.; sem dúvida, a tradição que nos narra é modificada pelo que via, principalmente pela importância da mímica em seu tempo.

Assim mesmo, temos algumas certezas:

– os gregos usavam a meia-ponta, mantida com firmeza e, por vezes, tão próxima da ponta, que o escultor da dançarina do Éfeso representa-a na ponta, o que contradiz o estudo anatômico de seu movimento;

– os gregos procuravam a harmonia da simetria

pelo uso sistemático da oposição lateral dos membros (semelhante à nossa), mesmo nas figuras das cenas dionisíacas; mas é um equilíbrio natural;

– finalmente, os gregos apresentavam muito o que poderíamos chamar de atitude *arrière basse*: o pé de trás está colocado na altura do início do jarrete; em suma, um excelente instantâneo de um tempo de corrida leve; este movimento foi muito reproduzido pelos romanos, que nele viam o gesto estereótipo da dança; é a posição mais comum nas estatuetas galo-romanas que representam dançarinos; esta moda chegou a nós: o Gênio da Bastilha está em posição *arrière basse*.

Observaremos que os comentadores não nos deixaram qualquer lista de passos. Como um passo poderia ser codificado e ensinado sem ter um nome? Este silêncio de autores, no entanto muito sistemáticos, leva a pensar que a dança era bastante livre entre os gregos dentro de uma mímica e de gêneros impostos.

As listas dos comentadores concernem, de fato, apenas aos gestos miméticos – *schemata* – e movimentos significativos – *phorai* –, considerados não a partir de sua execução muscular, mas catalogados como meios de expressão. Assim, no que se refere às mãos, encontramos, por exemplo: mãos estendidas voltadas para o céu = gesto do suplicante, mãos estendidas diante do espectador = apóstrofe ao público, mãos estendidas horizontalmente ao chão = gesto de tristeza. Trata-se de um repertório de gestos convencionais, como por exemplo o de Bharatha Natyam.

A vontade de mímica expressiva se encontra em *schemata* como: *scopos* (gesto do observador, do espia); *xiphirmos* (gesto de apontar a arma); *morphasmos* (gesto de imitação de animais).

Esta tendência pode ser encontrada ainda em cerca de duzentos nomes de dança que chegaram a nós: *alétés* (a corrida), *deinos* (turbilhão), *themmaustris* (as tenazes), ou seja, um passo em que os tornozelos se entrechocam como na mourisca da Idade Média, e não um *entrechat*.

Encontramos até danças destinadas a imitar animais determinados e que levam seu nome – dança do mocho (*scops*), da coruja (*glaux*) – ou a imitar os homens em alguma posição definida – *gypones* (anciãos apoiados em bengalas).

A dança entre os etruscos

Não conhecemos a dança etrusca através de textos, mas somente por representações, a maioria encontrada em túmulos. Devemos examiná-las com precaução, pois a influência grega foi precoce na Etrúria – desde o século VII a.C. – e muito profunda. É portanto possível que os documentos reproduzam arquétipos helênicos e também que tenha havido contaminação na inspiração dos artistas entre a lembrança destes arquétipos e a sua cultura autóctone.

Esta influência foi sentida como ainda mais natural por terem os etruscos, ao menos em sua maioria, vindo do Oriente mediterrânico e por terem um velho fundo cultural comum com os gregos.

Não é surpreendente, portanto, encontrarmos, antes de mais nada, a dança guerreira entre os etruscos. Em seguida, esta dança foi introduzida em Roma, onde a veremos com os salianos durante o reinado de Numa, rei-sacerdote etrusco.

A maioria dos documentos mostram-nos danças dionisíacas. O *cômos* (cortejo) do deus geralmente não é representado. Mas as mênades – algumas com o quebrado de nuca característico – e as silenes são comuns. Suas danças parecem de tempo rápido, ritmadas normalmente por crótalos. Os instrumentos de acompanhamento eram o *aulos* e a lira. Foram encontradas pinturas características nas paredes dos túmulos ditos "das Leoas" e "do Banquete". No primeiro, observamos uma dançarina que estende o braço direito na horizontal, antebraço ereto e palma da mão aberta para o alto; o braço esquerdo está na mesma posição, mas o antebraço e a mão, palma aberta, estão voltados para baixo. Na segunda, um dançarino mantém os braços horizontais, mas os antebraços estão erguidos; as mãos estão abertas em oposição, como na figura precedente. Já havia se encontrado com frequência este gesto de quironomia. Com certeza, tinha um sentido. Mas qual?

A dança entre os romanos

Na longa história dos romanos, três períodos podem ser destacados no que se refere à dança: Reis, República e Império.

Sob os Reis, do século VIII ao século VI a.C., como Roma era dominada pelos etruscos, foram introduzidas, assim como a maioria dos ritos religiosos, danças de origem agrária, mas cujo sentido original já se havia perdido: rito dos lupercos, dos arvales, dos salianos. O último é o mais fácil de decifrar.

Os autores latinos, principalmente Ovídio (*Fastos*, II), narram com detalhes os costumes dos salianos. Os ritos consistiam em danças guerreiras, celebradas com menos ênfase em outubro e mais amplamente na primavera, em honra de Marte (os romanos consagravam a Marte o mês do nascimento da primavera). A celebração começava no primeiro dia do mês, quando o colégio de doze sacerdotes salianos ia à cúria de Marte, no Palatino, para executar um sacrifício ritual e lá pegar as lanças e os doze escudos sagrados (*ancilia*). (A lenda contava que um *ancile* havia caído do céu aos pés de Numa; era a garantia da perenidade de Roma; para diminuir o risco de roubo, doze escudos semelhantes haviam sido fabricados.) Sua procissão e suas danças só começavam, porém, no nono dia do mês (o calendário litúrgico de Roma indica nesta data *ancilia mouent*) para durarem, ao que parece, dez dias. Seguiam um itinerário obrigatório, pontuado por etapas diárias, por sua vez divididas em pontos de parada.

Em cada uma delas, ao redor de um altar, onde era celebrado um sacrifício, o chefe do colégio, o *praesul* (o que dança primeiro), dançava em solo e cantava o hino saliano, uma espécie de litania em versos saturnianos, cujos fragmentos conservados já eram ininteligíveis sob o Império. O grupo de *juniores* dançava e cantava em seguida, depois os *seniores* e finalmente todos juntos.

Sua dança era um *tripudium* – dança em três tempos – que escandiam cantando, mas sobretudo batendo em seus escudos com suas lanças.

Era um costume muito antigo: os coreutas gregos procediam da mesma forma para chamar a atenção de Zeus. Acreditava-se – e ainda se acredita, vide o emprego dos sinos em caso de tempestade – que o som do bronze afastava os "espíritos" maus.

Completada a jornada diária, os salianos retiravam-se para uma *mansio* próxima para repousar após um banquete, cuja qualidade gastronômica era famosa (Cícero, *Ad familiares*, VII; Horácio, *Odes*, II; Apuleio diz a respeito de um cavalo por demais bem nutrido: "Poderíamos dizer que jantou como os salianos").

O colégio dos salianos, assim como todos os outros grandes colégios sacerdotais, prosseguiu suas atividades até o fim do Império, mas esquecendo completamente o sentido dos ritos que conservava.

Segundo Tito Lívio (VII, 2), desde 390 a.C., histriões etruscos participavam dos jogos cênicos.

Desde o início da República, a influência helenística em matéria de orquéstica foi preponderante em Roma. As origens religiosas das danças haviam sido completamente esquecidas; estas passaram a ser apenas uma arte de recreação. Daí a hostilidade de estadistas como Cipião Emiliano, que mandou fechar as escolas onde os *ludi saltatorii* gregos ensinavam as crianças de boas famílias. Também Cícero qualifica a dança de *ministra uoluptatis.* Mas subsistiam as danças tradicionais da velha cultura romana, a dos bufões quando das cerimônias triunfais, as das obséquias de grandes personalidades e as das cerimônias nupciais.

Durante o Império, a dança voltou à moda; era praticada até por mulheres das classes altas. Mas triunfou realmente nos jogos de circo (em alguns momentos do Império, contava-se até cento e trinta e cinco dias de jogos gratuitos por ano). Mandava-se buscar pirriquistas da Jônia. A pantomima dançada era muito apreciada. Dois dançarinos de origem grega foram muito célebres naquela época (Ateneu, *op. cit.,* I): Batilo, dançarino leve, e Pílado, dançarino nobre. Logo as pantomimas tornaram-se grosseiras, a mímica assumindo maior importância do que o movimento da dança.

Da mesma forma, as danças de banquete eram mais dadas à indecência do que à orquéstica. Eram executadas principalmente por cortesãs, a maior parte de origem síria ou africana. Podemos constatá-lo na pintura de Pompeia no museu de Nápoles, que representa uma dançarina nua, e também no relato de Tácito (*Annales*, XI) de uma dança lúbrica das vindimas, executada por Messalina e seus companheiros de devassidão.

Eis-nos bem afastados do culto original de Dionísio, deus da fertilidade, e é possível compreender os anátemas lançados contra a dança pelos Pais da Igreja, anátemas cujo peso será sentido durante toda a Idade Média.

Capítulo 3

A *Idade Média inventa a retórica do corpo*

A dança na igreja – A idade de ouro da estampie– A dança macabra da Guerra dos Cem Anos – Momos e entremezes

Definitivamente, além da magnífica cunhagem de moedas, conhecemos muito pouco a respeito da cultura gaulesa. A única alusão à dança gaulesa atualmente reconhecida é encontrada em duas moedas de ouro, cunhadas no século II antes de nossa era pelos namnetas; no reverso de cada moeda, o tipo de dançarino que encontramos com frequência nas civilizações mediterrânicas: joelhos flexionados, braços em oposição, uma palma em direção ao céu, outra à terra. Outras moedas, provenientes do povo de Veliocasses, poderiam ser interpretadas como apresentando um gesto parecido, mas a leitura não é tão evidente. Essas moedas são conservadas no gabinete de medalhas da Biblioteca Nacional de Paris (inv. n.ºs 6721 e 6722).

Por maior que seja o interesse dessas moedas, seria bem imprudente concluir que a dança que representam era a dança gaulesa. Em primeiro lugar, são um testemunho único e portanto insuficiente. Por outro lado, como as partes de cima das moedas são a reprodução de um tipo grego, nada nos garante que o reverso também não seja uma reprodução de um tema não autóctone.

Estamos mais bem informados sobre o período galo-romano. Podemos constatar a assimilação rápida, ao menos nas cidades, da cultura romana, a ponto de os galo-romanos se situarem entre os últimos escritores adequados da literatura romana.

No campo da dança, os bronzes orquésticos galo-romanos que conhecemos apenas reproduzem arquétipos romanos. Ora, são as únicas evidências sobre a dança deste período; mostram que a Gália romana é uma continuação de Roma. Podemos destacar as miniaturas em bronze encontradas em Neuvy-en-Sullas e conservadas no museu de Orléans: não que nos mostrem algo sobre a técnica orquéstica desta época, mas sua própria rusticidade demonstra que a dança era conhecida fora das classes privilegiadas social ou geograficamente, o Orléanais tendo sido uma das regiões menos marcadas pela influência romana. Um cálice gravado, encontrado na necrópole de Stephansfeld-Brumath (no museu de Strasbourg), evoca uma roda popular.

Também nada sabemos sobre a dança na alta Idade Média, exceto – o que é importante – que havia assumido novamente um papel quase paralitúrgico.

Dançar na igreja apesar da Igreja

As modalidades dos ofícios religiosos católicos precisaram-se pouco a pouco, principalmente sob a influência dos costumes monásticos, até as codificações do papa Gregório, o Grande (fim do século VI). Ainda se sobrepunham a costumes locais muito enraizados, que levavam em conta as tradições pagãs. A dança religiosa da Idade Média era uma herança popular que nunca deixou de ser suspeita para as autoridades eclesiásticas. É também verdade que, por manifestar a espontaneidade individualista, a dança não se enquadra de forma nenhuma nos cânones.

Assim, os testemunhos mais interessantes sobre a dança religiosa na Idade Média são, antes de mais nada, os interditos que não cessaram de atingi-la. O mais antigo é o do concílio de Vannes, em 465. Entre os anátemas que se sucederam, podemos destacar os do concílio de Toledo em 587, o decretal do papa Zacarias em 774 contra os "movimentos indecentes da dança ou carola", a homilia do papa Leão V que condenava, em 847, "os cantos e carolas das mulheres na igreja". No final do século XII, as constituições sinodais do bispo de Paris, Odon (*Constitution*, 36), prescrevem ao clérigo que proíba os *choreae*, "principalmente em três lugares: nas igrejas, nos cemitérios e nas procissões". Serão retomadas pelas instruções de Gerson (*De visitatione prelatorum*): "se os leigos e mulheres entrarem no coro e trouxerem carolas aos lugares sagrados". Em 1209, o concílio de Avignon decreta (*Atos*, V): "Durante a vigília dos santos, não deve haver nas igrejas espetáculos de dança ou de carolas". Em 1444, a Sorbonne, por sua vez, declara: "Não é permitido dançar carolas nas igrejas durante a celebração do serviço divino". Em 1562, em sua reorganização da Igreja, o concílio de Trento sente-se obrigado a adotar estas regras.

A persistência das condenações prova a persistência dos costumes. Por outro lado, parece que as formulações do concílio de Avignon e da Sorbonne indicam que o hábito de dançar é permitido fora dos ofícios e de algumas datas.

Mas conhecemos manifestações de dança à margem destas proibições: a *Chronique de saint Martial*, de

Limoges, indica a organização de uma *chorea* em 1205, depois em 1215, quando da partida dos Cruzados ("Dançou-se a carola e a alegria foi grande"), e, enfim, em 1278. A *chorea* é a carola, a roda. Temos ainda a carola em Sens, na noite de Páscoa, ao redor do poço do claustro: sob a direção do arcebispo, os dignatários do cabido dançavam, intercalando-se com as crianças do coro. O Padre Claude-François Ménétrier (*Des ballets anciens et modernes selon les règles du théâtre*, Paris, René Guignard, 1657) observa que este costume era generalizado e que prosseguiu: "Ainda vi em algumas igrejas, no dia da Páscoa, os cônegos tomarem as crianças do coro pela mão e cantarem hinos de regozijo, dançando pela igreja".

O que dançavam? Vimos que dançavam a *chorea*, que era a dança de roda fechada ou aberta, muito praticada, sob o nome de carola, na Idade Média até o século XIII inclusive, e o *tripudium*, uma dança em três tempos, na qual os executantes não se tocavam; na carola davam-se as mãos ou se seguravam pelo antebraço.

O *tripudium* é confirmado nos repertórios musicais litúrgicos como as coletâneas de *conduits* de Notre-Dame de Paris.

Jean Beleth, antigo reitor da Sorbonne, dignatário do cabido de Amiens, escreve em seu *Rationale* (fim do século XII) que, após as vésperas de Natal, "os diáconos se reúnem em um *tripudium* e cantam o *Magnificat*".

Dançavam não somente ao som dos *tropos, conduits* ou *rondós* latinos, mas também ao som do canto comum, o gregoriano. Outro testemunho: um manuscrito da catedral de Sens mostra a partitura de uma dança que, segundo os estatutos do cabido, deveria ser executada pelo prechantre duas vezes por ano. "Sobre as vocalises acrescentadas aos responsos do dia, as notas do gregoriano estão marcadas por sinais pouco comuns, que poderiam bem ser anotações coreográficas, tendo até a menção *Arière,* pauta de música colocada ulteriormente" (J. Chailley, "Un document nouveau sur la danse ecclésiastique", *in Bulletin de la Société internationale de musicologie,* vol. XXI, 1949).

Existiam, ao menos em parte, dramas ou ações litúrgicas dançadas? É possível, mas não certo. Um breviário de Rouen, datado do século XII, descreve um drama representado no coro da catedral por ocasião do Natal; comporta rubricas que indicam uma ação, com deslocamento de grupos de atores, pastores e anjos, papéis desempenhados pelos cônegos e pelas crianças do coro. Sem dúvida, esses deslocamentos aconteciam num certo ritmo, mas seria precipitado falar em dança coral.

Quanto ao folclore, lembremo-nos que, até o século XVII, os cônegos da catedral de Auxerre executavam uma brincadeira dançada na procissão, durante a qual cada um deveria jogar bolas no capuz daquele que estava à sua frente (ignoramos a origem e o sentido deste costume). Em Limoges, durante a festa de Saint Martial, padrinho da cidade e da catedral, os fiéis, nas vésperas, dançavam no coro da catedral e no final da cerimônia cantavam salmos ao invés da doxologia habitual; era uma invocação no dialeto do Limoges: "Sant Marçau, prega per nos / Et nos espringerem per vos" (Saint Martial, roga por nós / E dançaremos para ti).

As únicas exceções aos anátemas lançados contra a utilização da dança no ritual eclesiástico encontram-

-se na Espanha, de maneira precisa, desde a alta Antiguidade.

De acordo com o ritual de Santo Isidoro, adotado pelo concílio de Toledo no século VII, durante os ofícios eram executadas danças ritmadas pelas batidas de tambores e tamborins. No período da ocupação muçulmana de Toledo, este costume foi conservado no ritual de sete igrejas deixadas aos católicos. Quando Afonso VI de Castela retomou a cidade em 1085, o ritual romano substituiu o moçárabe durante cerca de cinco séculos; em seguida este se restabeleceu com suas danças rituais.

Algumas cartas de Juan de Ribera fornecem indicações sobre as danças executadas em Valença durante as procissões de Corpus Christi nos séculos XVI e XVII. Os dançarinos – crianças, que tinham cerca de trinta aulas preparatórias e eram vestidas tradicionalmente com trajes de seda carmesim – apresentavam-se no início da procissão, na volta, diante da igreja e depois no claustro. Conservamos os cantos polifônicos compostos por Juan Bautista Gomes para essas danças, cujos passos originais ignoramos.

As danças religiosas mais conhecidas da Espanha são as "Seises", dançadas na catedral de Sevilha durante a Semana Santa e principalmente em Corpus Christi a partir do século XVI. Nestas também, os executantes eram crianças – originalmente seis, donde o nome da dança. Usavam trajes de corte e seus passos e representações derivavam das danças de corte.

Essas tradições podem ser aproximadas do costume observado em certas paróquias bascas, onde, durante os ofícios de Natal, um jovem, vestido de branco, executa uma dança ritual diante do altar; os *batte-*

ments e os *entrechats* inspiram-se diretamente na técnica clássica.

No entanto, apesar de algumas exceções, as condenações eclesiásticas atingiram seu objetivo; a dança não foi integrada à liturgia católica. Esta recusa é ainda mais notável pelo fato de, em muitos casos, os trajes e até os lugares de culto pagão terem sido assimilados sem dificuldade. Sem dúvida, o recurso obrigatório ao corpo e a seus poderes pouco controláveis é o motivo do ostracismo especial que se abateu sobre a dança.

Podemos constatar que, desta forma, a Idade Média realizou uma ruptura brutal na evolução da coreografia, normal em todas as culturas precedentes: nas culturas da alta Antiguidade, a dança é sagrada; numa segunda fase, transformar-se-á em rito tribal totêmico; somente no final da evolução, ela se tornará matéria para espetáculos, matéria de divertimento. Aqui, as duas primeiras fases são proibidas; a dança na Idade Média cristã é apenas divertimento. Sua evolução prossegue apenas neste contexto, o que a levará a ser dança-espetáculo, a única que o mundo ocidental conhece hoje. Somente quando do estabelecimento de uma cultura leiga, a cultura feudal, portanto tardiamente, é que começará esta evolução interna. Até então só se pode falar de dança instintiva.

Podemos observar também que, a partir da Renascença, quando a censura religiosa se atenua, a dança-espetáculo encontra suas primeiras intrigas dramáticas num sistema mitológico-alegórico, como se tendesse naturalmente a se lembrar de sua função principal. Mais tarde, na época romântica e depois, o pretexto feérico será um outro sucedâneo.

A idade de ouro da estampie

A carola e o *tripudium* podiam ser dançados por qualquer pessoa: bastava marcar um ritmo simples e obstinado. As camadas privilegiadas inventaram uma forma de dançar "com estruturas que variavam", a dança "metrificada", em que o corpo seguia as indicações de uma métrica musical que mudava. Ao mesmo tempo, uma diversidade, uma procura de beleza formal começavam a organizar o movimento.

Não é surpreendente constatarmos que a dança "metrificada" nasceu na cultura de oc, antes de passar, meio século mais tarde, para a de oil: a dança é um bom indicador do nível de civilização. Ora, no vasto território de oc, delimitado ao norte pelo Poitou, pelo Limousin e pelo Lyonnais, ao sul pelo Èbre, germinou precocemente uma nova civilização. O substrato das invasões bárbaras era menos espesso; os visigodos e os francos não haviam implantado estruturas de ocupação permanente. O peso do aparelho feudal era menos esmagador, o domínio da Igreja menos onipresente; a literatura de oc é uma literatura leiga. A separação entre Alienor da Aquitânia e o rei da França Luís VII (1152) havia fortalecido a originalidade da cultura de oc. A cruzada dos albigenses irá arruiná-la a partir de 1209: os nobres de oc refugiam-se na região catalã próxima; a burguesia urbana teve, de certa forma, que colaborar. Se o pensamento universitário não pôde mais se manifestar no domínio feudal de oc (Montpellier é catalã), uma literatura refinada, da qual o romance *Flamenca* é um bom exemplo, continuará a se desenvolver ainda durante um século.

Por outro lado, a França de oil só afirmará plenamente sua grandeza política e intelectual no século

XIII. A universidade de Paris desempenha um papel europeu, confirmado pela investidura pontifical em 1251. É claro que o pensamento crítico é mantido rigidamente à margem por um contexto de doutrina revelada; mas as querelas especulativas desenvolvem-se dentro do sistema.

A arquitetura se liberta das formas da arte românica, que não havia conseguido dominar o peso da pedra, apesar de sua beleza indiscutível: o princípio de equilíbrio explorado pela arte ogival permite inventar a arte da luz.

A música participa do movimento de busca intelectual. Em meados do século XII, as escolas de Paris, a da abadia Saint-Victor e, depois, principalmente a de Notre-Dame com Leonin e com Pérotin, o Grande, inauguram a polifonia e logo o contrapontismo. No século XIII, a música torna-se rapidamente leiga. Vão nascer duas correntes, a canção popular e a arte dos trovadores.

Os poetas e músicos fecham-se de bom grado em formas fixas e relativamente complicadas, onde encontram ao mesmo tempo a segurança e o impulso da imaginação formal. Desde esta época, manifesta-se uma tendência, sem dúvida fundamentalmente francesa, à retórica, exagerada nos dois séculos seguintes.

Uma pesquisa paralela de equilíbrio e refinamento marca a dança. A dança "metrificada" é então reinventada, de acordo com a métrica da música ou da poesia que lhe serve de apoio, com maior frequência de acordo com ambas.

Como o conhecimento, mesmo elementar, das regras simples que regem os movimentos do corpo, assim como uma educação do ouvido, torna-se necessário ao dançarino, eis que nasce a dança erudita. Ao mesmo tempo, esta se separa da dança popular.

Cabe à dança popular manifestar sentimentos confusos, fortes – a alegria, a inquietude – e manter ritos, cujo sentido original foi perdido, através de movimentos não sujeitos a regras. É o domínio do rondel, da carola e de seus derivados, das danças em fileira de qualquer natureza, cujo tempo e cujos passos, escorregados, corridos ou saltados, são livres. São danças de grupo em que os participantes confirmam sua comunhão segurando-se pelas mãos ou antebraços.

Ao contrário, no contexto fixo da música e da poesia, as danças "metrificadas" serão exercícios em que se exige, antes de mais nada, a beleza das formas; serão as danças das classes desenvolvidas culturalmente, das classes dominantes.

Podemos classificá-las em dois grupos: danças a tempo vivo, *trotto* e saltarelo, e danças em tempo moderado, *ductia, nota, estampie.*

As últimas são as mais estruturadas. Diferem sobretudo pelo número e pela forma das estrofes a serem dançadas e não pela sua organização geral. São compostas por seções ou *puncta* – nós diríamos estrofes ou estâncias –, desenvolvidas musicalmente segundo o princípio de variação sobre um tema original.

A *ductia* permaneceu puramente instrumental. É composta por três *puncta* ou mais, cada uma comportando duas frases musicais parecidas, divididas por uma cadência suspensiva (pontuação no discurso musical que dá a impressão de uma terminação imperfeita). A primeira frase – A – leva a esta cadência e é chamada "a aberta"; a segunda tende à conclusão definitiva – A' –, com o refrão – R –, e é chamada "a fechada" (*clausus*). Temos, portanto, a seguinte construção: A A' R / B B' R' / C C' R' / etc.

A *nota* é uma *ductia* menos desenvolvida, que pode ser cantada.

A *estampie* (de *stampare:* bater, porque os dançarinos marcavam o ritmo com seus pés) é, antes de mais nada, instrumental, mas logo se torna cantada. Seu instrumento típico parece ter sido a viela de arco. A primeira *estampie* conhecida, a ocitã *Kalenda maya*, do trovador Raimbaut de Vacqueiras, morto em 1205, foi encontrada na forma cantada. Como a *ductia*, é formada de *puncta*, com "aberta" e "fechada". Mas o sistema de rima é mais complicado: os versos de cada *punctum* podem comportar uma única rima para o conjunto, uma rima para cada uma das duas frases melódicas ou rimas alternadas em cada estância. O refrão pode ou não ter a mesma rima que a estância ou alterná-la.

Reúne-se normalmente uma dança em tempo moderado a uma dança em tempo vivo; mas se a junção é habitual no fim do século XIII, ainda não é obrigatória.

Como podemos constatar, estamos diante de uma plena retórica literária, musical e coreográfica. A Idade Média inventou a retórica do corpo: um culto da forma pela forma, que, repitamos, parece ser uma constante do espírito francês em todos os campos das artes.

A dança macabra da Guerra dos Cem Anos

Após o desenvolvimento do século XIII, o século XIV estimula uma série de crises.

Em primeiro lugar, a crise da Igreja. Ao reforçar o poder real, o rei Filipe, o Belo, foi lógico consigo mesmo esforçando-se em destruir o domínio da Igreja sobre o Estado, como seus predecessores haviam feito com o feudalismo.

Mas a crise mais grave é de ordem econômica e militar. Apesar de os senhores feudais terem sido levados a dar maior importância aos camponeses na gestão das terras, uma sequência de más colheitas, a partir de 1315, vem mostrar que o país ainda é muito frágil economicamente. Depois, a partir de 1337, começa a Guerra dos Cem Anos, que só acabará de fato em 1453. Em 1346, estoura uma epidemia de peste negra que matará um terço da população. A isto deve-se acrescentar as violências da guerra. No início, uma série de derrotas francesas, ocupação inglesa, guerra civil entre Armagnacs e Bourguignons a partir de 1407, revoltas devidas à miséria: *jacquerie* ao norte do domínio real, Tuchins em Languedoc, Maillotins em Paris, sem contar as razias, os assassinatos das "Grandes Companhias"; começa um século de terror para o povo. Será preciso aguardar 1449 para que Carlos VI reorganize o aparelho estatal.

Neste contexto, não é surpreendente que os intelectuais e artistas atinjam os extremos: pesquisa de uma beleza puramente formal – os grandes retóricos em literatura, o estilo gótico na arquitetura –; gosto pelo paroxismo do trágico – os chorosos da Borgonha, as estátuas-cadáveres de Ligier Richier.

A música completa sua revolução técnica decisiva; torna-se uma arte inteiramente independente.

A dança não é uma exceção nas grandes tendências da época: extremo refinamento da forma, sentido da morte em sua realidade mais brutal.

A evolução da dança nobre, observada no século precedente, prossegue. Não somente a alternância dos tempos lento e rápido torna-se regra (um bom exemplo é o *Lamento de Tristão*), mas os ritmos também são variados. O manuscrito do século XIV (Biblioteca Nacional de Paris) que fornece este *Lamento*, de ritmo ternário, faz com que sua sequência seja uma outra dança com a mesma métrica, a *Monfredina*, e depois uma *rota* binária. A dupla reunião, tempo lento e tempo vivo, ritmo ternário e ritmo binário, se impõe desde o final do século XIV.

Ao mesmo tempo, a carola muda de sentido, não é mais apenas uma manifestação de alegria e torna-se, em muitas ocasiões, uma "dança macabra" (provavelmente do árabe *makhbar* = cemitério). Responde assim a um tema de pregação bem antigo, que apresentava a morte como uma motivação para viver dentro dos preceitos cristãos. Mas, nesta época, o tema torna-se insistente nos sermonários, que o tratam talvez mais de um ponto de vista realista do que teológico. A literatura a ele responde principalmente com as "Peregrinações da vida humana", de Guillaume de Digueville, e sobretudo com os "Versos da Morte", do cisterciense Hélinand de Froidemont, literalmente uma sequência de estrofes para a dança macabra. O costume de se dançarem cemitérios, que se iniciou no século anterior, difunde-se para mostrar que a vida é uma carola conduzida pela morte. Conhecemos as pinturas alegóricas ditas "danças macabras", como as do Chaise-Dieu, da Ferté-Loupière perto de Joigny, de Kermaria perto de Saint-Brieuc, de Vergonnes (Maine-et-Loire), de Meslay-le-Granet (Eure-et--Loir). Mas é preciso observar que são apenas transposições de modelos dançados do fim do século XIV até meados do século XV. Citemos a dança macabra do cemitério dos Inocentes em 1424, narrada pelo *Journal du bourgeois de Paris*, outra que o duque de Borgonha mandou celebrar em 1449 em sua mansão de Bruges e, finalmente, a que os franciscanos de Besançon executaram na igreja Saint-Jean após seu cabido provincial em 1453. Encontramos três fontes de inspiração: popular, que insiste no realismo; nobre, destinada ao espetáculo; religiosa, com o objetivo edificador.

Pode-se associar a este clima místico-realista as consequências orquésticas de uma "epidemia" de coreia ou dança de São Guido que ocorreu no início do século XV na Renânia, atingindo a Itália e passando por Lorraine. Dançava-se para conjurá-la. A procissão dançada de Esternach, em Luxemburgo, cujos passos rituais (dois para a frente, um para trás) lembram a pavana, conserva uma lembrança folclórica desta medicação.

Rumo à dança-espetáculo: o momo

Aparece um novo gênero que determinará a forma futura do balé-teatro: o *momo*. O momo (de *momer:* disfarçar-se; *momon:* máscara) – sua correspondente italiana será a *mascherata*, mascarada – é, antes de mais nada, uma espécie de carola burlesca, na qual os participantes estão mascarados e disfarçados. Um dos mais antigos exemplos representados é uma miniatura do *Roman de Fauvel* (século XIII).

Um dos momos mais célebres é o *Bal des ardents* (29 de janeiro de 1393). Froissart narra-o em suas *Chroniques* (Ed. Buchon, pp. 176 ss.): numa festa na mansão Saint-Paul, por ocasião do casamento do duque de Vermandois com a dama de honra da rainha, o rei Carlos VI – dito o Louco – quis fazer um momo e se disfarçou, com quatro companheiros, de "homem selvagem". "Estavam cobertos de pelos, da cabeça à planta dos pés." Usavam "camisas impregnadas de pez sobre as quais haviam posto grandes quantidades de linho fino (cardado)". Para reconhecer o rei, o duque de Orléans aproximou uma tocha dos momos. Os cinco começaram a pegar fogo. Três morreram imediatamente, um outro no dia seguinte; o rei foi salvo pela duquesa de Orléans que se jogou sobre ele e abafou o fogo com as dobras de seu amplo vestido.

Estes momos dançavam a mourisca, fato confirmado pela *Crônica de Saint Denis:* "Começavam correndo para todos os lados; davam horríveis uivos de lobo, depois punham-se a dançar a sarracena".

A mourisca era uma dança pretensamente importada dos árabes. No final do século XVI, Thoinot Arbeau descreve-a: dança binária, escandida por batidas dos pés, substituídas, em caso de cansaço, por batidas dos calcanhares; uma pulseira de guizos era amarrada aos tornozelos dos dançarinos. Os movimentos, em tempo de colcheias, são os seguintes: bate calcanhar direito / bate calcanhar esquerdo (*bis*) – bate calcanhares (pés juntos) / suspiro" (a partitura indica na realidade uma semipausa, *Orchésographie*, pp. 94 ss.).

O momo tornou-se espetáculo quando passou a ser utilizado como atração, como entremez, entre os pratos de um banquete. Charles d'Orléans parece evocá-lo:

> Venus sommes en cete momerie
> Belles, bonnes, plaisans et gracieuses

Prestz de dancer et faire chière lye
Pour resveiller vos pensées joieuses.*

(*Oeuvres*, Ed. Ch. d'Héricault,
t. I, p. 149, balada III.)

Christine de Pisan (*Le Livre des faicts du sage roi Charles*, XL) conta que, para receber o imperador dos Romanos em 1337, o rei mandou que se representasse, durante um banquete, a tomada de Jerusalém em movimentos ritmados.

Em meados do século XV, a execução do entremez real é acompanhada de um grande fausto. Comprova-o este diálogo, em *Le Mistère du Vieil Testament*, entre Héliab e David, que celebra suas núpcias com Michol:

HÉLIAB: Trompettes, sonnez haultement
Pour resjouir la seigneurie
(*Icy sonnent les trompettes.*
On met les tables.)
DAVID: Faites venir la momerie
Qui est dedens le char enclose...
HÉLIAB: Sus, tost, tabourin, sans séjour,
Entendez à votre morisque
Vous en sçavez bien la pratique
(*Icy dansent la morisque. Après la morisque, ils ostent les tables.*)**

(Ed. J. de Rothschild [E. Picot],
Paris, 1878, t. IV, p. 143)

* Vindas a este momo, belas, boas, agradáveis e alegres, prontas para dançar e para despertar seus pensamentos felizes.

** HELIAB: Trombetas, soem bem alto para alegrar os senhores. (*Aqui as trombetas soam. As mesas são postas.*)

DAVID: Mandem vir o momo, fechado no carro...

HELIAB: Vamos, rápido, tamborim, sem parar. Escute sua mourisca, você sabe praticá-la. (*Aqui dança-se a mourisca. Após a mourisca, tiram as mesas.*)

Entre os momos-espetáculos mais célebres, citamos o *Repas du faisan* em Lille, a 22 de janeiro de 1454. Os duques de Clèves e de Borgonha dão uma grande festa, cujo momento principal é um serviço de faisões durante o qual os senhores presentes fazem um brinde a um futuro reencontro. O entremez representado é evidentemente uma viagem, a de Jasão indo à conquista do Tosão de Ouro (*Chroniques*, de Mathieu d'Escoubly). O casamento do duque de Borgonha em Bruges, em 1468, ofereceu como entremez a entrada

"d'une très grande baleine gardée pardeux gayants, laquelle avait dans son ventre deux seraines et XII ou XIII hommes habillés étrangement. Lesquels hommes et seraines vuidèrent hors la baleine pour dancer, chanter et ébattre et desdits hommes avait qui combattaient et d'autres qui dansaient" (Escoubly, *op. cit.*).*

Bem estabelecido nas cortes de príncipes do século XV, o momo já adianta elementos do balé de corte que irá se desenvolver cem anos mais tarde: dançarinos, cantores, músicos, carros, efeitos de maquinaria. Mas falta-lhe a alma do espetáculo: a ação dramática coordenada.

Falta-lhe também a diversidade nas danças: apenas a carola e a mourisca são comprovadas.

Os verdadeiros balés com ação dramática mais ou menos embrionária e danças variadas serão encontrados no século XVI. Observemos, todavia, que o hábito da *entrée* – no sentido moderno, de número sem ligação dramática rígida com o resto da obra – já era considerado, em detrimento da lógica, e sobreviverá até hoje no balé acadêmico.

---

* de uma baleia muito grande, guardada por dois escudeiros, que tinha em seu ventre duas sereias e doze ou treze homens vestidos de forma estranha. Os homens e as sereias saíram da baleia para dançar, cantar e se debater e, entre os homens, alguns combatiam, outros dançavam.

Capítulo 4

O balé de corte

A experiência italiana – Descoberta de um gênero novo, o balé-teatro– Da propaganda à adulação

Enquanto na França as desventuras públicas impunham, durante os séculos XIV e XV, uma semiestagnação à evolução cultural, a Itália passava por sua Renascença com o *Quattrocento.*

Nunca os franceses foram tão atraídos pela Itália quanto neste período em que, terminada a Guerra dos Cem Anos, o poder central e as finanças restauradas por Luís XI, a unidade territorial completada, o poder e o impulso reencontrados, a França se mostrava impaciente em evoluir. Nunca também os intercâmbios entre os dois países foram tão importantes no plano humano, por intermédio de inúmeros italianos fixados na França – num primeiro tempo, sobretudo banqueiros – ou por ocasião das guerras da Itália, de 1494 a 1526.

No campo do pensamento e das artes, a Renascença francesa passa pela Renascença italiana. Para compreender a evolução da coreografia na França do século XVI, é preciso examinar a do *Quattrocento.*

Um fato importante: é na Itália, nesta época, que se inicia a formação de uma sociedade cortesã, ainda não enrijecida pela etiqueta. Em torno do príncipe, reúne-se gente que tem em comum, não tanto o gosto pela cavalaria, como os franceses, quanto o da *virtu,* o culto do indivíduo e sua exaltação por meios diretos ou paralelos, uma queda refinada pela elegância intelectual e pelas artes, um estilo de vida que busca o extraordinário. O *Cortegiano* (o "Cortesão"), de Baldassare Castiglione, é um bom exemplo desta camada social. Foi um livro importante para a difusão do espírito de corte na França. Francisco I chamava-o de seu breviário.

A dança de corte assinalará uma nova etapa: desde o século XII, a dança "metrificada" havia se separado, na França, da dança popular. No *Quattrocento*, ela se tornará uma dança erudita, onde será preciso não somente saber a métrica, mas também os passos.

Também, pela primeira vez, surge o profissionalismo, com dançarinos profissionais e mestres de dança. É um fato importante: até então, a dança era uma expressão corporal de forma relativamente livre; a partir deste momento, toma-se consciência das possibilidades de expressão estética do corpo humano e da utilidade das regras para explorá-lo. Além disso, o profissionalismo caminha, sem dúvida, no sentido de uma elevação do nível técnico.

Ao que parece, os professores de dança não pertenciam a um nível social baixo: faziam parte do meio imediato dos príncipes. Vemo-los participarem de festas da corte, das quais são o centro. Ludovico Sforza utilizará seu próprio professor de dança como agente diplomático. Participam, ainda, em Veneza, da vida familiar: nas famílias patrícias, a apresentação da noiva à sua futura família era feita sob a forma de um balé mudo; admitia-se que o professor de dança não somente o organizasse, como também assumisse o papel de pai de família quando este não pudesse comparecer.

Os primeiros documentos escritos do Quattrocento

Textos importantes, verdadeiros códigos de dança, mostram-nos a situação desta arte no *Quattrocento.*

Segundo um testemunho posterior não confirmado (Gian Batista Dufort, *Histoire du ballet,* Nápoles, 1728), o primeiro codificador teria sido Rinaldo Rigoni com seu livro *Il Perfetto Ballerino,* imprimido em Milão em 1468. Mas a obra não pôde ser encontrada. (Observemos que o primeiro livro impresso sobre a dança que nos chegou é *L'Art et Instruction de bien danser...*, editado por Michel Toulouze, em Paris, entre 1496 e 1501.)

O primeiro grande mestre do *Quattrocento* é Domenico da Piacenza (de acordo com o seu local de nascimento, em data desconhecida) ou da Ferrara (de acordo com a cidade onde trabalhou e morreu, em 1462). Temos um manuscrito seu (na Biblioteca Nacional de Paris), o primeiro tratado de dança: *De arte saltendi et choreas ducendi.* Seus alunos, Guglielmo Ebreo (chamado, acredita-se que após sua conversão, Giovanni Ambrogio de Pesaro) e Antonio Cornazzano, deixaram dois manuscritos: respectivamente, *De practica seu arte tripudii* (Biblioteca Nacional de Paris) e *Libro del arte de danzare* (Biblioteca do Vaticano).

A obra de Domenico da Ferrara está dividida em duas partes: uma gramática do movimento, baseada em cinco elementos constituintes da dança: métrica, comportamento, memória, percurso, aparência. (É importante observar que os termos técnicos usados para designar os movimentos coreográficos não têm o mesmo conteúdo corporal que os dos dias de hoje; só terão o mesmo sentido a partir do final do século XIX.

É uma noção a se ter sempre em mente.) A segunda parte enumera os passos fundamentais, dentre os quais nove são considerados "naturais" e três "acidentais" (diríamos "artificiais"). Entre os primeiros: os passos simples ou duplos a volta e a meia-volta (que são feitos sem erguer os calcanhares), o salto (pouco elevado). Os segundos são o *battement* (batida) dos pés, o passo corrido, a mudança de pés. Guglielmo Ebreo considera passos mais variados: tempo de salto, contrapasso e volta, principalmente. O capítulo final é uma autobiografia e uma lista com exemplos de vários balés dos quais o autor participou. Cornazzano é mais intelectual: sistematiza os passos e estabelece regras de colocação. Também fornece exemplos de danças, entre as quais a *mercantia* e a *sobria,* que são o embrião do mimodrama.

O repertório que nos trazem compreende cerca de vinte danças que se reportam à "dança baixa" e ao saltarelo. São marcadas em voz única, sem indicação de valores nem de ritmo, mas com textos explicativos. Excepcionalmente, em Cornazzano, encontram-se danças anotadas em duas vozes: o tenor canta a melodia, a voz de cima segue-a com inúmeros acompanhamentos, típicos das ornamentações improvisadas que serão requisitadas dos instrumentos ainda mais altos, principalmente dos violinos, até o século XVIII.

Podemos perceber um esboço do virtuosismo técnico. Assim, Castiglione nos conta em seu *Cortegiano* que um dançarino da corte da duquesa Elisabetta d'Urbino, Barletta, era célebre pelos seus *duplicati ribattimenti, battements* duplos. Ainda, Colonna, em *Hypnérotomachie* (ou O *sonho de Poliphile*), ao descrever um balé em forma de partida de xadrez que teria visto em seu sonho (tema que será retomado com frequência mais tarde), indica um encadeamento de giros duplos no ar e giros duplos no chão, agora integrados na escrita acadêmica, mas ainda não conhecidos por Feuillet em 1700. Trata-se de uma imaginação premonitória ou de um encadeamento muito diferente do que conhecemos.

O desabrochar do Cinquecento

No século seguinte, como poderíamos esperar, prossegue a evolução rumo a uma técnica mais exigente.

Dois autores testemunham-no.

Cesare Negri, dito o Trombone (Milão, 1530– ?)

Negri foi um dançarino e mestre de dança precoce. Segundo seu próprio depoimento, apresentou-se diante do concílio de Trento. Encontrando-se em Malta na época da batalha de Lepanto (1571), dançou numa galera diante dos almirantes vitoriosos. Em 1574, em Milão, organizou uma mascarada com vinte e cinco *entrées* de carros que simbolizavam os movimentos da alma; mais tarde, dirigiu um *brando* na praça ducal, com oitenta e dois participantes da alta nobreza.

Seu tratado, *la Grazia d'amore* (Milão, 1602), foi reeditado de forma mais completa, com um novo título, *Nuove Invenzione di balli* (Milão, 1604). Comporta três partes; a segunda fornece cinquenta e cinco regras técnicas, e a terceira, danças com solfas e descrição coreográfica. Aí encontram-se passos novos como o *trango* (meia-ponta), o *salto da fiocco,* espécie de *jeté* girando: tratava-se de tocar, com a ponta dos pés, num salto, um nó de lenços suspenso ao teto (*fiocco*). Negri foi o primeiro a preconizar os *piedi in fuore*, início do *en dehors*.

Marco Fabrizio Caroso (Sarmoneta, ?–?)

Fez carreira em Roma. Seu tratado, *il Ballerino* (1577?) – primeira edição conhecida: Veneza, 1591 –, dedicado a Bianca Capella de Medici, grã-duquesa de Toscana, apresenta uma nomenclatura de passos. Entre outros, encontramos cinco tipos de cabriola, uma feita no ar; *spezzata in aria*, e uma cabriola *intrecciata* (entrelaçada), ancestral, quanto à etimologia, do *entrechat*. Encontramos também o *fioro* (donde veio o *fleuret* ou *pas de bourrée*), o *salto tondo in aria* (giro no ar), o *pirlotto* (pirueta) e o *groppo*, origem do *coupé*.

Em edições posteriores (1600 em Milão, 1630 em Roma), o número de passos *relevés* chega a sessenta e oito. Tudo é acompanhado por solfas.

A dança de corte

> Et quand Anglais furent dehors
> Chacun se mist en ses efforts
> De bastir et de marchander
> Et en biens superabonder.*

Esses versos de um tabelião anônimo do Laval, do fim do século XV (citados em *Histoire de la France*, de Georges Duby, Larousse, 1971), mostram bem a energia de três gerações que, em três quartos de século,

---

* E quando os ingleses foram expulsos, todos se puseram a fazer esforços para construir, e negociar, e trazer a superabundância de bens.

reergueram a França após a Guerra dos Cem Anos. De fato, no fim do século XV, o reino voltou a ser o mais rico e o mais populoso da Europa.

A influência cultural da Itália no início do século XVI é evidente nas artes. O aspecto dos castelos e das vilas mudam; há uma transformação total da arquitetura quando Francisco I confia Fontainebleau a Primatice e Rosso.

Mas no plano do pensamento e da literatura, a originalidade francesa é absoluta. A fundação, mesmo inacabada, do Collège de France garante o triunfo do humanismo e rebate o conformismo da Universidade. A Plêiade, nova escola literária, lança um manifesto nacionalista como primeira publicação: *la Défense et illustration de la langue française* (Defesa e ilustração da língua francesa), de Joachim du Bellay.

A partir de Francisco I, uma verdadeira vida de corte organiza-se pela primeira vez. Ele agrupa fidalgos não titulares de cargos essenciais do Estado, que são confiados a especialistas. Os cortesãos têm vocação para lutar com brio e para procurar o refinamento do comportamento com o objetivo de elaborar uma arte de viver com elegância.

Para esta nova sociedade, a dança, aperfeiçoada pela Itália, será um exercício apaixonante.

As danças de corte da Renascença francesa

Dois documentos fornecem informações precisas: *L'Art e Instruction de bien danser...*, de Michel Toulouze, do início do século XVI; *Orchésographie*, de Thoinot Arbeau (anagrama-pseudônimo do cônego Jehan Tabourot), mostra, em 1596, o progresso e a diversificação conseguidos.

Toulouze sublinha quase que exclusivamente a "*baixa dança*". Dança de casais, exclui os saltos e emprega muitos passos que se sucedem sem encadeamentos obrigatórios. Passo simples, passo duplo, balanço, modo de andar, conversão são executados em quatro tempos ou *quaternions*.

Arbeau apresenta um exemplo que se estende por uma série de vinte *quaternions:* início no segundo metro – reverência – balanço – dois passos simples – um passo duplo/reinício – um passo duplo/reinício – dois passos simples – três passos duplos/reinício – um passo duplo/reinício – balanço – dois passos simples – um passo duplo – balanço – conversão (Arbeau, *op. cit.*, pp. 25 ss.).

É fácil reconstituir com o corpo este esquema, seguindo-se um texto musical na coletânea principal, o das *Basses Dances de la cour de Bourgogne.*

A *Orchésographie,* de Thoinot Arbeau, detalha com clareza e precisão os passos de dança do século XVI:

– *Pas de Brébant* (ou de *Brabant*), que é a nova transformação do saltarelo (a *alta danza* dos italianos), alternada, com frequência, com a "baixa dança".

– *Bransle.* A dança em voga nos dois primeiros terços do século. Dança diferente, de acordo com a região: há uma *bransle* da Champagne, do Poitou, da Borgonha... Dança mimodramática: os *bransles* das lavadeiras, dos tamancos, das ervilhas, do eremita, por exemplo. Pode-se distinguir o *bransle simples,* de ritmo lento (4/4), o *bransle double,* mais vivo (6/4), o *bransle gay,* ainda mais rápido (6/8).

Importam-se danças da Espanha: o *canário,* que Arbeau acha que "parece por demais selvagem"; a *chacona,* a princípio viva e licenciosa, tornar-se-á a dança nobre por excelência no século XVII; a *passacale,* que lembra os passeios provocantes das moças nas ruas, mas que se tornará mais tranquila, sob a forma de chacona. Outras vêm da Itália: a *pavana,* uma das principais danças da época e que continuará predominante no século seguinte, com seus passos escorregados marcados por paradas curtas; o *pazzo mezzo,* bem pouco praticado, mais vivo do que a pavana da qual é ancestral. Da Provença vem a *volta,* dança de casais em que o cavalheiro estreita sua parceira e gira sobre si mesmo fazendo-a saltar. Considerada imoral, é apreciada por Brantôme, pois o salto "fornece com frequência algo agradável de se ver".

A dança típica do século é a *galharda.* Dançada em sequências de cinco passos num tempo de 6/4, integrando *saltos, grous, coices, rus de vache* e *cabriolas,* era uma dança de elevação. O *tordião* era uma variedade da última que se dançava "baixo e perto do solo, numa métrica ligeira e concisa". A associação pavana-galharda substitui a alternância "baixa dança" – saltarelo, fora de moda.

O repertório, bem rico como podemos constatar, é completado pela *gavota,* uma dança destinada a reinar até o fim do século XVIII. No entanto, Arbeau a considera apenas como "uma coletânea e reunião de vários balanços duplos... dançados em métrica binária" (*Orchésographie,* p. 93).

Mas tratava-se apenas de danças comuns nos bailes da corte. Faltava organizá-las em espetáculo. As condições políticas iriam impor ao poder a utilização do balé como meio de propaganda.

A invenção do balé de corte

A segunda metade do século XVI comporta, de fato, uma sucessão de tensões políticas e de guerras. Após a morte de Henrique II, três partidos lutam pelo poder: a realeza, os Guise e os protestantes. A luta contra os protestantes através da tortura e da morte começara com Francisco I. Henrique II comanda uma repressão brutal. No reinado de seus sucessores, o país será dilacerado por guerras civis que darão ao inimigo espanhol a oportunidade de intervir, diretamente ou não. A unidade do país e a autoridade real centralizadora são colocadas novamente em questão.

No início do século, apresentou-se o problema dinástico, com a subida ao trono de um Valois-Angoulême, pequeno nobre do interior. A sucessão não foi difícil. O mesmo não acontecerá no final do século, quando a morte de Henrique III, sem herdeiros, trará ao poder uma nova dinastia, a dos Bourbons, com Henrique de Navarra, também pequeno nobre, mas protestante e que, no princípio, tinha contra si a maioria dos franceses.

Além das dificuldades dinásticas, as regências: a morte de Henrique II concede o poder nominal a seu jovem primogênito, Francisco II, ao qual sucederão, sem posteridade, mas não sem taras, seus irmãos Carlos IX e Henrique III. O poder realmente será exercido pela rainha-mãe, Catarina de Medici, uma italiana que favorece a vinda de numerosos italianos à corte.

Após o assassinato de Henrique IV, ainda outra regência de mulher, uma outra italiana, Maria de Medici, de 1610 a 1617.

Após a morte de Luís XIII, até a tomada de poder pessoal de Luís XIV (de 1642 a 1661), ainda uma regente, desta vez espanhola, Ana d'Áustria, sob a qual – e sobre a qual – reinará de fato um outro estrangeiro, um italiano, seu Primeiro Ministro, o cardeal Mazarino.

Esta sucessão de mulheres estrangeiras terá como efeito o enfraquecimento do poder real, subversões e as últimas tentativas da classe nobre de se apossar do poder político: guerras de religião no governo de Catarina, guerra de príncipes no de Maria, frondas no de Ana.

Daí a necessidade de afirmação do poder real como único meio de paz e prosperidade e a de fazer propaganda, não para o povo, cujo peso político continua nulo, mas para os Grandes. Até Luís XIII, o balé será, como constataremos, um meio privilegiado de propaganda. Depois da autoridade real solidamente restabelecida, o balé se transformará de afirmação do princípio monárquico em cerimônia de adulação da pessoa do rei.

O material técnico

Os organizadores de balés tinham as danças da corte à sua disposição. A "baixa dança" desapareceu em meados do século XVI, o balanço e a galharda não são mais empregados no fim do século, a alemanda, a gavota, a pavana, a sarabanda, o *passe-pied*, o *louré*, a *bourrée*, o canário continuam na moda à espera do reino do minueto, por volta do século XVII.

Este era o material da dança: o balé de corte foi, em primeiro lugar, um baile organizado em torno de uma ação dramática.

Outro elemento: a dança geométrica de solo. Demos um exemplo com a "dança num tabuleiro de xadrez" do *Songe de Poliphile*. O balé de corte se apaixonará pelas evoluções geométricas dos dançarinos: círculo, quadrado, losango, retângulo. Essas figuras eram nitidamente identificáveis, pois os balés eram concebidos para serem vistos do alto. Os dançarinos faziam evoluções numa parte da sala, todos no mesmo nível; na outra parte eram montadas bancadas para os espectadores. Chegou-se até a desenhar letras com fileiras de dançarinos, com maior frequência os monogramas dos soberanos, por vezes o nome da heroína do balé, como Alcina. A este respeito, podemos citar uma historieta de Tallemant des Réaux (*Historiettes*, t. I): A senhora Bar "mandou, certa vez, que se dançasse um balé em que todas as figuras traçassem as letras do nome do rei. – Então, senhor, disse-lhe depois, não notou como todas as figuras compunham exatamente todas as letras do nome de Sua Majestade? – Ah, minha irmã, ele lhe disse, ou a senhora não escreve nada bem ou não sabemos mesmo ler, pois ninguém percebeu o que a senhora mencionou".

Terceiro elemento: as *entrées* ou *árias*, reservadas a temas específicos ou tradicionais: *entrées* de fúrias, de demônios, de combatentes, cuja dança era livre, ou improvisada e que recorriam muitas vezes à mímica e à acrobacia. Estes combates dançados eram então uma lembrança muito próxima, uma transposição das lides que constituíam as principais festas de corte até meados do século XVI.

O profissionalismo não existia nos primeiros tempos do balé de corte: "coreógrafos", executantes, eram todos cortesãos, com frequência da classe alta. Pouco a pouco – e, em primeiro lugar, entre as faixas menos nobres, mas que exigiam virtuosismo em atrações como o funambulismo e a acrocabia, inseridas no balé – apareceram os bailarinos profissionais. Numa segunda fase, que podemos situar por volta de 1635, estes obtiveram um mesmo número de papéis que os cortesãos (*cf. Ballet de la Merlaison*). Numa terceira fase, a partir de 1670, os amadores serão eliminados do palco.

De acordo com François de Lauze (*Apologie de la danse et la parfaicte méthode pour l'enseigner tant aux cavaliers qu'aux dames*, s.l., 1623), "há distinções entre as capacidades do amador de corte e as dos bailarinos. Aos últimos reservam-se passos como *fleurets,* pequenos floreios ou balanço de pés, piruetas (no sentido de vários giros violentos ou forçados), cabriolas (nem mesmo meias-cabriolas)".

Desta primazia do amador sobre o profissional no início do balé provém, sem dúvida, nossa ignorância quanto aos mestres de dança. Só conhecemos o nome dos dois mestres italianos de Carlos IX, Diobono e Bracesco. Daí também o fato de que, até o século XVII, os tratados de dança tenham sido mais obras de reflexão intelectual sobre o balé do que exposições de técnicas.

Não é possível reconstituir exatamente a composição coreográfica dos balés de corte. Duas fontes permitem uma visão fragmentária:

– *Os libretos.* Até 1611, um único libreto havia sido publicado, o do *Ballet comique de la reine.* O hábito de publicar libretos com texto completo só data de Luís XIII. Conhecemos apenas fragmentos, ou de segunda mão, ou ainda por alusões, dos cerca de duzentos e quinze balés compostos anteriormente. E ainda é preciso observar que os libretos só excepcionalmente indicam as danças empregadas.

– *A música.* Resgatamos uma literatura importante de música para dança; a maior parte não é encontrada em edições comuns. Estas danças foram narradas sem indicações, na maioria dos casos, dos balés em que foram utilizadas. Apresentam-se em coletâneas, como os dois tomos de Robert Ballard, do fim do século XVII, a coleção de Praetorius, do início do século XVIII e a posterior, de Philidor, o "anotador" do rei, a quem devemos o conhecimento da maior parte das músicas compostas para as comédias-balé de Molière. Estamos informados sobre a música vocal principalmente pelas *Airs de cour à 4 et 5 parties*, publicadas por Pierre Guédron em 1602. Um importante trabalho de decifração de solfas de alaúde está sendo feito neste momento no CNRS (centro nacional de pesquisas científicas) e revela uma música bem interessante.

A temática dos balés de corte

A mitologia forneceu aos autores de balé a maior parte de seus libretos. Ela está presente em toda parte, mal escondendo os personagens reais. A alegoria, principalmente no século XVII, tem um papel muito reduzido.

A seguir vem a inspiração romanesca, baseada sobretudo em Ariosto e que renova uma velha tradição nacional.

"A ação do balé, escreve o jesuíta Ménestrier, pode ser uma espécie de romance, como o dos Amadis, dos cavaleiros do Sol, de Primalion, etc. Isto faz com que Ariosto forneça há um século um grande número de balés dançados na França e na Itália" (*Des ballets anciens et modernes*, p. 61). Apenas para a França, em cento e cinquenta anos, pudemos descobrir os seguintes balés e tragédias líricas inspirados em *Roland furieux:*

1550 – Mascarada de Saint-Gelais, em Blois. Tema de Rogério e Morfisa.
1556 – Mascarada em Blois. Tema de Rolando.
1610 – O *Ballet de M. de Vendôme.* Tema de Alcina.
1618 – *La Folie de Roland.*
1653 – *O Ballet de la nuit* (texto de Benserade), dançado para Luís XIV. Tema: Rogério de Bradamante, Medor e Angélica.
1664 – *Les Plaisirs de l'île enchantée.* Tema de Alcina.
1685 – *Roland,* texto de Quinault, música de Lully.

E, provavelmente, a lista não é completa.

Podemos acrescentar a influência de Ariosto no teatro, de Garnier a Thomas Corneille, na poesia, de Baïf a La Fontaine, com *Joconde.* A moda "à la Ariosto" manifestou-se até nos *gadgets* da época, por exemplo, numa brincadeira nova a partir do *jeu de l'oie,* o "labirinto do amor".

Como antítese, encontramos muitos balés burlescos; da mesma forma, na literatura do início do século XVII, o burlesco tem um papel nada negligenciável, que vai das peças fantásticas, quase surrealistas como *Fées de Saint-Germain* (Fadas de Saint-Germain) ao obsceno *Ballet des andouilles* (Balé das linguiças). Tradicionalmente, o período do carnaval – que começava então em janeiro – era festejado com muitos balés, o que também explica a inserção de episódios cômicos em balés romanescos.

A galanteria "pastoral" também era uma fonte de inspiração abundante como reação à rudeza dos costumes. O sucesso de *Astrée* e o movimento dos *Précieux* podem ser explicados pela mesma razão.

Finalmente, a política estará presente em inúmeros balés até o advento de Luís XIV. Presença por alusão, como no *Ballet comique de la reine* (Balé cômico da rainha) e em *la Délivrance de Renaud* (A Libertação de Renaud), lição política direta, como em *Ballets de Pau et de Tours* ou em *La Prospérité des armes de France* (A prosperidade das armas de França) de Richelieu, e até mesmo um fato político, como a paz de Münster, que inspirou *La Naissance de la paix* (O Nascimento da paz) a Descartes.

Uma tentativa abortada: o balé "metrificado"

Um dos objetivos confessos do humanismo renascente e particularmente da Plêiade era ressuscitar a arte da Antiguidade. É uma restauração da *mousiké* grega – a unidade fundamental da poesia e do movimento –, que foi tentada pela Academia de Música e Poesia, fundada em 1571 pelo poeta Antoine de Baïf e pelo compositor Thibault de Courville:

> ... pour l'art de musique
> Réformer à la mode antique
> Les vers mesurez inventer.*

A ideia básica era construir, segundo uma mesma métrica – dáctilo, espondeu, iambo, anapesto –, uma métrica francesa, a partir da qual se modelaria uma métrica musical e uma métrica corporal. Noção puramente teórica: o sistema é possível numa língua acentuada como a grega e a latina; não se pode construí-la

* Para adaptar a arte da música à moda antiga, inventar versos metrificados.

numa língua tão pouco marcada de breves e longas como o francês.

Segundo a teoria de Baïf, chegar-se-ia a um sistema de equivalências; a métrica do coriambo, por exemplo, daria a seguinte equação:

Métrica do verso: – ◡◡ / ◡ – / ◡ –

Música: 𝅗𝅥 ♩ ♩/♩ 𝅗𝅥/♩ 𝅗𝅥

Dança: passo longo, passo breve, passo breve/passo breve, passo longo/passo breve, passo longo.

Não era uma perspectiva isolada, mas a de um grupo coerente e de peso. A casa da rua de Fossés Saint-Victor, local de reunião da Academia, era frequentada não somente por Carlos IX, mas também pelos bons compositores da época: Claude Lejeune, Jacques Mauduit, Jacques Dufaur. O organizador do *Ballet comique de la reine*, Beaujoyeux, deixa claro que tentava seguir as regras editadas com todo o cuidado. Esta tentativa não foi feita somente em Paris. Em Veneza, em 1600, foi dançado um *Ballo de fiore*, cujo subtítulo era *Contra passo fatto conversa mathematica sopra versi d'Ovidio* (Contrapasso à maneira de conversa matemática sobre versos de Ovídio).

A filiação do balé de corte

Vimos que, desde o século XII, havia sido encontrado na França o princípio da dança metrificada, da dança de corte. Vimos também que os mestres italianos do *Quattrocento* aperfeiçoaram-na, tendo os franceses codificado a técnica da dança. Mas não encontramos em data precoce, na Itália, ações dramáticas traduzidas essencialmente pela dança, não encontramos verdadeiros espetáculos de balé. A *Aminta* de Tasso, criada em 1573 para o príncipe Afonso III de Este, é apenas uma pastoral em que o texto domina, em que a dança intervém pouco e, ainda, fora da ação. Até a *Ripresentazione di anima e di corpo* (Roma, 1600), de Emilio di Cavalieri, é um oratório. Se o autor prevê "balés" em sua participação ao leitor, são apenas mouriscas e pastorais, apresentadas no prólogo ou nos intermédios.

Ao contrário, na França, entre o momo da Idade Média, os entremezes do século XV, as danças que acompanham as lides da primeira metade do século XV e o balé de corte propriamente dito da segunda metade do século, a transição se fez por pequenas etapas.

Na realidade, durante a Renascença, tantas obras sucederam-se, houve tanto intercâmbio entre os homens da França e da Itália, que a cultura coreográfica chegou a parecer comum. O *Ballet comique de la reine* marca bem esta fusão: o autor é italiano, o gênero, sua técnica de representação e sua ação coreográfica são franceses. Mas antes de se desenvolver completamente, podia-se sentir na França que o balé era inteiramente importado da Itália – no que se refere à técnica –, e Ronsard pôde escrever:

> L'accord italien, quand il ne veut bâtir
> Un théâtre pompeux, un coûteux repentir,
> La longue tragédie en mascarade change.
> Il en est l'inventeur, nous suivons ses leçons
> Comme ses vêtements, ses moeurs et ses façons.
> Tout l'ardeur des Français aime la chose étrange.*
>
> (*Oeuvres*, Ed. Marty-Laveaux,
> Paris, 1893, t. VI, p. 310)

* Quando o acordo italiano não quer construir um teatro pomposo, um arrependimento custoso, transforma a tragédia longa em mascarada. É o inventor dela, sigamos suas lições, assim como suas vestimentas, seus costumes e seus modos. Todo o ardor dos franceses ama a coisa estranha.

As tentativas

O balé de corte vai tatear durante cerca de trinta anos, antes de se fixar de modo claro e definitivo.

Quando Henrique II entra em Paris em junho de 1548, são organizadas lides. As crônicas contam que os concorrentes chegavam ao torneio conduzidos por momos disfarçados de amazonas e dançando um esboço de balé.

Em 1550, festeja-se o parto da senhora de Luxemburgo: nove damas de honra de Catarina de Medici, que representam as nove musas, descem de um cenário que simula o Parnaso. Declamam e dançam diante do rei e da corte. Da mesma forma, em 1554, em comemoração à volta do rei a Saint-Germain, representa-se uma mascarada de seis sibilas, entre as quais estão suas filhas, Elizabeth e Claude, e sua futura nora, Maria Stuart.

Mas eis que em 1564 aparece o primeiro balé de corte com seus elementos constituintes, dança, música, poesia, cenário com máquinas, ligados a uma ação dramática: Carlos IX, influenciado por sua mãe, faz uma viagem de propaganda pela França. Em Bar-le-Duc, perto do feudo de seu rival, o duque de Guise, representa-se um balé com versos de Ronsard, onde se pode ver uma querela dos quatro elementos, dos quatro planetas maiores, cujas desordens são apaziguadas por Júpiter. A alusão é clara: Júpiter, coordenador do mundo, garantia de harmonia e paz, é o rei. Este primeiro balé de corte, ainda bem próximo dos *trionfi* à italiana por sua falta de complexidade, é, porém, bem notável, porque, pela primeira vez, apresenta uma ação dançada; é, na verdade, o primeiro balé de propaganda.

O segundo, de estilo diferente, terá a mesma finalidade. Durante esta mesma viagem, Catarina chegou a Bayonne para encontrar sua filha Elizabeth, casada com o rei da Espanha, Filipe II, que, tendo subornado Guise contra a coroa, não se abalou. Num festim na ilha de Aiguenau, Catarina apresenta aos senhores espanhóis o reino de França, numa mascarada que encomendou a Baïf. De cada lado da aleia que levava à sala de banquetes, grupos de moças que representavam as dezesseis províncias da França executavam danças de sua região: "*poitevines* com a cornamusa, provençais, a *volta* com timbales..." escreve Brantôme. Na sala, onde pastoras "vestidas de ouro e de cetim" serviam, um prólogo que celebrava a paz era cantado pela "fada dos Pireneus" entre "um grande grupo de sátiros músicos", que precediam um carro onde havia um "rochedo luminoso". Abrem-se o rochedo e as árvores que o ornavam: de lá descem ninfas que dançam e cavaleiros que combatem dançando. A filiação com o entremez é nítida.

O balé de casamento de Henrique

Mais característico é o balé dançado por ocasião do casamento de Henrique de Navarra e Margarida de Valois, no Louvre, a 20 de agosto de 1572 (fonte: *Mémoires pour l'estat de la France sous Charles le Neuvième*).

Em primeiro lugar, foi apresentado um desfile de carros sobre temas marinhos. Um deles, em forma de cavalo-marinho dourado, trazia Carlos IX vestido de Netuno, rodeado de príncipes e senhores que dançavam.

Após esta referência ao entremez, veio o balé propriamente dito. Seu acompanhamento eram versos de

Ronsard e a música do cantor-ídolo da época, o castrado Etienne le Roy, cantor da câmara do rei e abade de Saint-Laurent. A ação é dançada na grande sala de Bourbon do Louvre, que vai se tornar o local de representação dos grandes balés por um bom período.

No lado direito, o paraíso com um arco do triunfo e os Champs-Elysées, "um paraíso embelezado pelo verde e por todas as espécies de flores e o céu empíreo, que era um grande círculo com os doze signos, sete planetas e uma infinidade de estrelinhas que provocavam uma grande luminosidade e claridade por meio de lâmpadas e tochas acomodadas por trás". Lá estavam postadas doze ninfas, "vestidas com bastante riqueza".

No lado esquerdo, o inferno, "no qual havia muitos diabos e diabinhos que faziam macaquices e arruaça, com uma grande roda que girava cheia de guizos".

Cavaleiros errantes (Navarra e dois nobres huguenotes) querem se apossar do paraíso, mas um outro partido, o do rei e seus irmãos, rechaçam-nos e os aprisionam no inferno. "Imediatamente descem do céu Mercúrio (Étienne le Roy) e Cupido, dançando e cantando." O rei e os seus vão ao paraíso procurar as ninfas "que levam ao meio da sala, onde elas começam a dançar um balé bem diversificado, que durou mais do que uma boa hora". A pedido de Mercúrio, de Cupido e das ninfas (alusão ao casamento que deveria trazer a paz entre católicos e protestantes e ainda aliviar o rei da pressão dos Guise), Navarra e seus companheiros são libertados. Lides e fogos de artifício arrematam a festa.

Ao integrar elementos – entremezes, lides – inspirados no passado, o balé propriamente dito mostra um progresso decisivo em relação ao de Bar-le-Duc: a ação dramática é clara e diversificada com suas peripécias. O cenário é lógico, engenhoso, pitoresco. O balé das ninfas, porém, não está perfeitamente integrado à ação, mesmo sendo o principal elemento coreográfico.

Trata-se claramente de um balé de propaganda, que expõe alegoricamente o estado da França: os protestantes vencidos serão libertados pela clemência do rei, e a paz será garantida. Propaganda ilusória: três dias depois, seria a noite de São Bartolomeu. Talvez por ser uma afirmação pública da mudança de política que o rei queria, o balé, de certa forma, levou os Guise e Catarina a cometerem o irreparável.

O "Balé dos embaixadores poloneses"

Em 1573, uma importante delegação de nobres poloneses vem a Paris oferecer o trono ao duque de Anjou, irmão do rei, seu futuro sucessor, sob o nome de Henrique III. Carlos IX, que quer se livrar de Anjou, prepara uma recepção luxuosa. Um balé é composto para a ocasião.

Jean Dorat escreve os versos latinos (que mais tarde serão traduzidos por Ronsard e Amadis Jamyn). Música de Roland de Lassus. Cenário de Mansenius (Mancini ?). Autor: Balthazar de Beaujoyeux; este balé é sua primeira criação conhecida na corte.

A obra começa por um prólogo em latim entre a França, a Paz e a Prosperidade. Depois aparece um carro com um rochedo, sobre o qual estão dezesseis ninfas. "Após terem dado uma volta na sala sobre esta rocha, numa parada, como no campo, todas acabaram descendo do rochedo e, tendo se posto em forma de pequeno batalhão estranhamente inventado, os violinos chegando a trinta, tocando uma ária de guerra bem agradável, elas começaram a marchar ao som da ária de violinos e com uma bela cadência, sem nunca dela sair, e se aproximaram e pararam diante de Suas Majestades e depois, ao dançar seu balé tão bizarramente inventado e com tantos giros, contornos e desvios, entrelaçamentos e misturas, afrontamentos e paradas, nenhuma dama falhou em seus passos, pois estas damas tinham o julgamento sólido e boa memória." (Brantôme, *Mémoires*)

Apresenta-se finalmente a ninfa de Anjou, que faz o elogio ao futuro rei da Polônia.

Podemos negligenciar as outras festas, como o festim com entremezes oferecido pelos almotacés de Paris a Henrique III, no dia 6 de fevereiro de 1578, que comportava uma "écloga latina e francesa... juntamente com o oráculo de Pã", os autores sendo Dorat e Baïf.

O "Balé cômico da rainha"

1581 é o ano da criação do *Ballet comique de la reine*, balé de corte característico, o mais conhecido, que fixará o gênero.

Do dia 18 ao dia 24 de agosto de 1581, foi celebrado com extremo fausto o casamento do duque de Joyeuse, um dos favoritos do rei, com a irmã da rainha Luísa, Marguerite de Lorraine-Vaudémont. O rei havia encomendado para as mascaradas e lides versos de Ronsard e Baïf e música de Claude Lejeune. Por sua vez, a rainha quis montar um balé. Como os "fornecedores" habituais estavam ocupados, dirigiu-se a

Balthazar de Beaujoyeux, que havia se qualificado com o *Ballet des ambassadeurs polonais* como organizador destes espetáculos.

Seu nome de origem era Baldassarino da Belgioso. Era um piemontês que, segundo Brantôme, viera para a França com um conjunto de violinos "muito delicado, muito completo", trazido pelo marechal de Brissac. Fez carreira na corte. Em 1567, foi criado de quarto de Catarina de Medici; mais tarde desempenhou a mesma função junto a Maria Stuart. Participa da vida intelectual da época, pois frequenta a academia de Baïf. Torna-se escudeiro e senhor de Landes. Morre em 1585 (ou 1587). Em suma, uma carreira na corte nem um pouco além da média.

Beaujoyeux emprega os colaboradores disponíveis: para os versos, o senhor de la Chesnaye, esmoler do rei; para a música instrumental, o tocador de baixo e alaúde Lambert de Beaulieu e Fabrice Cajetan, um discípulo de Baïf, que diz compor uma música "metrificada"; para a parte vocal, mestre Salomon, cantor e criado de quarto do rei. Todos de terceira categoria. Realmente era preciso que o gênero do balé de corte tivesse chegado à maturidade para que estes pequenos talentos tornassem sua obra um arquétipo.

Beaujoyeux concebe o balé como uma ação falada, cantada e dançada segundo os costumes da época. Seu assunto são os encantamentos de Circe, tema de Homero que era da ordem do dia, pois Agrippa d'Aubigné afirma em suas *Memórias* que, desde 1573, tempo em que era escudeiro de Henrique de Navarra em Londres, havia "concebido Circe".

A obra não ficou pronta a tempo. Só foi apresentada no dia 15 de outubro na grande sala Bourbon do Louvre.

Mas Beaujoyeux havia refletido sobre as experiências precedentes e sentido que a lógica do balé de corte era a de um "teatro total". Escreve claramente no prefácio de seu libreto: "Não se deve atribuir tudo ao balé sem prejudicar a comédia... Assim, animei e fiz falar o balé e retumbar a comédia e, acrescentando representações e ornamentos ricos, raros, posso dizer ter contentado, em um corpo bem-proporcionado, os olhos, os ouvidos e a compreensão".

O cenário é conhecido através do único documento iconográfico que possuímos sobre este balé: uma gravura que ilustra o prólogo.

O rei e a rainha ficaram sob um dossel no fundo da sala. Ao seu redor, o público nas bancadas. Diante deles, do lado direito, a pequena mata e a gruta de Pã, do lado esquerdo, a "abóbada dourada" do céu, feita com nuvens pintadas, iluminadas por dentro, que servia de tribuna para os cantores e músicos. Na extremidade da sala, o espaço cênico: não havia cenário, mas sim, pintados num mesmo plano, os jardins e o palácio de Circe, tendo de cada um dos lados uma passagem para os carros e os atores. As pinturas eram de Jacques Patin, pintor do rei. Pode-se notar a semelhança desta cenografia com a do balé para o casamento de Navarra.

"Às dez horas da noite, depois que se fez silêncio, escutou-se imediatamente atrás do castelo (de Circe), uma nota de oboé, cornetas, sacabuxas e outros instrumentos doces de música." Começava o balé que deveria durar cinco horas e meia.

Tratava-se de uma enorme máquina mitológico-galante com intenção política subjacente, organizada em um prólogo e seis *entrées*:

– *Prólogo.* Um nobre, que escapou do palácio-prisão de Circe, pede o apoio do rei contra ela.

– *Primeira entrée* – Ao redor de Tétis (o compositor Beaulieu) e Peleu, estão num carro as nereidas e os tritões dançarinos (a rainha Luísa, o príncipe de Lorraine, os duques de Guise, de Nevers e o próprio Joyeuse), assim como oito tritões cantores. Circe aparece e petrifica-os.

– *Segunda entrée.* Mercúrio entra com um grupo de ninfas; dá vida aos "petrificados", aspergindo-os com um líquido. Circe os petrifica novamente, inclusive Mercúrio e seu séquito, e depois os leva prisioneiros a seu castelo.

– *Terceira entrée.* As dríades e as ninfas da floresta imploram a Pã, que promete ajudar.

– *Quarta entrée.* Minerva aparece num carro em forma de serpente, rodeada de Virtudes.

– *Quinta entrée.* Júpiter desce do céu sobre sua águia.

– *Sexta entrée.* Pã se junta a eles, seus sátiros "armados de bastões nodosos e cobertos de espinhos". Todos atacam o castelo. Júpiter aprisiona Circe e entrega-a ao rei.

– *Final.* Pela primeira vez, é dançado um final que se tornará tradicional no balé de corte: o grande balé do qual participam todos os nobres – dançarinos, em trajes que se tornarão também tradicionais – penacho na cabeça, máscara em geral dourada, túnica curta que deixa as pernas nuas, borzeguins flexíveis que vão até o meio da barriga da perna. Quando o rei participa, tem nos braços laços de fitas.

Finalmente começa o baile para toda a corte.

O gênero está definitivamente fixado com suas banalidades e achados: prólogo em homenagem ao rei, *entrées* em diversos tons, que se inscrevem numa ação coordenada psicologicamente, uso do canto e da dança misturados; a poesia declamada, um outro elemento, logo será transformada em recitativa, mas o uso dos "versinhos" dedicados aos personagens sobreviverá.

O cenário ainda é estático. Logo comportará mudanças visíveis. A cena à italiana será utilizada, e as máquinas serão aperfeiçoadas.

Não temos uma partitura completa da obra; não sabemos, portanto, que tipos de dança foram executados, mas a maioria, com certeza, foi extraída do repertório de danças da corte. Temos somente uma certeza: a dança geométrica foi utilizada para o final da obra. Em seus comentários no libreto, Beaujoyeux indica-nos "uma *entrée* de quinze figuras, dispostas de maneira tal que, no final do trecho, todas se voltassem sempre para o rei; diante de sua Majestade, dançaram o grande balé com quarenta trechos ou figuras geométricas... ora em quadrado, ora em roda e de muitas e diversas maneiras, e logo em triângulo acompanhado por algum outro pequeno quadrado e outras pequenas figuras. No meio deste balé, constrói-se uma cadeia composta de quatro entrelaçamentos diferentes".

Deve-se notar que o espaço, então, só é utilizado em quatro direções, as perpendiculares dos cantos da sala. Atualmente utilizamos oito direções, as perpendiculares e as diagonais. A utilização das quatro direções será regra até o século XVII, inclusive, como indica a *Choréographie* de Feuillet.

Beaujoyeux tinha consciência de ser um inovador. Afirma com ênfase em seu *Adresse au roi de France et de Polongne* (Mensagem ao rei da França e da Polônia): "... E como as carnes deliciosas que uma estação nega à outra, ou de que uma região é mais privilegiada do que regiões vizinhas, são conservadas por meio da gordura e transportadas, despertando admiração pelo território que as possui, também esta refeição de espírito que os senhores consideraram agradável e que ainda não cresce em qualquer outro lugar a não ser no território que os obedece, conservada no açúcar das boas graças dos senhores, temperada por sua aprovação e preservada na caixa deste pequeno monumento (seu libreto), possa conceder a todas as nações saborear o néctar, a ambrosia com a qual os senhores se deleitaram e satisfizeram os apetites de seu povo".

O *Ballet comique de la reine* fixou o arquétipo do balé de corte. O gênero será aperfeiçoado em sua forma, tornar-se-á mais refinado, mas não mudará, não evoluirá em profundidade até se apagar, o interesse da corte voltando-se para outras artes, no final do século XVII.

Durante um século, o balé de corte explorará a fórmula estabelecida em 1581. Irá se espalhar pelas cortes da Europa e, curiosamente, sobreviverá até meados do século XVIII nos balés organizados pelos jesuítas em seus colégios.

Três lições dançadas de política

Não seria o caso aqui de analisar ou enumerar a imensa quantidade (quase mil) de balés de corte.

É preciso, porém, reservar um lugar especial para os *Ballets de Pau et de Tours*, três balés curtos, mas que mostram claramente a sua finalidade política.

Catarina, regente de Navarra, irmã de Henrique de Navarra, era amante de seu primo, o conde de Soissons que, para ficar junto dela, havia desertado do exército. Henrique queria que ela se casasse, por questões políticas, com o príncipe de Bar. Ela recusava e mantinha Soissons junto a ela em Pau. O *Ballet de Pau* (23 de agosto de 1592) pode ser considerado como uma primeira intimação pública à princesa, sob a forma de alusão transparente.

Após um prólogo que louvava a beleza de Catarina, dois cavaleiros franceses e dois *béarnais* começam a discutir: os primeiros querem casá-la na França, os outros se opõem a isto. Dançando um *passo mezzo*, aparece Mercúrio, anunciando que Júpiter e Apolo resolveram que um combate decidiria o destino da princesa, um combate que não se travaria entre cavaleiros, mas entre ninfas, duas de Diana, duas de Cupido. As últimas ganham. A honra se salva, e Catarina se casará na França. O grande balé celebra a paz futura.

Como a lição não foi ouvida, Henrique manda trazer sua irmã a Tours, sua própria corte estando em Amboise. Donde duas novas advertências, os dois *Ballets de Tours*.

O primeiro, também chamado *Ballet de Madame* – março de 1593 – apela às alegorias, Amor, Razão, e à Diana e dez ninfas. Em três *entrées*, Razão e Diana vencem o Amor; Diana toma suas flechas, dando-as à Razão, que as entrega ao rei.

O segundo, também conhecido como *Ballet de Madame de Rohan* – maio de 1593 –, coloca em cena Medeia, uma sibila, quatro ninfas, dois cavaleiros espanhóis e dois franceses – a França estava em guerra fria com a Espanha, que havia enviado forças para apoiar o partido católico hostil à ascensão de Henrique ao trono. Num prólogo e seis *entrées*, Medeia, a maga, que é do partido espanhol, é vencida pelos franceses, auxiliados pelas ninfas. Antes da batalha, a sibila havia previsto que somente a união de Catarina e Henrique numa política comum poderia quebrar o encantamento da feiticeira. Os espanhóis, que haviam sido feitos prisioneiros, são entregues a Henrique, Medeia à Madame.

A poesia declamada é mais usada do que o canto. É verdade que esses balés foram rapidamente improvisados. Na França, a evolução irá no sentido da dupla música vocal-dança; na Inglaterra, em direção da dupla texto falado-dança: será o *mask,* forma teatral ilustrada sobretudo por Ben Johnson desde 1605.

A partir do advento de Henrique IV, o balé de corte floresce: de 1594 a 1610, descobrimos traços de cento e cinquenta e seis balés ou mascaradas. Mesmo em 1611, um ano após o assassinato do rei, haverá doze. Neles dominam dança, música e poesia, em detrimento dos cenários e trajes. Com exceção de um *Ballet des cinq nations,* em 1598, por ocasião do batismo de um bastardo do rei e da duquesa de Beaufort, e do *Ballet de M. de Vendôme,* a 12 de janeiro de 1610, quase todos são balés burlescos e até grosseiros.

Sem dúvida, a falta de refinamento na corte de Henrique é um dos motivos do aviltamento do balé de corte, mas é preciso observar que, durante a década que segue as guerras de religião, observa-se uma espécie de vazio na inspiração literária e artística, antes do grande impulso que acontecerá no primeiro terço do século.

No plano da cenografia, houve uma inovação importante em *Arimène,* pastoral dançada em Nantes, em 1596, para o governador da Bretagne, o duque de Mercoeur. Há uma cena com uma inclinação de 6%. Os cenários foram pintados sobre as superfícies de pentágonos; sua manobra, operada por um maquinista debaixo deles, permitia mudanças visíveis pelos espectadores. Este método, inventado pelos trágicos gregos do século IV a.C. – os *periaktoi* –, redescoberto na Itália do século XVI, é utilizado na França por Ruggieri, antigo astrólogo da rainha-mãe, agora cenógrafo. Além disso, a maquinaria comportava um globo que descia dos arcos, onde estava Júpiter, em meio a trovões e raios.

O *Ballet de M. de Vendôme* ou *Ballet d'Alcine* (12 de janeiro de 1610) assinala um progresso notável. Pela primeira vez, procura-se alternar cenas nobres com cenas cômicas. O procedimento será normal dali por diante.

O tema é de *Roland furieux* (cap. VI e VII), mas é interpretado com uma fantasia barroca. O prólogo dá o tom, apresentando o "senhor Gobbemagne, *consaltotier* da ilha dos macacos", com escravos mouros e turcos, cantores ou dançarinos, e um cortejo de violinos disfarçados de "macacos verdes". Na primeira *entrée*, Alcina faz dançar os cavaleiros que ela transformara em enormes torres e donzelas, potes de flores e mochos, moinhos de vento e baixos de viola (Picasso não inovará com *Parada*, em 1917). As ninfas escrevem dançando o nome de Alcina. Há combates de anões "em cabriolas". Basta o olhar do rei para desencantar os cavaleiros, enquanto o palácio de Alcina rui em chamas. A *entrée* final é dançada por cavaleiros que "escrevem" figuras geométricas representando "o alfabeto dos druidas encontrado num velho monumento".

No plano da ação dramática, os progressos são nítidos: Alcina é um personagem vivo e não uma alegoria, com sentimentos que vão da soberba ao desespero. No plano coreográfico, há maior criatividade, as danças são mais variadas, desde a "geometria" das ninfas e cavaleiros até a liberdade do combate de anões. Também há progresso na cenografia: o decorador, Senhor de Francine (Francini, intendente geral das Águas e Fontes), utiliza telas com contrapesos e chassis rolantes que permitem a cena final. Mas a disposição geral não mudou: os dançarinos são vistos no mesmo plano, diante do cenário e não dentro dele. Finalmente, progressos no plano musical: a orquestra se torna mais importante. Os doze violinos "macacos", colocados numa tribuna, tocam em cinco vozes: alto, contralto, baixo, *quinta pars,* barítono. O recitativo substitui a declamação. O balé falado está morto.

O sucesso foi grande: foi preciso reprisar o balé três vezes. No entanto, temos um descontente, Pierre de l'Estoile, que anotou em seu *Journal:* "Mostraram-me hoje o *Ballet de M. de Vendôme,* nova obra insípida impressa, que engordará a coletânea de bobagens destes tempos". É verdade que havia uma grande diferença entre o libreto, pueril, e a representação, surpreendente.

Um balé de política externa: o "Balé de Minerva"

Em 1610, Luís XIII tem nove anos. A regente, sua mãe, Maria de Medici, tenta, em primeiro lugar, conciliar os príncipes através de doações importantes. Em 1614, eles se rebelam e ameaçam provocar uma revolta dos protestantes; os parlamentos se agitam, principalmente o de Paris. Os estados gerais têm de ser reunidos de outubro de 1614 a fevereiro de 1615. A regente decide fortalecer sua autoridade destruindo as alianças desejadas pelo rei falecido e tentando se aproximar da Espanha. Conclui um duplo casamento espanhol: sua filha Elizabeth une-se a Filipe IV de

Espanha, e Luís fica noivo de Ana d' Áustria. (A filha de Elizabeth seria Maria Tereza, prima e futura esposa de Luís XIV.)

Realiza-se então, antes da partida de Elizabeth, um balé que mistura a autossatisfação publicitária com a poesia cósmica: o *Ballet de Minerve* (19 de março de 1615). A multidão era tão grande que a *première* foi agitada, e a obra teve de ser dançada também a 22 de março, sempre na sala do Bourbon do Louvre.

Autor: o poeta de corte Étienne Durand (tinha a renda da venda de 2000 livros por ano), com a colaboração de Malherbe. Compositores: Antoine Boesset, superintendente da música do rei e seu sogro, Guédron. Uma inovação: eles substituem o recitativo, decididamente pouco conforme ao gosto francês, por coros.

Após o prólogo da Noite, a entrada dos Vapores noturnos. As sibilas predizem a grandeza da França. Seguida pelo Sol num carro, a Aurora atravessa o céu. Mudanças à vista do público: a terra, os rochedos, as ondas; dançarinos, pastores e tritões anunciam a vinda de Minerva. Ela triunfa sobre um carro levado por Amores, seguida de amazonas, coroada pelo Renome e pela Vitória. Anuncia-se a idade de ouro, benfeitoria de Maria-Minerva:

> Un siècle renaistra cornblé d'heur et de joye...
> Tous métaux seront or, toutes fleurs seront roses,
> Tous arbres oliviers;
> L'an n'aura plus d'hyver, le jour n'aura plus d'ombre
> Et les perles sans nombre
> Germeront dans la Seine au milieu des graviers.*

* Renascerá um século pleno de felicidade e alegria.../ Todos os metais serão ouro, todas as flores, rosas,/ todas as árvores, oliveiras;/ o ano não terá mais inverno, o dia não terá mais sombra/ e um sem número de pérolas/ germinará no Sena, em meio ao cascalho.

É o início de um gênero que vai se impor dali por diante: a representação com máquinas, em que o único objetivo da trama dramática é o de servir o efeito cênico. Mas a obra marca um progresso decisivo no plano coreográfico: o balé de corte atinge a maturidade. O cenógrafo é Francini. Mandou construir um cenário de seis pés de altura por oito toesas, em quadrado, ligado à sala por planos inclinados. A Noite apresenta-se diante de uma tela-cortina. Por trás, chassis rolantes, chassis poligonais, telas com contrapeso, alçapões permitem a mudança instantânea dos cinco cenários. As entradas e saídas se fazem por aberturas reais do próprio cenário. Pela primeira vez, os dançarinos movimentam-se *dentro* do cenário.

"A Libertação de Renaud"... e de Luís

O governo de Maria de Medici está desacreditado, sua equipe ministerial muda incessantemente, o verdadeiro poder pertence ao favorito Concini, marechal d'Ancre, detestado por todos. Luís XIII, que, com dezesseis anos, é maior legalmente, continua afastado dos negócios; passa seu tempo a caçar com seu favorito Luynes. Os príncipes levantam tropas contra Concini, que manda prender seu chefe, Condé.

Com o balé cujo tema escolheu na *Jérusalem délivrée,* de Tasso, e que encomendou a Étienne Durand, Luís anuncia sua vontade de intervir, de assumir efetivamente o poder, o que fará a 21 de abril do mesmo ano, ou seja, três meses depois, com o assassinato de Concini. O tema é duplo: libertação do herói e grandeza do rei.

O papel de Renaud era desempenhado por Luynes,

o próprio rei figurava em duas *entrées* (um demônio do fogo e Godefroy de Bouillon).

O prelúdio se passa diante de uma cortina, que representa o palácio de Armide. O primeiro cenário é um rochedo cheio de nichos, onde estão os demônios (o rei e doze cortesãos). Renaud está ao pé da rocha. Dança dos demônios. O segundo cenário mostra o jardim encantado de Armide. Uma ninfa quer seduzir os soldados que vieram procurar Renaud. Eles resistem; ela é substituída por monstros híbridos: mochos-juízes, cães-camponeses, macacos-donzelas. Os soldados continuam impávidos, Renaud canta e dança o poder do amor. Um guerreiro estende-lhe um espelho. Renaud vê nele sua covardia. Arrasado e furioso consigo mesmo, ele se deixa levar. Terceiro cenário, o jardim devastado: Armide chama os demônios para socorrê-la, eles aparecem sob a forma de caracóis, caranguejos, tartarugas. Ela os transforma em velhas que caçoam dela e levam-na para fora do palco, enquanto o palácio desmorona. Quarto cenário: um carro-bosquezinho transporta os soldados de Godefroy de Bouillon, que cerca Jerusalém. Diálogo de Renaud com um eremita, que completa sua conversão em uma cena de superespetáculo, com um coro de noventa e duas vozes e quarenta e cinco instrumentos. Quinto cenário: Renaud se rende na tenda de Godefroy, a quem os senhores homenageiam, jogando-se a seus pés como diante de um deus.

Há um duplo significado político no balé; o próprio libreto dá a chave: demônio do fogo, o rei quer "purgar seus súditos de qualquer desobediência". Na cena final, o rei estabelece pela primeira vez, prefiguração do que será gradualmente elaborado e completado por Luís XIV, uma etiqueta de distanciamento.

Num cenário muito avançado, o contraste das danças é habilmente explorado: dignidade da dança dos demônios purificadores, dos cavaleiros cortesãos, em oposição com o burlesco dos demônios da feiticeira. Além da significação política desta oposição, deve-se ver nela um reflexo da dupla tendência presente na literatura da época: o grandioso melodramático com *Pyrame et Thisbé*, de Théophile de Viau, de 1621, *Parthénée*, de Gomberville, de 1622, e o realismo cômico do *Francion*, de Sorel, publicado em 1623.

"A aventura de Tancredo na floresta encantada"

Após um outro balé "cavalheiresco", *la Folie de Renaud*, cujo texto é de René Bourdier, substituto de Durand, que passou pelo suplício da roda e foi queimado em Grève por ter escrito panfletos contra Luynes, eis uma obra de mesma inspiração, *l'Aventure de Trancrède en la forêt enchantée* (12 de fevereiro de 1619), que chama a atenção pelo progresso que assinala no plano da coreografia pura.

O balé, extraído da *Jérusalem délivrée*, de Tasso, foi encomendado por Luynes. Celebra, portanto, sua glória e a do rei em três atos e quatro quadros. Texto de Porchères e Bordier, música de Guédron e Belleville, maquinaria de Francini; há até um pirotécnico, Horace Morel, oficial de artilharia. O relato do balé nos é dado por Scipion de Gramont, que não esconde o papel de Luynes: "É o senhor, meu senhor, escreve, que, com sua prudência e felicidade, desfez as cadeias não de uma floresta encantada, mas de todo um reino enfeitiçado por sua própria desgraça".

Após um prólogo em que se vê o cerco de Jerusalém, o primeiro ato é consagrado à floresta: o mago

Ismen, aliado de Saladin, combate com os seus sátiros, silvanos e dríades os lenhadores que constroem máquinas de cerco. Tancredo e os cavaleiros rechaçam os demônios. A floresta arde. Trevas. No segundo ato, Tancredo liberta Clorinda, aprisionada num cipreste mágico. No terceiro ato, anjos músicos e cantores descem duas vezes no palco transformado em templo. No último ato, triunfo: os conquistadores da Palestina cantam louvores ao rei e a seu favorito.

Aqui as danças são adaptadas às situações, têm valor descritivo; as danças de corte se alternam com danças "cadenciadas", por vezes geométricas. Não falta o patético, como o reencontro de Tancredo e Clorinda (Monteverdi só escreverá o *Combattimento* em 1624). O efeito cênico é procurado com insistência: no primeiro ato, quando da entrada das divindades do inferno, Plutão, numa dança do fogo, queima a coroa de Proserpina, que acende a coroa de Charon; este transmite a chama às doze divindades que, entrando de três em três, dançam seu balé, "considerado o mais bonito devido a tantas chamas e luzes, que provocavam tanta diversidade".

Mais do que a *Délivrance de Renaud*, a *Aventure de Tancrède* conseguiu associar ao superespetáculo uma dança e uma música muito evoluídas.

O balé barroco

Os balés mitológicos se sucedem em meio a balés burlescos na abundante produção coreográfica da época de Luís XIII, que assiste ao apogeu do balé de corte. Entre os balés burlescos, devemos reservar um lugar especial ao *Ballet de la douairière de Billeba-*

haut (1625), uma bufonaria em que desfilam animais exóticos, elefantes e camelos que trazem visitantes dos quatro cantos do mundo para participar da recepção oferecida pela viúva nobre de Billebahaut, uma velha coquete, avançada na idade e grotesca, em homenagem a seu apaixonado, Fanfan de Sotteville.

Também podemos citar o *Ballet des fées de la forêt de Saint-Germain*, onde se sucedem Guillemine, fada da música, Gilette, "a temerária", fada dos jogadores, Jacqueline, "a ouvida", seguida por um cortejo de milagres, Alizon, "a rabujenta", com "cortadores de cabeças" e médicos e finalmente Macette, "a saltitante", fada da dança.

Também uma menção à mascarada *l'Entrée en France de don Quichot de la Manche*, em que fadas, "Amadis desencantados", gigantes e anões acotovelam-se numa paródia alegre, com um toque de exotismo dado pelo embaixador da China e pelo "Infante das ilhas afortunadas".

Ainda uma menção ao obsceno *Ballet des andouilles*, pois ele representa o gênero da *boutade;* basta citar os versos da *entrée*, onde aparecem Coquefredouille, o senhor de Nonson e da Nigaudière, "tão bobo pela frente quanto por trás":

> Voici des masques de renom
> Qui vous apportent un momon
> Afin de réjouir les dames
> Car ils portent entre ses plats
> La figure d'un certain cas
> Dont elles apaisent leurs flammes.*

---

* Aqui estão máscaras famosas/ que representarão um momo/ para divertir as senhoras,/ pois carregam entre seus pratos/ a representação de um certo caso/ cujas chamas as senhoras apagarão.

Luís XIII apreciava muito os balés. Não somente participava deles como ator (ele gostava dos papéis de grotescos malvestidos e dos de mulher, o que permite uma abordagem de sua psicologia ainda negligenciada pelos historiadores), como também compôs uma *suite* em dezesseis *entrées*, o *Ballet de la Merlaison*, narrado por *l'Extraordinaire de la gazette*, de 22 de março de 1635: "Dançado pelo rei em seu castelo de Chantilly na quinta-feira, 15 de março, às sete horas da noite, diante de tal afluência de senhores que se acreditava estar em Paris e não em Chantilly, e ainda no dia 17 de março, em Royaumont; tudo provocou admiração, mas principalmente a rapidez do rei, que não desperdiçou as horas geralmente gastas para compor um balé (cujo assunto era a caça ao melro, que muito agrada à Sua Majestade no inverno) e para inventar os passos, as árias e as vestimentas, pois tudo foi invenção de Sua Majestade". Não havia intriga, apenas a narração de uma caçada com picadores, falcoeiros, colocadores de redes, caçadores com reclamos, pistoleiros, um albergueiro e sua mulher (dançada pelo rei), um fazendeiro e sua mulher (o rei), a alegoria da Primavera que conclui a caçada. Nada que valha os elogios de *l'Extraordinaire:* "Mas o que não é menos maravilhoso é que todos estes divertimentos não fazem com que Sua Majestade falte a um conselho ou deixe de cuidar da honra desta coroa".

Lembremos também Richelieu, compositor de balés, depois de haver escrito tragédias. Seu *Ballet de la prospérité des armes de France* (1642) é uma obra com máquinas que exalta as vitórias francesas e sua política. Em cinco atos, vemos o "Hércules gaulês" restabelecer a Harmonia e vencer o Inferno, os cercos de Cassel e de Arras apoiados por Palas, uma vitória no mar com sereias que cantam a glória da França, Júpiter que coloca a maça do "Hércules gaulês" sobre seus ombros, como se "lhe implorasse de se contentar com estes feitos", as brincadeiras burlescas dos sete marqueses montados sobre "rinocerontes". Finalmente, abaixa-se a cortina de fundo e apresenta-se os tronos do rei e da rainha numa sala dourada.

Durante a sua estadia na corte de Cristina da Suécia em dezembro de 1649, o sisudo René Descartes também compôs um balé, *La Naissance de la paix,* cujo tema era a paz de Münster, um dos elementos do tratado de Westfália em 1648. (Bibliografia: *Correspondance* de Descartes, Ed. Adam et Tannery, t. V. p. 457; o estudo de W. MacStewart, "Descartes and poetry" em *Romanic Review,* t. 29, 1938, pp. 217 ss.; a adaptação radiofônica feita por Aragon, não comerciável.) Alegoria da Terra, dança de Apolo com Palas, desfile de voluntários, queixas dos camponeses, sua alegria, tudo conforme aos cânones da época.

O balé de corte fora da França

A partir de 1600, o balé de corte francês foi imitado na Itália. A moda se espalhou em seguida por todas as cortes da Europa. Dançava-se à francesa, com temas idênticos, em Bruxelas, Luxemburgo, em Trèves, nos Países Baixos, na Dinamarca, em Roma.

Na Inglaterra, estão na moda músicos e professores de dança franceses. Nicolas Lanier escreve recitativos para *masques: The Sayler's Masque, Lovers made men, The Masque.* Em 1617, é dançado o *Ballet de la revanche du mépris d'amour,* de Marc de Mailliet. A própria rainha dança grotescamente "rodeada por doze de suas damas que havia ensaiado desde o Natal" (Salvatti, embaixador de Veneza em Londres, *Correspondance*).

A expansão mais durável do balé de corte foi na corte de Turim, onde reina a duquesa de Saboia, Cristina, irmã de Luís XIII. A biblioteca nacional desta cidade conserva treze manuscritos de balés, onde cada *entrée* é representada por uma miniatura: é a coleção mais completa do gênero que possuímos.

O balé de corte fora da corte

A moda do balé de corte logo saiu do contexto da corte. Em 1632, aparece o primeiro empresário de dança, Horace Morel, o ex-oficial de artilharia, autor dos fogos de artifício de *Tancrède.* No Jeu de Paume do pequeno Louvre – dezoito toesas de largura por oito, ou seja, trinta e cinco metros por quinze e meio; a grande sala do Louvre tinha quarenta e nove metros por quinze – oferece ao público pagante, em 1632, o *Ballet de l'harmonie,* o dos *Effets de nature,* em 1633, o dos *Cinq sens de la nature,* o *La Puissance d'amour,* o *Grand Demogorgon*, a partir de libretos de Guillaume Colletet, o "poeta enlameado", de quem Boileau caçoa. Ele se arruinará.

Conservamos alguns balés executados por particulares, magistrados ou grandes burgueses por ocasião de casamentos e festas. Também dançava-se nas casas dos nobres, nos grandes casamentos, nas entradas solenes nas cidades.

O mais curioso é talvez o hábito dos jesuítas de dançarem em seus colégios balés exatamente calcados no esquema do balé de corte. Sabemos que mandavam encenar tragédias em latim ou em francês como exercício escolar e com o objetivo de edificação.

Conhece-se menos a sua utilização da dança. Aliás, foram os únicos a praticá-la no século XVII. As faculdades da Universidade ignoravam-na, os oradores condenavam-na com *nuances;* as Petites Écoles de Port-Royal consideravam-na um horror.

Em 1614, em Bruxelas, os jesuítas representaram o *Jeu de la conversion de saint Guillaume d'Aquitaine,* com entreatos dançados. Em 1622, em Pont-à-Mousson, organizaram uma procissão dançada com representações em homenagem à canonização de Santo Inácio e São Francisco Xavier; em 1622, em Lyon, oferecem ao rei, por ocasião de uma viagem, um outro espetáculo com danças sobre a batalha de Bouvines.

Em seu colégio de Avignon, apresentaram vinte e sete balés que prolongam até meados do século XVIII a mecânica dos balés de corte. Apreciadores de espetáculos em seus estabelecimentos, os jesuítas eram muito rígidos quanto às representações que vinham de fora: seu *Ratio studiorum* proíbe aos externos assistirem a representações e até a execuções públicas *nisi forte ad supplicia hereticorum* (talvez até a suplícios de hereges).

Os profissionais da dança

Os primeiros organizadores e participantes de balés eram personagens da corte, exceto os acrobatas e funâmbulos. Os mestres de dança trabalham as *entrées* mais difíceis, principalmente as danças geométricas. Saint Hubert (*La Manière de composer et faire réussir les ballets,* Paris, 1641) estima que é necessário haver um mestre "para três ou quatro *entrées*"; de acordo com ele, um balé real "compõe-se geralmente de trinta *entrées,* um belo balé de vinte *entrées* e um pequeno balé de dez ou doze".

Entre estes "mestres", geralmente também violinistas, conhecemos Jacques Cordier, conhecido como Bocan ou Bocquain, professor de dança da rainha e da senhora Henriette, em 1622; parece ter iniciado sua carreira na Inglaterra como professor de dança e coreógrafo. Mais célebre foi o senhor de Belleville, "regente dos balés de Sua Majestade". Foi o organizador dos balés de Luís XIII, compositor e coreógrafo de *la Délivrance de Renaud* e de *Tancrède.*

No *Ballet de la Merlaison,* cuja distribuição de papéis foi conservada até nossos dias, ao menos um terço dos dançarinos são profissionais, próximos do rei e dos grandes senhores, em igualdade de papéis: um destes profissionais é o mestre Pierre de la Croix de Lorraine, que faz o papel de hoteleiro – "senhor de Haynault"; no papel de mulher do hoteleiro está Luís XIII.

Depois da morte de Luís XIII, em apenas trinta anos os profissionais eliminaram completamente os amadores. É verdade que, nesta data, o balé de corte também está prestes a desaparecer.

Capítulo 5

A invenção da dança clássica

A ópera italiana "recheada"– A sobrevivência do balé de corte – A comédia-balé de Molière– Beauchamps, mestre de dança da França – Lully domina a dança

A morte de Luís XIII marca o fim de uma sociedade, de uma cultura. Após seu reinado, o balé de corte será mantido em estado de sobrevivência artificial: procurava-se ao mesmo tempo uma nova forma de espetáculo dançado e uma técnica mais específica do que a das danças de corte.

Apenas trinta anos foram necessários para que um mestre do gênero, Pierre de Beauchamps, conseguisse definir o essencial desta técnica.

Quanto à forma de espetáculo, as múltiplas tentativas foram menos bem-sucedidas: tentou-se introduzir o balé francês na ópera italiana; Molière conseguiu fazer algumas experiências interessantes no sentido da comédia-balé, mas o gênero desapareceu com ele. Definitivamente, Lully fez da dança um acessório para suas tragédias líricas.

A ópera italiana é "recheada" de balés

Após a morte de Luís XIII (1643), a regente Ana d'Áustria nomeou o italiano Mazarino como Primeiro Ministro. Este irá exercer suas funções até a morte, pois o jovem Luís XIV aguardará o desaparecimento daquele que foi seu padrinho no plano religioso e político para assumir pessoalmente o poder. Interregno perturbado pelas últimas tentativas dos parlamentares e dos nobres de voltarem a ter uma influência sobre a conduta do Estado e uma parte de seus privilégios. Essas desordens se concretizaram em duas frondas até 1652.

Durante este período, não foram compostos balés de corte notáveis, por um lado, em razão das perturbações que agitavam a corte, por outro, em virtude das tentativas de Mazarino de aclimatar nas festas o espetáculo italiano por excelência, de que havia aprendido a gostar quando começou sua carreira em Roma: a ópera.

Em 1645, ele mandou um grupo inteiramente italiano representar a *Finta Pazza*. Música: Francesco Sacrati; coreografia: Gianbatista Balbi, dito o Tasquin; cenário: Giacomo Torelli. Os dois últimos haviam sido "emprestados" à rainha-mãe, atendendo a seu pedido expresso, pelo duque de Parma. Na obra, a música entediava, mas Torelli foi sagrado "grande mágico" pela beleza de seus cenários com perspectiva e sobretudo pela engenhosidade de suas máquinas e suas mudanças à vista do público. Sob esta perspectiva *Finta Pazza* marca uma data importante, pois, a partir desta representação o balé de corte acentua a tendência, que já constatamos, de utilizar máquinas e mudanças visíveis para produzir efeitos quase sobrenaturais e alcançar um virtuosismo cenográfico insuspeitado até então. Por intermédio do balé de corte, o gosto pelo espetáculo grandioso passará à ópera, atingindo um pouco o teatro.

Um outro elemento deve chamar nossa atenção: para agradar o público francês, foram adicionados balés à obra original. Bem pouca coisa, de fato: *entrées* pândegas, uma apresentando quatro ursos e quatro macacos dançando, a outra seis avestruzes, a última oito hindus com cinco papagaios que escaparam de sua gaiola, tudo tratado como entreatos. De qualquer forma, operava-se a fusão da dança na ópera, fusão que se prolongará por mais de um século, até Noverre, que deu autonomia à dança.

Em 1646, Mazarino retomou o gênero com *Egisteo* que, apresentado com menos luxo, não teve nenhum sucesso. A senhora de Motteville anota em suas *Mémoires* que ela pensou que "fosse morrer de tédio e de frio".

Em 1647, Mazarino prosseguiu com o seu projeto, mandando representar, na sala do Palais-Royal, *Orfeo* (libreto: Francesco Buti; música: Luigi Rossi; coreografia: Balbi; cenários: Torelli). Foi um grande sucesso para Torelli em virtude de sua extraordinária maquinaria, e a ópera foi representada várias vezes. Mas a realização havia custado caro demais: mais de 500.000 escudos, de acordo com o conselheiro de Châtelet, Guy Joly, escandalizado com tais despesas. Mazarino pretendia amortizar o custo das máquinas, utilizando-as para uma tragédia encomendada a Pierre Corneille, *Andromède*, representada em 1650.

Mazarino só voltará a fazer uma nova tentativa em 1654, com *Les Noces de Pélée et de Thétis* (libreto: Buti; versos: Isaac de Benserade; música: Carlo Caproli; cenários: Torelli). Mas, aqui, a ópera é acompanhada por um balé, aliás, mal integrado na ação, que detém todo o interesse do público, e onde o jovem rei dança, ele próprio, seis *entrées*, a primeira no papel de Apolo.

A partir de então, a ópera é assimilada pelo gosto francês: já comporta o essencial do que será, em menos de vinte anos, a ópera francesa, um espetáculo total.

Duas produções marcarão o fim da ópera italiana na França. Em 1669, *Xerxès* (música: Cavalli; cenários: Vigarani, sucessor de Torelli, obrigado a voltar para a Itália), com seis *entrées* de balés-entreatos (música de Lully), em que o rei dança um scaramouche. Não tem uma ligação concreta com a ação. Foram empregados vinte e oito dançarinos, todos profissionais. Em 1662, é apresentado *Hercule amoureux*, preparado por ocasião do casamento do rei com Maria Tereza (libreto: Buti; versos: Benserade; música: Cavalli – com Lully para os balés; cenários: Vigarani). Só interessou pela dança e pelas máquinas.

A sobrevivência do balé de corte

No entanto, quando voltou a calma, o balé de corte volta novamente à moda, principalmente depois de 1651, quando, no *Ballet de Cassandre*, o jovem rei debuta, aos treze anos, como dançarino. É verdade que, desde muito cedo, ele toma todos os dias aulas de dança e a pratica com tanto ardor que chega a inquietar seus médicos, Fagon e d'Aquin, que anotam o fato em seu *Journal de la santé du roi* (Diário da saúde do rei). Três meses mais tarde, Luís XIV aparecerá no *Ballet des fêtes de Bacchus* (Balé das festas de Baco) como "trapaceiro embriagado" e como musa. Depois da Fronda dos Príncipes, os balés de corte se multiplicam e, a partir de 1653, o *Ballet de la nuit* mostra que o gênero assimilou a cenografia italiana, ao mesmo tempo em que seu tema principal é a adulação do rei.

O *Ballet de la nuit* (texto: Benserade; música: Cambefort e Jean-Baptiste Boesset; coreografia: Chanzy,

Mazuel, Mollier e Vertpré; cenários: Torelli) foi realizado por Clement, intendente do duque de Nemours. Em quatro "vigílias", ou seja, quarenta e cinco *entrées*, alterna de forma sistemática a dança majestosa e a dança pitoresca e até a cômica.

– *Primeira vigília.* O crepúsculo, das seis às nove horas da noite. A Noite entra num carro puxado por mochos, seguida pelo cortejo das Doze Horas de seu império (o rei dança uma delas). Mudança visível: as nuvens desaparecem, vê-se a terra, mais exatamente uma rua de Paris, onde os comerciantes guardam suas bancas, os passantes acendem suas lanternas e os trapaceiros cortam bolsas.

– *Segunda vigília.* Os divertimentos, das nove horas à meia-noite. Diante da assembleia dos heróis de Ariosto, monta-se uma peça de teatro sobre o teatro; ali é dançado um "balé dentro de um balé" sobre o tema do casamento de Tétis.

– *Terceira vigília.* Da meia-noite às três horas da manhã. Na noite, a Lua aparece em seu carro e descobre Endymion. É acompanhada por "ardentes" personagens luminosos –, entre os quais figura o rei. Mudança visível: um sabá de feiticeiras.

– *Quarta vigília.* O sono, das três às seis horas da manhã. A hora dos sonhos, em que o homem se revela em sua identidade profunda. Aqui encontramos um trecho que surpreendentemente prefigura *Les Quatre tempéraments* (Os quatro temperamentos), balé de Balanchine: aparecem os espíritos dos quatro elementos (Fogo, Ar, Água e Terra), aos quais obedecem os quatro temperamentos distintos pela caracterologia antiga (colérico, sanguíneo, fleugmático, melancólico).

– Enfim, o triunfo no final, com o Sol ascendente, magnificado sobre uma máquina. O rei desempenha pela primeira vez este papel, do qual será o titular em todos os balés seguintes.

Todo ano terá o seu ou os seus grandes balés reais. 1654, *Ballet du temps;* 1655, *Ballet des plaisirs*; 1656, *Psyché;* 1657, *les Plaisirs troublés;* 1658, *Alcidiane; 1661, Ballet de l'impatience*, para citar apenas os mais conhecidos. A produção será mais lenta a partir de 1661, quando Molière apresenta sua primeira comédia-balé, *les Fâcheux*. Eclipsado pela ópera a partir de 1673, o balé de corte desaparecerá gradualmente; estará morto no final do século. A dança clássica reinará sozinha.

A dança clássica, filha legítima de Luís XIV

Uma sociedade – de corte, é claro, pois a massa popular não tinha qualquer direito à cultura ou qualquer possibilidade de elaborá-la – cai bruscamente na inação, erigida em sistema pelo soberano, a quem as precoces experiências com a Fronda ditam a vontade de dominar estritamente a nobreza. A sociedade de corte é aprisionada num modo de vida rígido, submetido a regras minuciosas de horários, de precedência. Sua única função é dar uma representação de si mesma. A etiqueta é o libreto de uma imensa peça de teatro, onde cada um tem, em seu grupo, um papel preciso, imutável, a não ser por promoção especial, solicitada por todos os meios ao grande empresário real. Teatro onde tudo é calculado para a exaltação, o distanciamento, a divinização da vedete única, Luís, deus-rei sol.

O gosto pela mitologia, constante desde o Renascimento (é o antecessor do gosto francês pela alegoria?), invade toda a arte oficial: os salões de Versailles, as fontes, os pequenos bosques são habitados pelo Olimpo: salão de Marte, de Bellone, bacia de Latone, de Netuno...

Esta mitologia é uma transcrição quase literal da sociedade do tempo, um espelho onde esta sociedade se contempla, projetada na eternidade.

Daí um outro gosto do século: pela Antiguidade, concebida não como o conhecimento de um sistema próprio de cultura, mas como uma garantia de perenidade à cultura do tempo. Racine se sente obrigado a se desculpar quando trata de um tema de história "moderna" em *Bajazet*. Da mesma forma, a arquitetura se refere sistematicamente aos cânones antigos. Se o espaço construído tende melhor do que nunca a ser habitado, a fachada é a de um teatro, de um pastiche. Assim, a igreja de Saint-Louis des Invalides aparece como uma sobreposição de ordens antigas sob um domo à la Brunelleschi.

Assim, surge uma arte artificial e rigorosa, em que o significante tem mais importância do que o significado, o gesto mais importância que a emoção que o produz. Há ruptura entre interioridade e exterioridade, o que explica o fato de a dança clássica ser um repertório de gestos sem significado próprio.

Uma outra consequência é que a expressão individual, o pitoresco, o natural são recusados em favor de uma ordem estabelecida com desejo de perenidade.

A Academia Real de Dança

A vontade de imobilizar o movimento em regras, cujo objetivo é fornecer-lhes um rótulo oficial de beleza formal, é marcada pela primeira criação acadêmica de Luís XIV: em 1661, primeiro ano de seu poder pessoal, funda a Academia Real de Dança. A Academia de Inscrições e Letras só será constituída em 1663, a de Ciências em 1666. O rei estabelece uma missão precisa para a nova academia: conservar. Desta forma, nenhum espetáculo de dança novo pode ser apresentado antes de ser aprovado pelos acadêmicos.

Todavia, a Academia Real de Dança não cumprirá sua missão. De fato, não se sabe muito a respeito de sua atividade; sequer possuímos os registros de suas deliberações. Uma tradição pretende que seus membros tenham preferido reuniões no cabaré da *l'Épée de bois*, na rua Quincampoix, às sessões tradicionais. Noverre proporá em vão uma reforma. A Academia cessará completamente suas atividades, mesmo as puramente formais, em 1780.

Beauchamps, mestre de dança da França

A evolução da dança foi o feito de um homem, Charles-Louis-Pierre de Beauchamps. Sabemos por testemunhos da época que teve um papel decisivo na elaboração e na codificação da técnica clássica. Foi ele, principalmente, quem definiu as cinco posições básicas. Pierre Rameau afirma: "O que chamamos de posição não passa de uma proporção correta que descobrimos para afastar ou aproximar os pés numa distância medida, em que o corpo encontre seu equilíbrio ou seu eixo sem incômodo, andando, dançando ou parado. As posições foram estabelecidas pelos cuidados do falecido M. de Beauchamps, cuja ideia era organizar adequadamente esta arte. Não se as conhecia antes dele" (*le Maître à danser*, Paris, 1725).

Lamentavelmente, Beauchamps nada escreveu ou publicou – segundo o estado atual de nossos conhecimentos. Não se sabe nem mesmo com certeza a data de seu nascimento. A maioria dos historiadores acredita que nasceu em Versailles, em 1636, alguns em 1631. Ora, estabeleceu-se com certeza que, em 1648, ele dança na corte no *Ballet du dérèglement des plaisirs,* que ele se tornou professor de dança do rei em 1650 em substituição a Henri Prévost, que foi, em 1654, o coreógrafo do *Ballet du temps.* Seria atribuir-lhe uma precocidade pouco provável. A data de nascimento deve ser 1626.

De qualquer forma, descendia de uma família qualificada nos campos da música e da dança, qualificação dupla que era de regra na época. Seu avô Pierre era famoso como dançarino e era membro da corporação dos mestres de dança. Seu pai, Luís, era um bom dançarino e pertencia ao conjunto de violinos do rei.

Beauchamps tinha uma grande competência musical. Não somente coreografou *les Fâcheux*, de Molière, como também compôs sua partitura. Está registrado oficialmente que foi contratado em 1671 por Molière para coreografar e reger a música de *Psyché.* Além do mais, como professor de dança do rei, logo se tornou "compositor dos balés de Sua Majestade", título justificado pelo seu trabalho em todos os balés de corte a partir de 1655 e em todas as comédias-balé de Molière. Ainda: apesar de tomar o partido do autor quando da rivalidade que o opôs a Lully sobre o privilégio da Academia Real de Música e Dança, o último o convidaria para trabalhar com ele após a morte de Molière, e sua colaboração durou até 1687, data de morte de Lully e da aposentadoria de Beauchamps (que morrerá em Paris, em 1719). Era, portanto, o homem indispensável em matéria de dança.

Os princípios diretores de sua ação são os mesmos que os de todos os artistas oficiais da época, em todas as disciplinas: como Boileau nas letras, Le Brun nas artes, Beauchamps quer impor à dança uma organização reconhecida universalmente. Como toda a arte da época de Luís XIV, seu sistema tende à beleza das formas, à sua conformidade a um cânone fixo e, consequentemente, à sua rigidez. O que implica dois fatores:

– Por um lado, a virtuosidade é a consequência natural da primazia da forma sobre o conteúdo. Esta tendência é reforçada por uma profissionalização que se acelera. A ópera *Xerxès* mostra que era possível, já em 1660, recrutar vinte e oito dançarinos profissionais de uma só vez; a partir de 1672, a criação da Academia Real de Música e Dança garantirá uma verdadeira profissão aos dançarinos, com rendas fixas, no contexto de uma competição para entrar no corpo de baile e chegar a empregos de solistas.

– Por outro lado, regularidade, beleza formal, virtuosismo são o preço da técnica estabelecida por Beauchamps. São fronteiras estreitas, de certa forma uma ameaça de endurecimento: a repetição mata a inspiração, a não ser que esta forma idêntica seja revitalizada por uma mudança de finalidade. É o que tentará Noverre, de acordo com as ideias de seu tempo, um século mais tarde.

Como Beauchamps trabalhou? Mais uma vez lembramos que não temos qualquer texto de sua autoria. Mas ele seguiu a lógica das descobertas da técnica da dança na Itália, no *Quattrocento* e mais tarde. Assim, podemos acompanhar, em textos sem ambiguidade, a evolução que levará o *fioro* de Caroso ao *fleuret* de Arbeau e depois ao *fleuret* de Beauchamps, parente próximo do nosso *pas de bourrée.*

Beauchamps trabalha a partir dos passos de dança de corte, atribuindo-lhes uma beleza formal, uma regra dentro da qual se fixa a via de sua evolução. Em suma, trata-se de tomar um movimento natural, levá-lo ao máximo de seu desenvolvimento, ao mesmo tempo em que se o torna, forçosamente, artificial.

Dois exemplos:

– O *entrechat* (a *intrecciata* de Caroso) é antes de mais nada um *sobressalto,* mais tarde *battu,* o que é atestado pela mourisca de Arbeau. Dificultado por uma mudança de pé durante o salto, torna-se o *entrechat* real. Basta multiplicar as mudanças *battus:* é o esboço de uma série lógica, que leva ao *entrechat* quatro ou seis da Camargo, em 1730, e ao *entrechat* oito ou dez, triunfo de Nijinsky.

– O *grand jeté* é, originariamente, um salto em comprimento: as pernas estão esticadas, a perna auxiliar está atrás da outra e mais abaixo; o torso é trazido para frente para favorecer a amplidão do salto; os braços estão um à frente, para auxiliar o esforço do torso, outro para trás para servir de balanceio; a cabeça acompanha naturalmente o esforço do torso. O movimento de dança é a idealização deste salto natural: deve mostrar com evidência a essência do salto, ou seja, a libertação do peso. Tudo deve ser concebido logicamente para dar a impressão de leveza, o que faz a beleza do gesto: as pernas esticadas em oposição, o mais horizontalmente possível, projetando-se ao mesmo tempo que a trajetória; o torso está ereto, sem rigidez; os braços estão estendidos, em oposição, à altura dos ombros, projetando-se também na trajetória; a cabeça permanece reta sobre o torso ou, cúmulo do formalismo, volta-se para o público. Figura magnífica, em que o corpo se torna imponderável, em que a aparência de esforço está completamente disfarçada.

Poderíamos analisar da mesma forma todo o repertório de movimentos da escola clássica e louvar no sistema de Beauchamps o esforço talvez mais bem-sucedido jamais feito para idealizar o corpo humano, para fazer dos gestos da dança uma criação tão bela e artificial quanto os versos clássicos.

O mais surpreendente é a rapidez com que Beauchamps amadureceu seu sistema, numa carreira que se estende de 1655 até, no máximo, 1687. Podemos mesmo supor que o sistema foi inteiramente elaborado em 1674.

Em 1700, um aluno de Beauchamps, Raoul-Auger Feuillet, publicou sua *Choréographie ou Art de noter la danse* (Coreografia ou Arte de anotar a dança), na qual escrevia a totalidade dos passos codificados. Um outro dançarino, André Lorin, tinha obtido o privilégio de publicar uma obra do mesmo teor, após ter redigido dois manuscritos (Biblioteca Nacional) para o rei, em que utilizava um método de anotação parecido.

Em 1704, Beauchamps – que não havia reagido à publicação de Feuillet – apresenta uma queixa diante do Conselho do rei, enquanto acadêmico e oficial do rei, contra esta "espécie de furto", sentindo-se no direito de exigir reparação. Em sua queixa, expõe que "... para obedecer à ordem de Sua Majestade – estando em Chambord há cerca de trinta anos – de encontrar um meio de explicar a arte da dança por escrito, esforçou-se em construir e dispor os caracteres e palavras em forma de partitura para representar os passos de dança e de balé". No mesmo ano, o Conselho toma providências e atende às exigências de Beauchamps de reparação de danos, ao mesmo tempo em que o reconhece "como autor e inventor" dos caracteres empregados por Feuillet. Também estimava o Conselho que o método de escrita de Lorin, apesar de descrever os mesmos passos, era diferente do de Beauchamps. Deve-se portanto admitir que, por volta de 1674, por ordem do rei, Beauchamps "escrevia" um sistema já essencialmente estabelecido – e por ele mesmo – de passos, pois era o coreógrafo oficial, cuja intensa atividade nos é comprovada por muitas composições. (Sobre o curioso caso da invenção da escrita da dança no século XVII, ver o excelente artigo de Jean-Michel Guilcher na *Revue de l'histoire du théâtre*, t. III, 1969.)

Molière inventa a comédia-balé

Faltava definir o modo de aplicação da técnica clássica: encerrá-la no maravilhoso artificial da ópera, torná-la puramente formal ou fazê-la exprimir os sentimentos do homem, inserindo-a numa ação dramática. Já nos primórdios da escola clássica, impunham-se as alternativas: balé de dança pura ou balé de ação.

Molière havia proposto a segunda.

Os historiadores da literatura esquecem quase completamente que, entre as vinte e oito obras conhecidas de Molière, doze são comédias-balé, onde a dança tem mais importância – ao menos quantitativamente – do que o texto. Assim, a representação do *Bourgeois gentilhomme*, com todas as danças previstas pelo autor, durou cinco horas e meia em sua *pre-*

mière em Chambord, reduzida ao texto, ela é facilmente representada em duas horas.

Ao misturar a dança e a comédia, Molière apenas seguia o costume dos autores de farsas e de comédias de seu tempo. Mas seguiu-o com seu gênio. Muitos documentos iconográficos provam-nos que os atores da *commedia dell'arte* dançavam. Neles vemos cambalhotas, às vezes grotescas, de *Pantalon*, de Arlequim, dos inúmeros *Trivelins* e *Matassins*. Mas não sabemos com precisão em que consistiam essas danças. As coletâneas de música – *Recueil d'airs à 2 parties* (Ballard, 1653), *Chansons folastres des comédiens français, les Plus Belles Chansons des comédiens français, Chansons folastres des comédiens français publiées par l'un d'eux* –, que foram publicadas no final daquele século ou no começo do século XVIII, nada nos informam de preciso, a não ser indicações de ritmos vivazes, poderíamos dizer dançantes, mas nada que evoque as danças da moda. Sem dúvida, as danças da *commedia dell'arte*, dos comediantes, ambulantes ou não, devem ter tido formas livres, parecidas com as *entrées* de demônios ou macacos, tradicionais no balé de corte.

A moda de inserir danças e músicas, de utilizar máquinas nas peças de teatro também atingiu a tragédia durante cerca de quinze anos, após a experiência da ópera italiana. Em 1647, o teatro do Marais havia se equipado para representar "peças com máquinas". Em 1649, *la Naissance d'Hercule*, de Rotrou, comportava intervenções essenciais. Em 1650, a *Andromède*, de Pierre Corneille (aliás, autor do prólogo do balé burlesco *le Château de Bicêtre*, segundo a *Gazette* de Renaudot), "amortizava" o custo das máquinas de *Orfeo* (com uma música de d'Assouci, que sugere ritmos de dança). Em 1660, *la Toison d'or*, de Thomas Corneille, representado na morada do marquês de Sourdéac, o castelo de Neufbourg, na Normandia, empregava os mesmos meios. Houve portanto, durante um curto espaço de tempo, um paralelismo curioso entre o balé de corte e a obra dramática, no que se refere à procura de um teatro total.

Molière, desde os tempos do Illustre Théâtre (aberto a 1.º de janeiro de 1644 e fechado em agosto de 1645), utilizava a dança. De fato, temos um ato atestado por notário, assinado em Rouen, a 28 de julho de 1645, através do qual os atores contratavam um dançarino, Daniel Mallet, membro do grupo do "funâmbulo do rei", Phillipe de Campes. A partir das raras peças de arquivo de que dispomos sobre a atividade de Molière antes de sua volta a Paris (1658), nada nos permite afirmar que sempre houve um dançarino assalariado; mas isto não é improvável. Ainda sabemos que, nas propriedades do príncipe de Conti e nos estados gerais do Languedoc, ele havia conhecido o grupo do dançarino La Pierre, que mais tarde participará, junto com outros dançarinos, de suas comédias-balé.

"Os impertinentes"

A primeira comédia-balé de Molière, *Les Fâcheux*, foi criada para as festas de Fouquet, em Vaux-le-Vicomte, a 17 de agosto de 1661. Agradou o bastante para que o rei quisesse revê-la oito dias depois, acrescida do *sketch* de Dorante, o caçador, sugerido por ele mesmo.

A música e a coreografia são de Beauchamps, a *courante*, cantada e dançada por Lysandre, é de Lully.

Assim se constituiu o trio que participará de todas as comédias-balé de Molière, exceto da última.

Os intermédios do fim do primeiro ato também são intervenções de impertinentes que impedem Eraste de ficar a sós com sua amante, Orphise, o que está bem dentro do tema da comédia: jogadores de choca que o afastam, depois curiosos que fazem o mesmo. No fim do segundo ato, são os jogadores de bolas que o detêm, obrigando-o a preparar a jogada e dançando sobre o tema "todas as posturas comuns a este jogo". São substituídos por garotos jogadores, expulsos pelos seus pais, que, por sua vez, são expulsos por um jardineiro. Apesar de a acumulação ser talvez artificial, constataremos que o balé é uma pintura dos costumes e não mais um divertimento mitológico. (Quando, em meados do século XVIII, Hilferding renovou a dança apresentando trabalhadores, apenas seguiu a lição de Molière.)

O balé final é "colado" à ação, à qual é completamente inútil: Eraste casa-se com Orphise; só faltaria cair a cortina. Mas:

Eraste:	Qui frappe là si fort?
L'Épine (valet):	Monsieur, ce sont des masques Qui portent des crincrins et des tambours de basque.
Eraste:	Quoi! toujours des fâcheux! Holà, suisses, ici Qu'on me fasse sortir ces gredins que voici.*

É a deixa para duas *entrées:* os suíços que, com suas alabardas, tentam expulsar os dançarinos. Depois uma

* Eraste: Quem bate aí tão forte? L'Épine (valet): Senhor, são os mascarados / que trazem cegarregas e tambores bascos / Eraste: O quê? Mais impertinentes! Ei, suíços, aqui / Expulsem-me estes malandros daqui.

entrée, não ligada à primeira, inspirada no repertório de corte, em que dançam quatro pastores e uma pastora.

Molière não conseguiu, a partir desta primeira tentativa, executar uma verdadeira série de balés de ação; continua comprometido com os estereótipos. Em seguida, poderemos constatar que evoluirá no sentido de uma verdadeira ligação entre balé e ação, sem conseguir alcançá-la plenamente.

Em seu prefácio, Molière dá detalhes sobre a utilização da dança: "O objetivo era também apresentar um balé; e, como só havia um pequeno número de dançarinos excelentes, fomos obrigados a separar as *entrées* deste balé, e a ideia foi jogá-las nos entreatos da comédia, para que estes intervalos dessem tempo aos bailarinos de voltar com outros trajes; de forma que, para não cortar o fio da peça com estes intervalos, achamos que deveríamos costurá-los ao assunto da melhor maneira possível e transformar o balé e a comédia numa coisa só: mas como o tempo era muito curto e tudo isto não foi organizado por apenas um cérebro, os senhores acharão talvez que alguns trechos do balé não se inserem na comédia tão naturalmente quanto outros. De qualquer forma, é uma nova combinação para nossos teatros".

É preciso analisar estas confidências: Molière, de certa forma, desculpa-se por não construir, conforme os costumes, um verdadeiro balé de corte, com seu esquema tradicional que o separaria da ação dramática: "relatos" que explicam a ação, "versinhos" destinados aos espectadores notáveis. A grande novidade que tem razão em sublinhar é o fato de o balé ser "costurado" ao assunto da peça. O balé encontra uma nova finalidade: participa da ação.

Uma concessão aos hábitos: a obra se inicia por um prólogo dirigido ao rei (do poeta Pellisson, pensionista de Fouquet). Dedicatória e louvação que o hospedeiro não podia dispensar. Após este estereótipo, um outro: a náiade responsável pelo cumprimento faz com que dancem as dríades, faunos e sátiros, que saem das árvores como nos balés de corte. Mas as outras intervenções têm um caráter diferente.

A primeira, de Lysandre, que canta e dança uma *courante*, após um longo relato a respeito de seus talentos de dançarino, dá detalhes interessantes sobre a execução da dança. Nota de Molière: "Ele canta, fala e dança, tudo ao mesmo tempo, e faz Eraste representar o papel da mulher". Não seria possível integrar melhor a dança à ação.

As outras onze comédias-balé de Molière devem ser divididas em dois grupos: as comédias realmente para o público que frequenta seu teatro e as encomendas para as festas da corte. Nas últimas predomina a busca do luxo e a técnica do balé de corte.

"O casamento forçado"

Três anos após *les Fâcheux* – também depois de *l'École des femmes, la Critique de l'École des femmes* e *l'Impromptu de Versailles* –, Molière volta à dança com *le Mariage forcé*, "comédia-mascarada", criada na época do Carnaval (29 de janeiro), o que explica seu caráter explícito de farsa. Coreografia de Beauchamps, música de Lully. (Após a ruptura de 1672, quando Lully retirará suas partituras, Molière suprimirá todas as danças desta comédia, exceto a das videntes egípcias – ato II, cena VI –, indispensável à ação. Pedirá a Marc-Antoine Charpentier, que se tornara seu músico titular, uma partitura que foi posteriormente perdida.)

Em *Le Mariage forcé*, a lembrança do balé de corte é onipresente.

A maioria das *entrées* são "divertimentos", sem qualquer utilidade para a peça. Há estereótipos do balé de corte: a *entrée* das alegorias, a *entrée* do mágico e *entrées* burlescas.

"A princesa de Elide"

Em maio de 1664, Luís XIV oferece sete dias de festa em Versailles: *les Plaisirs de l'île enchantée* (Os prazeres da ilha encantada). O organizador geral é o duque de Saint-Aignan; cenografias e máquinas de Vigarani. Molière é encarregado do teatro, Lully da música, Quinault dos "versinhos" (principalmente em honra da senhorita de la Vallière, favorita titular).

– *Primeiro dia.* Armide pede aos cavaleiros encantados que estão em sua ilha para apresentarem um *carroussel* e uma corrida de anéis à rainha. O cortejo de cavaleiros é aberto por D'Artagnan; é fechado pelo rei, acompanhado por uma quadrilha que representa os cavaleiros de Ariosto, depois Monsieur, irmão do rei, como Rolando. Após o *carroussel,* intermédio musical e coreográfico com o carro de Apolo, as Estações, as Horas e os Signos do Zodíaco; depois a corrida de anéis, vencida pelo jovem duque de la Vallière, irmão de Louise (prêmio: uma espada com cabo de ouro e diamantes). Lully e seus músicos acompanhavam o festim que se seguia. Conservaram-se as partituras: "Rondó para os violinos e as flautas que iam em direção à mesa do rei" e "Marcha para o deus Pã e seu cortejo". Pã era Molière, que dirigia comicamente os lacaios encarregados do serviço. A noite termina com um grande balé, do tipo tradicional, do Zodíaco e das Estações.

– *Segundo dia* (*8 de maio*). Numa ilha flutuante, os cavaleiros representam uma peça, cuja ação se desenrola pretensamente em Épiro, *La Princesse d'Élide*. É constituída de apenas três *entrées* dançadas: uma dança de caçadores, felizes por terem matado um urso, uma dança de sátiros, uma dança de pastoras e pastores. Nada, exceto, talvez, a dança dos caçadores que não seja arbitrário e não retome os costumes do balé de corte. A peça agradou a ponto de ser representada novamente em Fontainebleau e de ser apresentada por vinte e cinco vezes, numa versão mais modesta, para o público parisiense do Palais-Royal.

– *Terceiro dia*. A ilha "encantada", construída num "grande círculo de água" e rodeada por duas ilhotas para os violinos e clarins, é o local do palácio de Alcina. A maga chega até ela sobre um monstro marinho, acompanhada por ninfas trazidas por baleias. Há um balé de gigantes e anões que combatem, de mouros e cavaleiros, de demônios. O encantamento de Rolando (Beauchamps) é quebrado. O palácio é destruído por fogos de artifício.

Isaac Sylvestre gravou uma bela sequência de estampas sobre estas festas.

São completadas por jornadas de teatro, quando são apresentados *les Fâcheux*, os três primeiros atos (criação) de *Tartuffe* e *le Mariage forcé*.

"O amor médico"

Também criado em Versailles – a 15 de setembro de 1665 –, *l'Amour médecin* é formado por três pequenos atos, nos quais as danças do prólogo e dos intervalos são escolhidas arbitrariamente no repertório do balé de corte. No prólogo, a Comédia, a Música e a Dança:

> Unissons-nous tous trois d'une ardeur sans seconde
> Pour donner du plaisir au plus grand roi du monde.*

O primeiro entreato mostra Champagne, criado de Sganarello, ir dançando bater à porta de quatro médicos, que dançam com ele e entram com cerimônia na casa de seu cliente. No segundo, os criados do charlatão, *trivelins* e *scaramouches,* dançam. No terceiro, para impedir Sganarello de perseguir a sua filha curada e raptada, a Comédia, a Música e o Balé reaparecem, acompanhados pelos Jogos, pelos Risos e pelos Prazeres.

A "Pastoral cômica" (5 de janeiro de 1667)

Mais uma obra encomendada para uma festa real, dentro de um vasto conjunto, o *Ballet des muses* (Balé das musas), em que Molière é encarregado dos trabalhos de Tália e Euterpe. Esta *Pastorale comique* substitui *Melicerte,* pastoral heroica, também inacabada, criada a 2 de dezembro de 1666 e imediatamente retirada do programa. Utiliza cerimônias mágicas com cantores e dançarinos, uma batalha estereotipada de camponeses que acabam por se reconciliar. No final, estão as danças de uma egípcia, de quatro tocadores de *guiternes* (entre os quais Lully e Beauchamps), quatro tocadores de castanholas e quatro jogadores de

---

* Unamo-nos os três num ardor sem par para dar prazer ao maior rei do mundo.

nacaires (címbalos pequenos). Tudo isto não tem originalidade.

A *Pastorale comique* é substituída, por sua vez, a 14 de fevereiro (as festas haviam começado a 2 de dezembro), por *le Sicilien ou l'Amour peintre*. Molière marca-a com uma nota de exotismo, com escravos, mouros e mouriscos que dançam. No papel de Hali, ele esboça a *turquerie* do *Bourgeois gentilhomme*.

"George Dandin"

A 18 de julho de 1668, uma grande festa noturna é oferecida em Versailles. É o apogeu do reinado. Luís XIV acaba de participar das campanhas de Flandres e do Franche-Comté, consagradas pelo tratado de Aix-la-Chapelle. Nesta noite, foram inauguradas as grandes fontes e o teatro ao ar livre. A contribuição de Molière é *George Dandin*, uma comédia bem amarga, escrita às pressas, sobre o tema do marido enganado, tão frequente em Molière. Mas, para figurar neste "grande divertimento real", organizado por Colbert, pelo duque de Créquy e pelo marechal de Bellefond, a obra é completada por uma pastoral de Lully, preexistente, e que nada tem a ver com ela, donde uma alternância de cenários e rupturas de ritmo, considerada da mais alta comicidade. Ao retomar a peça em Paris, Molière corta a pastoral.

"M. de Pourceaugnac"

A peça estreou a 6 de outubro de 1669 em Chambord, para onde o rei viera abrir a temporada de caça. Após uma abertura com quatro *entrées* completamente convencionais (professores de dança, pagens e duelistas), os balés do primeiro e do segundo ato são realmente parte integrante da ação: no primeiro, vemos boticários perseguindo um interiorano para lhe oferecer clisteres (o ritmo é 3/8). No segundo, dançam dois procuradores e dois sargentos encarregados de abrir um processo contra ele. Mas o terceiro, balé final, é uma repetição fastidiosa do balé de corte: *máscaras* de egípcios, selvagens e biscainhos, ou seja, uma aproximação do "balé das nações", tão frequentemente utilizado como quadro final nas produções da época. Nesta obra também se misturam concessão e invenção.

"Os magníficos amantes" (16 de setembro de 1670)

"Um divertimento, diz-nos a participação ao leitor, composto por todos aqueles que o teatro pode oferecer"; portanto, um teatro total, destinado a responder a uma encomenda real.

Os cinco atos são entrecortados por *entrées* que nada têm a ver com o assunto: pantomimas de dríades e faunos, estátuas que adquirem vida num parque, de novo pantomimas. Para concluir, um verdadeiro balé do gênero heroico, *les Jeux pythiens,* que Lully retomará em sua Academia Real de Dança e Música.

O rei dançava Netuno, depois Apolo, um sol de ouro com sua divisa era carregado diante dele. Só se apresentou na *première;* Saint-Aignan passou, depois, a desempenhar seus papéis. Foram suas despedidas do palco; não por motivo de idade: tinha apenas trinta e dois anos. Talvez se sentisse tocado pelos versos de *Britannicus,* em que Racine mostrava Nero como histrião... Na verdade, nada explica esta retirada, este abandono prematuro do que havia sido um de seus divertimentos favoritos.

"O burguês gentil-homem"

A peça foi apresentada em Chambord a 13 de outubro de 1670, por ocasião da temporada de caça.

Nela Molière conseguiu quase que completamente integrar a dança à ação dramática. No primeiro ato, um professor de dança faz com que seus alunos executem evoluções para explicar os vários tipos de dança a Jourdain e para preparar o espetáculo que este quer oferecer a Dorimène: "Vamos, senhores, com gravidade... Vamos, senhores, mais depressa... Com gravidade este movimento de sarabanda... Sigam bem o movimento. Entrem adequadamente nesta galharda... Senhores, acentuem esta ária das Canárias..."

No segundo ato, encontramos a famosa aula de minueto; depois temos a *entrée* dos meninos alfaiates. No terceiro ato, é prevista apenas uma *entrée*, dançada pelos lacaios que servem a refeição. Na partitura, falta a música desta *entrée*, que talvez fizesse parte de uma obra anterior de Lully.

No quarto ato está a célebre cerimônia turca, em que Molière desempenhava o papel de Jourdain e Lully, o do grande *mufti*. Um balé burlesco, mas grandioso, com coros em cena e uma infinidade de dançarinos em trajes exóticos. Executado integralmente, dura cerca de meia hora. Conta-se que esta cena foi inspirada pela chegada a Paris, pouco tempo antes, de uma embaixada turca. Mas, como vimos em *le Sicilien*, a ideia estava no ar: o gosto pelo exotismo é uma constante no balé de corte; podemos até mesmo aproximar esta *turquerie* de certas *entrées* de *la Douairière de Billebahaut.*

Finalmente, a concessão: *le Burgeois gentilhomme* termina com um verdadeiro balé de corte sem ligação com a peça: *entrées* de importunos, de espanhóis, de *scaramouches*, de *trivelins* e de arlequins, "minuetos do Poitevin", para terminar com um "balé das três nações" e uma chacona majestosa.

"Psyché"

Esta tragédia-balé, de um tipo inteiramente novo que misturava versos, cantos e danças, foi criada nas Tuilleries, na sala equipada de máquinas para *Hercule amoureux,* em 1662. Apresentada em janeiro e durante todo o carnaval de 1671, foi encenada para o grande público a 24 de julho de 1671 no teatro de Palais-Royal, reformado por Molière com grandes despesas para permitir a instalação de máquinas, como indica o registro de Lagrange.

Tem quatro autores: Molière, que esboçou o plano geral e escreveu o prólogo, o primeiro ato, o início do segundo e do terceiro, Corneille, que concluiu o segundo e o terceiro atos, Quinault, que escreveu os "versinhos" cantados (diríamos os *lyrics*) e Lully, que escreveu os versos em italiano do *Lamento* e compôs a música.

O tema era comum: Benserade havia tratado do assunto num balé quinze anos antes, La Fontaine escrevera um romance a este respeito, *les Amours de Psyché et de Cupidon* (os Amores de Psyché e Cupido, 1669). A proposta de Molière e Lully havia sido preferida a um projeto de Racine, *Orphée,* e um outro de Quinault, *l'Enlevement de Proserpine.*

Com cinco horas de duração, *Psyché* conta com um prólogo, tão longo quanto um ato normal, e cinco atos seguidos por intermédios dançados.

O prólogo alterna cantos e minuetos. No primeiro ato, está o *Lamento*, um dos trechos mais líricos da música para teatro e balé do século. No segundo ato, os companheiros de Vulcano dançam um minueto pomposo. No terceiro, vemos as danças dos amores e dos zéfiros; no quarto, o balé das fúrias, que é uma dança irregular, completamente estranha ao repertório de corte, provavelmente uma composição original de Beauchamps. A cena final do quinto ato representa o casamento de Psyché e do Amor num vasto balé (que poderia lembrar o casamento de Aurora no final de *A bela adormecida no bosque*), celebrado no Olimpo com a participação das musas, de Baco, de Momo, de egipãs, de mênades, mas também, para respeitar a lei da alternância, imperativa no balé de corte, de polichinelos e de *matassins*, encarregados dos episódios burlescos, e das tropas de Marte para os combates indispensáveis.

Molière a oferece "à cidade" a partir de 24 de julho de 1671. Além das despesas de equipamento da sala de máquinas (4359 libras), ele contrata doze dançarinos a 5 libras e 10 dinheiros, quatro dançarinos menores a 3 libras, dois "saltadores" (fúrias) a 11 libras cada, assim como os solistas de l'Estang e Beauchamps. Beauchamps recebe 1100 libras de direitos de coreógrafo, "não inclusas as 11 libras por dia que o grupo lhe paga para marcar o compasso e ensaiar o balé" (Lagrange).

O sucesso da obra é imenso: trinta e duas representações consecutivas, uma reprise a 11 de novembro de 1672 e outras duas após a morte de Molière. Por sua vez, Lully remontará a peça a 14 de abril de 1678, reduzindo o texto a recitativos.

Podemos nos perguntar se este sucesso não foi uma das causas da briga de Molière e Lully. Os dois haviam combinado resgatar o privilégio de Chambert e Perrin na Academia Real de Música e Dança. Depois de *Psyché,* ao constatar o grande interesse do público pela música e pela dança, Lully fez manobras para que o privilégio coubesse somente a ele. E mais: no decreto, conseguiu proibir que os atores "fizessem apresentações acompanhadas por mais de duas árias e de dois instrumentos". Era a ruína do repertório de Molière, que desta forma perdia a possibilidade de representar onze de suas obras, pois Lully também retirava o direito de emprego de sua música. De fato, o rei dava ao músico o direito de "apresentar ao público todas as obras que compôs, mesmo aquelas que representou diante de Nós". Era também a ruína financeira de Molière. O público desprezava as peças sem música e danças: *les Femmes savantes* só foi apresentada dezenove vezes; *le Misanthrope* teve de ser completada durante a temporada por *l'Amour médicin* (*Registre,* de Legrange).

Molière obteve do rei a abrogação desta cláusula, após ter dado queixa no Parlamento.

Continuou a representar *Psyché,* contratou Marc-Antoine Charpentier para refazer a música de *le Mariage forcé,* várias árias e compor a partitura do *Malade imaginaire.*

"*A Condessa de Escarbagnac*"

Apresentada em Saint-Germain, em dezembro de 1671, no conjunto dito *Ballet des ballets, la Comtesse d'Escarbagnac* foi a última colaboração entre Lully e Molière. O espetáculo consistia numa seleção de suas obras mais recentes e de seus melhores intermédios. Compreendia *Psyché*, uma cena da *Pastorale comique*, a pastoral final de *George Dandin* transformada em *les Fêtes de l'amour et de Bacchus*, a *turquerie* do *Bourgeois gentilhomme* e uma novidade, *la Comtesse d'Escarbagnac*, em que a comédia é acompanhada por uma pastoral, completamente alheia a ela, e que, aliás, foi cortada das representações na cidade.

"O doente imaginário"

A peça deveria ter sido apresentada ao rei, mas este havia retirado sua proteção ao autor para cedê-la a Lully, único titular do direito "de representar espetáculos em que cantos e danças se misturam". *Le Malade imaginaire* estreou, então, no Palais-Royal, a 10 de fevereiro de 1673. Foi representado quatro vezes até o dia 17, data da morte de Molière.

Le Malade imaginaire começa por uma écloga que, hoje esquecida, acrescentava nove *entrées* de balé antes do início da peça: concessão ao gosto da época. Os intervalos do fim dos dois primeiros atos não estão absolutamente ligados à ação: no primeiro, polichinelos, violinos, arqueiros na espreita; no segundo, mouros e macacos, nada de original. Mas o final está completamente integrado à ação da comédia: é a famosa cerimônia de doutoramento. Era cantada e dançada num movimento endiabrado semelhante ao da *turquerie* do *Bourgeois gentilhomme*. Apresentá-la de outro modo é trair o autor; é, no entanto, o que acontece normalmente.

Sabemos que foi durante este balé, pastiche caricatural das cerimônias da faculdade, que Molière teve a hemorragia pulmonar que deveria provocar sua morte.

Sem dúvida, Molière acompanhou o costume do balé de corte na maioria das vezes, mas, apesar da corrente imperativa da moda, deu à dança a ocasião de prefigurar, com um século de antecedência, o "balé de ação", segundo a fórmula de Noverre. Também explorou uma via negligenciada após sua morte: a dança clássica, com o rigor e a perfeição de sua técnica, não terá mais este sustentáculo essencial que é o movimento do espírito, da alma. Lully reduzirá a dança a intermédios entre as tragédias líricas, confinada a um papel decorativo de virtuosismo e elegância formais, onde reencontramos as banalidades existentes desde a época do balé de corte: os combates simulados, as bufonerias exóticas e uma quantidade estarrecedora de humanos encantados, de mágicos. A tradição continuará no balé acadêmico e também no neoclássico. Pensemos apenas em O *lago dos cisnes*, com seus príncipes, suas fadas, seu mago morcego, seu "balé das nações" do ato do "cisne negro". E o homem em tudo isso? A dança clássica e depois a dança acadêmica absolutamente não se preocuparão com ele. E talvez esta última abuse dos encantamentos mágicos para dissimular que a verdadeira finalidade da dança é exprimir o que é transcendente no homem.

Lully: a dança torna-se "divertimento"

A ideia de representar, na França, óperas não mais do tipo italiano, mas francês, coube ao abade Pierre

Perrin, um fazedor de versos bastante medíocre. Associando-se ao músico Robert Cambert, obteve do rei, em 1669, o privilégio de abrir uma Academia Real de Música, com um monopólio, em princípio, de vinte anos.

Perrin e Cambert levaram dois anos para conseguir montar seu primeiro espetáculo, *Pomone*. A obra comportava danças cuja realização foi confiada a um certo Debrosses, logo substituído, por sua mediocridade, por Beauchamps. A estreia aconteceu a 3 de março de 1671. Em outubro, apresentaram *les Peines et les Plaisirs de l'amour*, sempre com coreografias de Beauchamps. Mas passavam por grandes dificuldades financeiras; apesar de terem recorrido ao muito suspeito marquês de Sourdéac como financiador, tiveram de fechar o teatro. Cambert fugiu para a Inglaterra (onde foi assassinado em 1677), Perrin foi preso por dívidas na *Conciergerie*.

Lully foi vê-lo, comprou sua parte e obteve apenas para ele o privilégio de abrir a Academia Real de Música e Dança, primeira denominação da Ópera. Segundo Senecé, criado de quarto da rainha Maria Tereza, apesar do fato de "Molière ter combinado com Lully de irem pedir juntos o privilégio, o último foi ver o rei dois dias antes da data combinada" (panfleto publicado após a morte de Lully com o título de *Lettre de Clément Marot touchant ce qui s'est passé à l'arrivée de Jean-Baptiste de Lully aux Champs-Élysées* [Carta de Clément Marot que concerne ao que aconteceu quando da chegada de Jean-Baptiste de Lully nos Champs-Elysées]).

Assim, este filho de um moleiro de Florença, nascido em 1632, trazido como leitor de italiano à senhorita de Montpensier pelo cavaleiro de Lorraine, cujos costumes não eram equívocos, passou à corte quando da morte de sua protetora, onde agradou ao rei que com ele dançou o *Ballet de la nuit* (1653); naturalizou-se e foi nomeado superintendente da Música em 1661, a partir de quando reinou de forma absoluta sobre o teatro musical na França.

Logo Lully montou novamente, com a colaboração de Beauchamps, *les Fêtes de l'amour et de Bacchus.* As representações ocorreram no Jeu de Paume de Bel Air, na rua de Vaugirard, próximo ao jardim de Luxemburgo, "por volta do mês de maio ou junho", escreveu o secretário de Lully a 15 de novembro de 1672, segundo Lajarte, historiador da Ópera.

Lully abandonou imediatamente seu teatro mal-adaptado. Conseguiu do rei o teatro do Palais-Royal, reformado, como vimos, por Molière, para montar *Psyché;* expulsou de lá o grupo do autor morto.

Les Fêtes de l'amour et de Bacchus, pastoral em três atos e um prólogo, são, na realidade, do começo ao fim, reapresentações de composições anteriores, a maioria extraída das comédias-balé de Molière. Eis seus detalhes:

– *Prólogo* : divertimento do quinto ato do *Bourgeois gentilhomme.*
– *Primeiro ato* : divertimento dos *Amants magnifiques* e trechos de um balé "dançado pelo rei" (sem título).
– *Segundo ato* : *a Pastorale comique.*
– *Terceiro ato* : pastoral final de *George Dandin.*

Os dançarinos de Lully eram nobres; afinal, dançar num espetáculo público não implicava falta de dignidade: M. le Grand, o duque de Montmouth, os marqueses de Villeroy e de Rassan que, escreve o secretário, escolheram, "para com eles dançar, os senhores Beauchamps, Saint-André, La Pierre e Favier, o primogênito".

O papel de Lully na concepção da dança, que foi, em quase todas suas obras posteriores, reduzida ao estado de divertimento, é importante. Testemunha o secretário: "Lully participou dos balés das óperas seguintes quase tanto quanto Beauchamps. Reformava as *entrées*, imaginava passos de expressão convenientes ao tema e, quando havia necessidade, punha-se a dançar diante dos dançarinos para lhes fazer compreender rapidamente suas ideias. No entanto, não havia aprendido a dança e, assim, dançava por capricho e ao acaso, mas o hábito de ver danças e um extraordinário talento para tudo o que se referisse aos espetáculos, faziam-no dançar com gosto e com uma vivacidade bem agradável".

Com efeito, quase todos os anos, até sua morte em 1687, Lully apresentava uma tragédia lírica com divertimentos dançados de forma repetitiva, cuja execução era sempre garantida por Beauchamps, primeiro mestre de balé da Academia. Vimos em que medida: só se encarregava da técnica.

Além disso, Lully criou três balés: *le Carnaval*, em 1675, *le Triomphe de l'amour*, em 1681, e o *Ballet du temple de la Paix*, em 1685.

Le Carnaval, "mascarada em nove *entrées*", é composto também de trechos de balés anteriores: a abertura foi extraída de uma mascarada de Benserade (1668); a primeira *entrée* – os espanhóis – vem do terceiro ato do *Bourgeois gentilhomme;* a segunda – Barbacola – é inteiramente de Lully, inclusive o texto; a terceira é um extrato de *M. de Pourceaugnac;* a quarta – os italianos – é o segundo divertimento do *l'Amour médecin;* a quinta, uma entrada do *Bourgeois gentilhomme;* a sexta, uma "serenata para os recém-casados", extraída do *Ballet de Flore* (1669); a sétima – os egípcios – é o balé do terceiro ato de *M. de Pourceaugnac;* a oitava e a nona são algumas tiradas de Benserade, *Maximes de galanterie* e *le Carnaval.*

Ou seja, nenhuma novidade. Mas talvez esta residisse na execução.

Le Triomphe de l'amour é um balé de corte com vinte *entrées,* com texto de Quinault, libretista titular de Lully.

É uma série de *entrées* com narrativas, "presente do rei ao Delfim e senhora e que não o obrigaria a grandes despesas, necessárias quando se apresentava uma nova ópera na corte... Meu senhor Delfim e senhora também dançaram, assim como a Senhorita, o senhor príncipe de Conti, o duque de Vermandois, com a senhorita de Nantes, e o que havia de jovens dos mais distintos na corte, tanto homens como mulheres".

A obra foi apresentada publicamente a 15 de abril de 1681 no Palais-Royal. Pela primeira vez, bailarinos profissionais representaram num palco. "Esta novidade extraordinária... atribuiu-lhe um brilhante sucesso. O balé foi apresentado até a Saint-Martin seguinte com uma frequência prodigiosa." Em torno da solista, a senhorita (de) Lafontaine, encontravam-se as senhoritas Pesant e Carré, assim como "a pequena Leclercq, que brilhou em algumas das óperas posteriores".

Lafontaine, ancestral das estrelas femininas, deu-lhes o exemplo de uma vida bem edificante, se acreditarmos em nosso secretário: "Em pouco tempo, superou suas colegas de tal forma, que acreditou-se ser ela capaz não somente de dançar sozinha, como também de compor suas *entrées*, assim como Percourt e l'Étang, o jovem. A senhorita de Lafontaine continuou a fazer seu talento brilhar até 1696, quando se retirou para o convento das religiosas da Assunção a título de pensionista, de onde saiu para habitar a casa da senhora marquesa de la Chaise, que lhe ofereceu um apartamento e alimentação. Ao morrer esta dama, a senhorita Lafontaine foi como pensionista para um convento perto da Croix-Rouge, onde terminou sua vida devotamente em 1738. A senhorita Lafontaine, a primeira a dançar sozinha no teatro da Ópera, sempre foi considerada comportada, era alta e bem-feita, belos olhos e bastante bonita. A senhorita Subligny sucedeu-a em seu emprego".

Os registros da polícia e do Parlamento, conservados no Arquivo Nacional, mostram que ela era uma exceção.

O *Ballet du temple de la Paix* (1685) é ainda um balé de corte, cuja intriga é tão convencional quanto a dos outros. Apresenta, todavia, uma curiosidade na execução: o rei o havia encomendado para assinalar a inauguração das fortalezas de Dunquerque, construídas apesar da Inglaterra. Naturalmente, possuía um forte tom militar: aos violinos da Câmara e aos sopros da Cavalariça, foram acrescentados pífanos, oboés e trombetas do regimento. Setecentos tambores soaram e oitenta canhoneios ribombaram no último acorde.

Apesar de ser indiscutivelmente um homem de teatro, Lully não colaborou para a evolução da dança. Ao contrário. Enquanto Molière tendia a empregá-la como elemento da ação, Lully confinou-a em seu emprego subalterno de ornamentação das óperas. É até responsável pela sobrevivência das formas do balé de corte: preocupado, antes de mais nada, em agradar ao rei e ao público, não visava modificar as regras de um espetáculo que sempre tivera sucesso.

Como era preciso agradar e mostrar uma dança tão virtuosística quanto possível, como era necessário recrutar um grupo de dançarinos profissionais sempre disponíveis para sua academia, o profissionalismo instituído sob sua direção, a competição entre dançarinos que gerou, com certeza elevaram o nível técnico.

No entanto, os cortesãos adoravam dançar para o público pagante. Chegou-se a ver, num domingo, o aparecimento diante dos espectadores surpresos do "jovem príncipe de Diechristein, filho mais velho do príncipe de mesmo nome, grande mestre de Sua Majestade, a Imperatriz reinante, esposa do imperador Leopoldo (...) Dançou sozinho uma *entrée* de balé (da ópera *Persée*) com uma graça maravilhosa. Apareceu no teatro vestido magnificamente e mascarado segundo os costumes e tomou o lugar de um dos principais mestres empregados pelo senhor Lully. Monsieur veio para vê-lo com um público incrível." Todavia estes fatos são excepcionais. Tratava-se de uma "habilidade" do cortesão que era Lully.

Não se conservou somente o velho conteúdo do balé de corte, mas também os costumes: as pessoas dançam em trajes urbanos, com penachos e perucas; as mulheres de salto alto, vestidos de corte. Isto não devia facilitar a velocidade e a elevação. Além disso, persistia o hábito da máscara: foi preciso aguardar Noverre para que os ventos e as fúrias perdessem suas máscaras estereotipadas e para que os solistas tivessem expressão no rosto.

Retomando uma fórmula de Noverre: reinava a dança "mecânica", ainda não havia nascido a dança de expressão.

A ópera no interior

Em agosto de 1684, Lully conseguira com que se decretasse "proibido estabelecer óperas no reino sem sua permissão ou de seus representantes". O "Florentino abocanha-tudo", como o apelidava La Fontaine, logo teve a ocasião de converter este favor em dinheiro: "Por volta do final de 1684, conta-nos seu secretário, um certo Gautier, que havia conseguido uma certa reputação entre os amantes da música, quis constituir em Marselha uma academia inspirada na de Paris. Depois de ter entrado em acordo com Lully, abriu o teatro pela primeira vez no domingo, 28 de janeiro de 1685, com uma ópera intitulada *le Triomphe de la paix.* O público achou os trajes magníficos, as máquinas corretas e o cenário muito bonito. A dança muito agradou, a sinfonia ainda mais e todas estas coisas valeram muitos elogios ao empresário..."

Dois anos mais tarde, inaugurava-se uma ópera em Lyon com a autorização de Lully; as primeiras representações foram *Phaéton* e *Bellérophon.*

Os dançarinos da Academia

O grupo da Academia Real de Música e Dança não era muito numeroso. Contava-se vinte e cinco dançarinos distribuídos em *Thésée,* em 1675. Logo chegou-se a trinta, mas não se ultrapassou o número de quarenta titulares.

Ao lado de Beauchamps, reconhecido como mestre incontestável, encontramos Louis (de) l'Étang (ou Lestang), que entrou para a Academia em 1676, para a execução de *Athys.* Seu papel era o de explicador das lições do mestre. Era um dançarino do gênero nobre, bastante hábil para ser autorizado a organizar suas *entrées*. Sua carreira encerrou-se em 1702.

Louis-Guillaume Pécourt (Paris, 1651-1729)

Após ter sido seu aluno, Louis-Guillaume Pécourt (ou Pécour) brilha como sucessor de Beauchamps na direção do balé.

O "secretário" de Lully julga-o em termos elogiosos: "Distinguiu-se de tal forma na dança que, em poucos anos, tornou-se o primeiro em sua profissão. Pécourt era belo e bem-feito e dançava com toda nobreza possível... (Ele) acrescentava ao seu talento muito espírito e leitura".

Havia conseguido renome no posto de mestre de dança da duquesa de Bourgogne. Conservou sempre o gosto pela dança de sociedade e até escreveu composições destinadas aos salões, que foram transcritas segundo o método de Feuillet. Em 1674, entrou para a Academia Real de Música e Dança, que logo foi chamada de Ópera.

Homem mundano, era-o a ponto de dividir com o marechal de Choiseul os favores de Ninon de Lenclos. Ao encontrá-lo na antecâmara de sua amante, o marechal confundiu-o com um oficial e perguntou-lhe qual era o seu regimento. A resposta de Pécourt divertiu Paris: "Meu senhor, comando num corpo onde o senhor serve há muito tempo".

Pécourt parou de dançar em 1703, mas conservou as funções de mestre de dança até sua morte.

Nicolas Blondy (1675?-1739)

Seu pai, Nicolas, era cunhado de Beauchamps e dançarino da Academia – destacou-se principalmente no *Thésée,* de Lully. O professor do jovem Nicolas foi seu tio, e o rapaz entrou naturalmente para a Academia. Era um dançarino nobre, que se distinguia pela sua vivacidade. Após a morte de Pécourt, tornou-se mestre de balé e provocou admiração pelos seus *battus.* Antes de ser titular, havia organizado a reprise das *Fêtes vénitiennes,* de Campra. A sua coreografia mais marcante foi a de *Amours des déesses.* Foi o professor de Marie Sallé e da Camargo.

Jean Balon, ou Ballon (Paris, 1676-1739)

Era também filho de um dançarino da Academia e foi aluno de Pécourt. Após alguns papéis de estreante (principalmente o de um pequeno fauno em *Oronthеé,* em Chantilly, 1688), entrou muito jovem, em 1691, para o grupo oficial. Em 1695, já era solista e dançava um *pas de quatre* em *Saisons* com Pécourt, Blondy e François Prévost.

Sucedeu Beauchamps na função de compositor dos balés do rei. Neste cargo, organizou na corte os intermédios de *l'Inconnu,* de Thomas Corneille (música de Lalande) e dirigiu a reprise dos *Caractères de la danse* para o início da carreira da Camargo, em 1728.

Era célebre pela facilidade de seu salto e pela leveza de sua elevação, donde a expressão "ter Balon".

Marie-Thérèse Perdou, dita (de) Subligny (Paris, 1666-1736)

Filha de um advogado, entrou para a Academia em 1688. Dois anos mais tarde, assumiu o posto da senhorita Lafontaine. Dançarina nobre, foi intérprete de todos os grandes balés até 1707, ano em que abandonou o palco, após a reprise do *Triomphe de l'amour*, de Lully.

Foi a primeira dançarina francesa a se apresentar na Inglaterra, onde participou de duas temporadas, de 1700 a 1702. A seguir, os dançarinos franceses passaram a ir a Londres regularmente até o século XIX.

Capítulo 6

O desabrochar e a morte da escola clássica

O conservantismo da Ópera – Noverre: uma reforma mal aceita – A escola clássica morre com os Três Gloriosos – Os grandes dançarinos do século XVIII

Como é surpreendente o século XVIII, o "século das Luzes", um século de contradições.

No plano político, nunca a monarquia foi tão absoluta em teoria; mas o princípio de autoridade é fundamentalmente questionado. Atribui-se um espírito de reformas ao governo, mas as medidas de aplicação, quando tomadas, são parciais e são sempre recolocadas em questão. Por dezenas de anos, reina a paz; o território do reino se estende, sem qualquer combate, em direção aos limites atuais; a Lorraine e a Córsega são "reunidas" à nação. A França se constitui em império colonial que rivaliza com o dos ingleses e o dos holandeses, as duas potências que se afirmam. De repente, a guerra de Sete Anos acumula as mais estúpidas derrotas e sobrevém a ruína de um predomínio internacional conseguido há dois séculos e meio.

No plano econômico, o país, com seus quase vinte milhões de habitantes, é o mais populoso da Europa e também o mais rico. Mas sua economia continua essencialmente agrícola. A revolução industrial se esboça, mas a França se deixará distanciar dela. Não que seus inventores e técnicos fossem incompetentes. Mas o aparelho governamental não a incentiva.

No campo social, o fato importante é a ascensão de uma classe burguesa rica; os *fermiers généraux*, os "financistas", assumem a direção da sociedade; os que vivem de rendas observam-nas aumentar a partir de 1730, apenas dez anos após a bancarrota de Law. Mas a carga dos impostos continua a pesar essencialmente sobre a classe camponesa: de quinze a dezenove milhões de camponeses pagam ao rei o essencial da poda, a dízima ao clero, direitos aos nobres, aluguéis ao proprietário, ou seja, no total, 60 a 70% do fruto de seu trabalho.

No plano ideológico, é a cidade que dá o tom e não mais a corte. A cidade, ou seja, Paris, mas também as metrópoles do interior: Montesquieu é de Bordeaux, Buffon, de Dijon, Vauvenargues, de Aix-en-Provence, J.-J. Rousseau, de Genebra.

As novas ideias, as "luzes" são uma nova abordagem das doutrinas e dos fatos pela razão liberada da opressão da autoridade e difundem-se principalmente nos salões. Os mais conhecidos são os das Senhoras de Lambert, de Tencin, du Deffand, Geoffrin e o da senhorita Lespinasse. Lá se encontram e se confrontam os nobres, os burgueses, os "talentos": os artistas e os intelectuais, que ocupam uma categoria especial.

O público da cultura aumenta: magistrados, pequeno-burgueses, baixo-clero leem, discutem em locais que são os sucessores dos salões: os cafés, invenção que provoca furor. Até as pessoas do povo, os "maquinistas" e os camponeses são atingidos por uma literatura amplamente difundida por vendedores ambulantes.

No plano religioso, a Igreja perde grande parte de sua influência, mas não desiste; por isso, os casos de

Callas e do cavaleiro de la Barre serão sentidos como anacronismos escandalosos; os protestantes só adquirirão um estatuto civil em 1787. A doutrina católica confronta-se com vários substitutos: profetismo dos "convulsionários" jansenistas do cemitério Saint-Médard, gosto pelo esoterismo mostrado abertamente pelo estrambótico "conde" de Saint-Germain e Mesmer, o homem da "selha", que, no final do século, adquire uma projeção prodigiosa. Os grupos esotéricos multiplicam-se: os Rosa-Cruz, que tendem ao ocultismo, os Franco-maçons, que são os campeões da razão liberadora. O século acabará nas vagas efusões do deísmo à la Jean-Jacques, enquanto que, pela primeira vez, o anticlericalismo terá seu campeão admirado em Voltaire, e o ateísmo, seu teórico oficial com Helvetius. Tudo isso para terminar, sob a Revolução, no culto formal do Ser supremo.

Século curioso, com certeza, que luta pela tolerância, impondo-a e realizando-se na intransigência revolucionária.

Século curioso que descobre o amor mais consciente e refinado com Marivaux e, ao mesmo tempo, a obsessão da possessão sexual com Laclos e Sade.

Em meados do século, definitivamente, um novo humanismo se forma, o da "doçura de viver", da felicidade imediata: o homem-indivíduo é considerado o valor essencial. Daí duas consequências aparentemente contraditórias: por um lado, o gosto do realismo, mesmo utilitário, do contato direto com a realidade material e, por outro, a sensibilidade difusa: *l'Encyclopédie* e *la Nouvelle Héloïse*.

As artes mostram como o grande negócio do século é ser feliz: nada de "grandes máquinas" com intenções moralizadoras ou heroicas, mas obras que têm um rosto humano, mesmo na quimérica *l'Embarquement pour Cythère*, mesmo nas efígies de convenção como *Gilles* ou *l'Indifférent*. É a época dos retratos individualizados de Quentin de la Tour, das cenas intimistas de Chardin, da pintura "sensível" de Greuze.

Após se ter fixado no formalismo da tragédia clássica de imitação a la Voltaire, o século sucessivamente descobre a comédia psicológica de Marivaux, a comédia de costumes com Beaumarchais e também a "comédia lacrimosa" com Nivelle de la Chaussée e o drama burguês com Sedaine e Diderot.

Por uma evolução exatamente paralela, a dança conservará no início do século o formalismo da escola clássica; depois, com Noverre, fará esforços simultaneamente em direção do realismo de assuntos e da técnica e rumo à expressão da sensibilidade.

O século XVIII é um momento crucial para a dança. Estão reunidos todos os elementos para seu sucesso: um grande público potencial, um sentido de festa que desvia o lirismo "heroico" de Lully para uma ópera mais tentada pelo prazer dos ouvidos e dos olhos, uma técnica que evolui para esta forma de felicidade imediata que é o virtuosismo como material do espetáculo.

A condição de espectador

Ter seu camarote na Ópera continua sendo privilégio dos nobres e dos ricos. O preço dos lugares na Ópera é um pouco mais alto que os da Comédie-Française.

Eis duas pesquisas feitas em dois momentos do século:

Comédie-Française

1735	Camarote térreo	6 libras o lugar
	Plateia (em pé)	1 libra
1774	1.º camarote	de 6 a 3 libras
	2.º camarote	de 3 libras e 5 centavos a 2 libras
	3.º camarote	2 libras e 5 centavos
	Plateia	1 libra

Ópera

1735	1.º camarote	7 libras (150 lugares deste tipo)
	2.º camarote	4 libras (150 lugares)
	Plateia	1 libra (800 lugares)
1774	Balcão	10 libras (48 lugares)
	Anfiteatro e 1.º camarote	7 libras e 10 centavos
	2.º camarote	4 libras
	4.º camarote	3 libras (191 lugares para estas 3 categorias)
	Plateia e galeria superior	2 libras (800 lugares)
	Assinaturas	
	1.º camarote (para 8 pessoas)	7 libras e 4 centavos
	1.º camarote (para 6)	7 libras e 4 centavos
	2.º camarote (para 6)	6 libras
	3.º camarote (para 6)	6 libras
	4.º camarote (para 6)	3 libras e 6 centavos

A partir de 1699, o "direito dos pobres" (taxa de 1/6) passa a ser incluído no preço dos lugares.

Os dias de espetáculo na Ópera eram as terças-feiras, quintas, sextas e domingos. O teatro fechava a 2 de fevereiro, 25 de março, 15 de agosto, 8 de setembro, feriados da Virgem, domingo de Pentecostes, 1.º de novembro, 24 e 25 de dezembro. Fechava também, assim como todos os locais de espetáculo, do domingo da Paixão à terça-feira depois da Páscoa.

A condição de dançarino

Um decreto real estabeleceu o regulamento do corpo de baile em 1713. Eis o seu efetivo de então e a escala de salários:

Dançarinos	*Dançarinas*
dois – 1000 libras por ano	duas – 900 libras por ano
quatro – 800 libras	quatro – 500 libras
quatro – 600 libras	quatro – 400 libras

Mestre de sala de dança – 500 libras
Compositor de balés – 1500 libras
Desenhista – 1200 libras

No decorrer do século, foram acertados os salários e efetivo aumentado com a vinda de corifeus e figurantes não titulares. Os figurantes não eram pagos. Em suas *Mémoires,* Casanova conta que havia aconselhado uma encarregada de roupas brancas a entrar no corpo de figurantes; ela perguntou quanto ganharia. "Nada, disse ele, não se paga aos figurantes da Ópera. Mas não se incomode com isso. Com a sua aparência, logo aparecerão dez ricos senhores que brigarão pela honra de remediar a falta de honorários." Estes costumes durariam muito tempo; era um "brevê" de mundanismo sustentar uma "moça da Ópera".

Em 1713, foi criada a escola da dança da Academia Real. Um regulamento real impunha que os diretores escolhessem "os melhores súditos para ensinar-lhes gratuitamente sua profissão". Os alunos eram, em sua maioria, moças. Era possível, mas não frequente, entrar para a Academia como dançarino sem ter passado pela escola; para isso, era preciso ser aluno de um grande dançarino da casa. Seus diretores foram Francine, genro de Lully, e Dumont até 1750, Lany até 1761, Hyacinthe até 1770, Maximilien Gardel (dito o Primogênito) até 1781, Deshayes até 1799. Pierre Gardel (dito o Caçula) foi seu sucessor.

Com certeza, a escola da Academia auxiliou o aperfeiçoamento da técnica, sobretudo sob a direção de Lany e dos Gardel; mas logo o peso da tradição se fez sentir, pois não havia qualquer renovação a partir do exterior. A rotina acarretou uma fixação na procura do virtuosismo puro, denunciado por Noverre a partir de 1760.

A escrita da dança

Dispomos de dois documentos, dois sistemas de escrita da dança, que nos permitem ter uma ideia bastante aproximada da técnica que não variará durante os primeiros dois terços do século:

– *La Chorégraphie ou l'Art de décrire la danse par caractères, figures et signes démonstratifs avec lesquels on apprend facilement de soy-même toutes sortes de danses* (A coreografia ou a arte de descrever a dança por caracteres, figuras e sinais demonstrativos através dos quais se aprende facilmente por si mesmo todos os tipos de dança), publicado em 1700 por Raoul-Auger Feuillet. – Muitas reedições se sucederam na França e em outros países;

– *Le Maître à danser* (O professor de dança), publicado em 1725 por Pierre Rameau, que, como Feuillet, transcreveu em outras coletâneas composições principalmente de Pécourt.

Feuillet empregava um sistema inventado por Beauchamps. O de Rameau é um pouco diferente, mas se baseia no mesmo princípio. Nos dois casos, trata-se de colocar junto à parte musical uma espécie de partitura a ser dançada, onde desenhos e sinais convencionais correspondem às notas. Em sua *Orchésographie*, Thoinot Arbeau havia empregado um sistema de partitura rudimentar, mas suficiente para as danças de sua época.

Atualmente, a dificuldade em ler os escritos de Feuillet e Rameau não é sua compreensão literal, mas sua interpretação exata. De fato, apesar de as denominações dos passos terem sido conservadas, seu conteúdo muscular é geralmente diferente. Devemos acrescentar que os dois autores só se preocupam com o movimento das pernas e não dão indicações para os braços, para os ombros ou para a cabeça.

Feuillet, que é o mais didático, distingue quatrocentos e sessenta passos. Parte das cinco posições definidas por Beauchamps. Enumera os *pliés*, os *élevés*, os *tombés*, os *glissés*, os saltos, cabriolas, os "giros" do corpo, as cadências e figuras. Divide os passos em retos, abertos, retorcidos, redondos e *battus*. Escreve os *temps de courante* ou "passos graves" – termo que não é mais empregado –, os *demy-coupés* – termo que caiu em desuso, mas cujo conteúdo se encontra, quanto ao princípio, no *piqué* –, os *coupés* – termo ainda empregado, mas com um conteúdo muscular diferente –, os *fleurets* ou *pas de bourrée* – o último termo prevaleceu com uma execução muito próxima –, os *jetés* – o termo foi conservado, o princípio de execução é o mesmo, mas o passo é executado com tão maior intensidade muscular que é quase irreconhecível –, os *contratempos* – que correspondem a nossos meio-contratempos –, os *chassés* – termo e execução parecidos com os de nossos dias, mas com uma execução bem mais ampla –, a *sissonne*– termo ainda utilizado, mas com um conteúdo muscular mais desenvolvido –, as *piruetas* – o nome e o conteúdo são semelhantes, mas a técnica acadêmica deu um maior impulso aos giros, aumentou seu número e encontrou novas posições para a perna livre –, a *cabriola* e a *semicabriola* – termos ainda usados, mas com uma ação muscular diversa –, o *entrechat* e o *demi-entrechat* – termos e execução continuaram os mesmos com maior amplidão.

Finalmente, Feuillet distingue quatro eixos perpendiculares para a execução do movimento: frontal, dorsal, lateral e girando. As diagonais só foram acrescentadas mais tarde: o balé de ópera era marcado pelo balé de corte, que concebia as figuras de forma que fossem vistas da melhor maneira possível pelo rei, colocado no eixo mediano da sala.

Com uma notação diferente, Rameau expõe os mesmos princípios e dá exemplos abundantes.

Podemos ver imediatamente as consequências da anotação do movimento: codificados os termos e seu sentido corporal, o ensinamento se torna mais fácil, uniformiza-se e ganha em rigor, permitindo o desabrochar do virtuosismo.

Encontramos aqui não uma regra *ne varietur*, mas um ponto de partida. É fácil prever que a dança profissional evoluirá em direção a uma maior amplidão, a um maior brilho, mas sempre dentro de uma linha definida. Podemos dizer que, essencialmente, a técnica acadêmica não traiu a herança corporal da técnica clássica, mas a enriqueceu. Quanto à herança cultural, é um outro caso.

Uma consequência prática: a técnica definida por escrito foi amplamente ensinada ao público; chegou aos meios urbanos privilegiados, nobreza e classe rica, e foi utilizada nas danças de sociedade até o fim do século. Uma clientela mais vasta e iniciada enriquecia os espetáculos de balé.

Por outro lado, inicialmente, a técnica clássica baseava-se na idealização dos gestos naturais empregados nas danças populares, a evolução tendo começado com a *estampie*. Por uma justa compensação das coisas, atingiu, por osmose, em virtude de sua grande difusão, as próprias danças populares; nelas encontraremos, misturados a motivos e elementos do início das eras, passos, principalmente *battements* e *entrechats*, introduzidos a partir do século XVIII. Um exemplo característico desta repercussão é a evolução da contradança: esta dança camponesa inglesa, de estilo livre e repetitivo, foi introduzida na França por volta de 1680. Transformada em dança erudita, voltou ao domínio popular no século XIX sob a forma de dança organizada.

Uma vez sublinhada a escrita da dança, convém assinalar seus limites. Os compositores de balés não anotaram seus passos nem seus encadeamentos. Também não utilizaram a escrita para compor diretamente. Noverre, que, aliás, toma posição contra a repetição da dança, afirma: "A coreografia (no sentido de escrita) apaga a genialidade" (Carta XXV). Quaisquer que tenham sido os progressos das escritas modernas do movimento, nossos coreógrafos, assim como seus predecessores, ignoram-nas a maioria das vezes, não se servindo delas para compor; preferem sistemas pessoais para memorizar suas concepções. É uma exceção se darem ao trabalho de mandar os especialistas anotarem seus balés, condenados, então, a serem conservados apenas pela memória, forçosamente pouco confiável, do autor e de seus intérpretes.

Se todos os balés tivessem sido anotados, mesmo imperfeitamente, desde o século XVIII, disporíamos de documentos seguros que permitiriam uma reconstituição aproximativa, que auxiliaria uma reflexão baseada no concreto. Lamentavelmente, não foi isto que aconteceu. Em que medida conheceríamos os grandes autores literários ou musicais, como teria sido o desenvolvimento da literatura e da música se as obras só tivessem sido transmitidas pela tradição oral? O empobrecimento seria a regra. Por que a dança constituiria uma exceção?

A ópera-balé

Lully empregava a dança como divertimento-intermédio entre os atos de suas óperas heroicas e, mais raramente, na fórmula estereotipada dos balés de corte. Dez anos após sua morte, em 1697, André Campra, este filho de Aix, regente do coro de Notre-Dame e apaixonado pelo teatro, criou um gênero novo com a colaboração do poeta Houdar de la Motte: a ópera-balé.

A primeira obra foi *l'Europe galante,* seguida por uma longa descendência à sua semelhança, principalmente *les Fêtes galantes,* 1698, *le Carnaval de Venise,* 1699, *les Muses,* 1703, *la Vénitienne,* 1705, *les Fêtes vénitiennes,* 1710, *les Amours déguisés,* 1713, *les Plaisirs de la paix,* 1715, *les Éléments* (Destouches e Delande), 1721, *les Fêtes grecques et romaines* (Fuzelier, Colin de Blamont), 1725, *Endymion* (Colin de Blamont, Fontenelle), *le Ballet des sons* (Mouret, Roy), 1732, para chegar, em 1735, à obra-prima do gênero, *les Indes galantes*, de Jean-Philippe Rameau, também autor das *Fêtes de Polymnie*, 1745, das *Fêtes de l'hymen et de l'amour*, 1747, e dos *Surprises de l'amour*, 1748. O gênero cairá em desuso depois de 1770.

O caminho é inverso ao da tragédia lírica: os elementos tradicionais da ópera – árias, recitativos, coros – aqui se encontram a serviço da dança e servem para conduzi-la. Cada ato – de três a cinco – é uma ampla *entrée* independente, ligada apenas vagamente a um tema central. Nela encontramos as danças usadas na época, como o minueto, a gavota, o tamboril, o rigodão, a museta... e, em menor número, as danças "representadas", compostas pelo mestre de dança, segundo passos codificados.

Les Indes galantes são bem típicas do gênero: após um prólogo, em que Bellonne convida Hebe a amar apenas a glória e em que ela convida os amantes a "atravessarem os mares mais vastos", o primeiro ato mostra o "turco generoso", Osman, que cede sua amada Emile a seu rival Valère, com danças de marinheiros, gente da Provence e escravos africanos na cena V. O segundo ato é uma aventura de amor na terra dos incas do Peru: Phani-Palla se entrega a seu apaixonado, o oficial espanhol don Carlos, apesar do amor que por ela sente o chefe inca Huascar; o ato encadeia efeitos de grande espetáculo: festa do sol, terremoto, erupção de um vulcão. O terceiro ato, o das "Flores", é uma festa persa, em que o príncipe Tacmas descobre sua amante, Fátima, disfarçada de escravo polonês para pôr seu amado à prova; o ato termina com a *Festa das flores,* onde a Camargo desempenha o papel da rosa. O quarto ato, acrescentado no ano seguinte, é a famosa *Entrée dos soldados.* Um oficial francês, Damon, e um espanhol, don Alvar, são rivais na conquista de Zima, filha de um chefe selvagem, e apagam-se diante de Adario, que ela ama.

É curioso examinar mais atentamente a construção da cena final: Adario canta uma ária, retomada pelo coro, e introduz a célebre *Dança do grande cachimbo da paz,* executada pelos selvagens. Adario e Zima cantam três estrofes, entrecortadas por intervenções dançadas dos coros. É concluída por um minueto dançado por "francesas como amazonas"; Zima canta a ária final, retomada na conclusão pelo coro, e "a *entrée* acaba, diz o libreto, por um balé geral dos guerreiros franceses e selvagens, de francesas amazonas, de pastores e pastoras da colônia, ao som de trombetas e musetas".

Em suma, uma intriga pueril, ou melhor, quatro intrigas reunidas pelo tema da perseguição amorosa; uma música construída com uma clareza e equilíbrio admiráveis, as danças sendo o essencial. Tal obra só pode interessar pela arte do compositor e dos executantes e não pelo seu tema.

A temática da ópera-balé

Atemática da ópera-balé apela ainda bastante para a mitologia, mas é uma mitologia em escala humana: os deuses têm aventuras semelhantes às dos mortais, na maioria das vezes amorosas. Por vezes, encontramos personagens históricos, mas frequentemente são tratados motivos exóticos, como em *les Indes galantes.*

Já podiam ser encontradas algumas evidências deste gosto no balé de corte, com o fantástico ingênuo de *la Douairière de Billebahaut*, na comédia-balé com a *turquerie* do *Bourgeois gentilhomme*, na maioria dos balés de corte com o "balé das nações", que é sua conclusão habitual.

Mas no século XVIII, o recurso ao exotismo torna-se muito frequente: em primeiro lugar exotismo convencional "de vizinhança", com *l'Europe galante*, que, no fundo, é apenas um "balé das nações" desenvolvido; exotismo veneziano, com *le Carnaval de Venise* e *les Fêtes vénitiennes;* enfim, exotismo planetário, com *les Indes galantes*.

É um traço da cultura da época. Antoine Galland publicou sua tradução das *Mil e uma noites*, de 1704 a 1717, Montesquieu suas *Lettres persanes*, em 1721, Voltaire seu *Zadig*, em 1747, enquanto, na Inglaterra, Daniel Defoe publicava seu *Robison Crusoé*, em 1719, e Swift empregava o exotismo para fins de sátira social em suas *Viagens de Gulliver*, em 1726.

No campo das artes plásticas, as "chinesices" da moda eram importadas pela Companhia das Índias. As "macaquices" (como o famoso salão dos arquivos nacionais) faziam furor.

Condições de representação

A ópera é ainda concebida como uma festa luxuosa na qual a "alta sociedade" gosta de observar, magnificadas, suas aspirações e sonhos. As máquinas continuam a ser utilizadas nas mudanças visíveis pelo público e nas cenas de grande espetáculo, como a erupção do vulcão em *les Indes galantes;* mas se recorre a remates realistas para realizar efeitos de teatro e não mais com intenções sobretudo poéticas, como no *Ballet de la nuit*.

Os dançarinos usam trajes bem semelhantes aos usados na vida cotidiana; têm todos os inconvenientes e ainda mais alguns.

Para as mulheres, vestidos compridos, crinolinas sobrecarregadas de passamanarias e bordados, sapatos de salto alto; a Camargo lançará a moda de salto agulha no palco, moda que as elegantes logo copiarão para usar na cidade.

Os homens também são maltratados e, ainda por cima, com o convencional: usam perucas sob um chapéu com penachos de penas; seu rosto está sempre coberto por uma máscara; são, em geral, empetecados com toneletes, espécies de saias enrijecidas por galões, das quais Noverre zombará. Podemos nos perguntar como tal equipamento, pesado e incômodo, completamente inadequado, era compatível com uma dança de leveza e elevação. De resto, a técnica era menos rigorosa do que hoje em dia.

Em suma, uma forma de representação muito convencional, bem oposta ao valor expressivo da dança, mas adaptada a assuntos também convencionais. Uma reação contra estes costumes herdados do balé de corte, ainda muito próximo, reação que resultará na reforma de Noverre, manifestou-se a partir da metade do século.

A reforma de Noverre

A primeira reação contra a dança puramente formal foi formulada por Luís de Cahusac em sua obra *la Danse ancienne et moderne ou Traité historique de la danse*, em 1754.

Cahusac não era dançarino de profissão, mas um amador que se tornara libretista de Rameau, historiador e crítico. Seu ponto de vista era provavelmente compartilhado por um certo número de intelectuais, pois foi escolhido por d'Alembert e Diderot para escrever os artigos relativos à dança na *Encyclopédie*.

Nos tomos III e IV de sua obra, encontramos suas críticas contra os balés de seu tempo e suas propostas de reforma. Analisa o papel da dança em Lully e seus sucessores, dos quais era testemunha de primeira mão. Confirma que, para Lully, "a dança era apenas secundária" e que, "nele, a dança era usada somente como intermédio". Está consciente da originalidade da ópera-balé: "Tal foi a lenta evolução do teatro lírico até o ano de 1697, quando La Motte (criou) um gênero completamente novo... Este poeta... imaginou um espetáculo de cantos e danças com várias ações completas e sem qualquer ligação entre si, que não uma relação vaga e indeterminada... *L'Europe galante* é a primeira de nossas obras líricas que não se pareceu com as obras de Quinault. Este gênero pertence inteiramente à França" (t. III, cap. IX).

A partir desta constatação, desenvolve sua crítica (t. IV, cap. I): "Todas as artes, em geral, têm como objetivo a imitação da natureza... Assim, qualquer dança deve exprimir, pintar e descrever aos olhos algum afeto da alma. Sem esta condição, perde o caráter de sua instituição primitiva". Mais adiante (cap. II), parte de um postulado – "Tudo o que não tem ação é indigno do teatro, tudo o que não for relativo à ação torna-se um ornamento sem gosto e sem calor" – para atacar os dançarinos. Censura seu apego à tradição: "Os dançarinos modernos têm antipatia por qualquer ação teatral simplesmente porque estas ações de dança não foram executadas pelos pretensos grandes bailarinos, cujas vagas preenchem no teatro...” Critica seu apego apenas à forma: “A opinião pública diz que a dança deve se reduzir a um desenvolvimento de belas proporções do corpo, a uma grande precisão na execução das árias, à graça no porte de braços, a uma extrema leveza na formação dos passos”. Combate com vivacidade o peso da hierarquia do balé e os privilégios dos primeiros bailarinos: “Se há oito bailarinos ou bailarinas na Ópera que têm o direito de ter, cada um, duas *entrées* particulares, é preciso... imaginar dezesseis *entrées*, ações separadas que se liguem ou tenham relação com a ação principal, e ainda supor que estes oito indivíduos consentirão em executá-las. Essas duas condições são moralmente impossíveis”.

Prega em favor da “dança de ação”. Lembra uma experiência recente: “Há menos de trinta anos, a falecida senhora duquesa du Maine mandou (Mouret) compor sinfonias a partir da cena do quinto ato dos *Horaces*, na qual Horácio mata Camila. Um dançarino e uma dançarina representaram esta ação em Sceaux, e sua dança mostrou-a com toda a força e o patético de que é digna”. E coloca uma regra prática essencial: “Se algum dançarino entra e sai sem necessidade, se os coros da dança ocupam o palco ou abandonam-no sem que a ação representada o exija, todos os seus movimentos, apesar de bem organizados, serão apenas contrassensos que a razão reprova e que denunciam o mau gosto”.

A reforma do balé, com o objetivo de dotá-lo de ação, foi tentada primeiramente por um dançarino austríaco, Franz van Weuwen Hilferding (Viena, 1710-1768): a cultura germânica, à qual pertencia, frequentemente na História foi sensível ao realismo, ao expressionismo, levados por vezes até a caricatura.

Hilferding estuda dança em Paris com Blondy às custas da corte imperial de Viena. Tamanho é o prestígio da escola francesa e o talento de Hilferding que, pouco após seu retorno, em 1735, é nomeado mestre de balé. A partir de 1740, começa a introduzir o realismo na dança. Imagina um balé em que os burlescos tradicionais são substituídos por camponeses, carvoeiros, profissionais diversos que fazem mímicas dos gestos de suas profissões. Trata-se, todavia, apenas de gestos sem ligação; não é o balé "de ação", mas "de ações".

Ao sistematizar suas ideias, transforma tragédias, como o *Britannicus,* de Racine, *Idoménée,* de Crébillon e *Alzire,* obra "americana" de Voltaire, em balés.

Abandona Viena para se tornar mestre de balé em Stuttgart, na corte do príncipe de Wurtemberg (dez anos mais tarde, este emprego será de Noverre). Volta a Viena, de onde parte um pouco mais tarde, em 1757, para a Rússia, deixando seu posto para seu aluno Gasparo Angiolini. Em 1759, apresenta em São Petersburgo um "drama-balé" (argumento: Soumakorov; música: Raupach); depois cria cinco balés de um gênero mais convencional, como *A vitória de Flora sobre Boreia,* 1760, ou *As Olimpíadas, 1762.*

Em 1765, volta a Viena, deixando mais uma vez seu posto para Angiolini. Abre o teatro da Porte de Carinthie, onde apresenta obras teatrais e balés "modernos". Morrerá arruinado.

Uma carreira não conformista

Jean-Georges Noverre (Paris, 1727 – Saint-Germain-en-Laye, 1810) pode ser considerado com justiça o reformador da dança. Se teve, como é normal, predecessores, tanto no plano teórico quanto no das realizações, foi ele quem reuniu as noções sobre o "balé de ação" num corpo doutrinário claro, diretamente assimilável pelos dançarinos; foi ele quem examinou os meios técnicos para uma reforma da dança; finalmente, foi ele quem impôs as novas ideias através de suas numerosas e célebres obras.

Uma boa fonte para conhecer sua vida é a biografia que lhe consagrou seu sobrinho, Charles Edwin Noverre (*the Life and Works of the chevalier Noverre*, Londres, 1882).

O pai de Jean-Georges Noverre, de origem suíça, tinha sido um baixo oficial do exército do imperador Carlos V. Queria que seu filho servisse o exército, mas este preferiu a dança e se tornou aluno de Dupré. Não se contentou com um ensinamento puramente corporal; estudou, além disso, música e anatomia.

O jovem Noverre teria podido seguir uma carreira normal, entrando como dançarino na Academia Real; não foi isto que fez, sem que saibamos exatamente o porquê, a não ser o seu gosto já confirmado pela independência e sua provável falta de entusiasmo pelo gênero de dança que se praticava. Em 1742, seu professor já o considera bastante adiantado para apresentá-lo num espetáculo da corte em Fontainebleau. Sua verdadeira estreia será nos espetáculos da Ópera-Cômica na Feira de Saint-Laurent; após uma turnê a Berlim, ele monta nesta cidade sua primeira coreografia, em 1749 – aos vinte e dois anos –, a partir de um tema da moda, *les Fêtes chinoises* (As festas chinesas).

Noverre não se fixa em nenhum lugar; ei-lo em Londres em 1755. É empregado pelo grande ator Garrick, renovador do palco inglês no sentido de uma maior variedade, em seu teatro de Drury Lane. Noverre pode impor condições nada más: 450 luíses para ele, 100 para sua irmã, mais um "abono", com um grupo de cerca de cem dançarinos, seu encarregado dos trajes, seu cenógrafo e seu regente. Mas, nesta época, o partido antifrancês é muito forte em Londres: é a época em que o ministro Choiseul provoca a desordem das alianças. Na estreia acontece uma grande confusão, apesar de Garrick ter apresentado Noverre como suíço e protestante e do rei George V ter assistido à apresentação. Na sexta apresentação, ocorre um motim; os espectadores atacam os dançarinos no palco com espadas. O irmão de Noverre, Augustin, mata um agressor (ele se esconderá por um tempo, acabando por se fixar na Inglaterra, onde dá origem a um ramo inglês dos Noverre). Os cenários e trajes de Boquet são destruídos, o que Noverre não lamenta de todo: "Os trajes destruíam a obra".

Retoma suas viagens. Em Paris, o marquês de Pompadour, irmão da favorita e superintendente dos Menus Plaisirs (Pequenos Prazeres), encaminha-o à Ópera. Mas Noverre rejeita a ideia: o humor abrupto deste homem de vinte e sete anos, sua recusa às concessões, suas ideias estéticas que, por serem novas, são escandalosas, é conhecido. É censurado por ter recusado seguir a carreira normal – não se podia ser mestre de balé na Ópera sem ter sido dançarino na Ópera! –, por suas críticas contra a fixidez da Ópera e por seu desprezo pela hierarquia e seus privilégios enfadonhos.

Noverre irá então montar suas obras no interior: Estrasburgo, Marselha, Lyon, onde mora durante dois anos.

É prolífico: balés exóticos como *les Réjouissances*

flamandes, la Fête à Vauxhall, les Revues prussienes, les Métamorphoses chinoises; marivaudages como *la Mariée du village, le Jaloux sans rival;* assuntos heroicos: *la Mort d'Ajax, la Descente d'Orphée aux Enfers, Renaud et Armide.*

O mais importante foi ele ter difundido em Lyon, em 1760, a primeira edição de suas *Lettres* (Cartas), onde expõe sua doutrina. Com o título de *Lettres sur le ballet et les arts d'imitation* (Cartas sobre o balé e as artes de imitação), irá completá-las com três edições até 1807; serão em número de trinta e cinco ao invés das quinze da primeira edição.

Com habilidade, dedicou a obra ao príncipe de Wurtemberg; foi chamado à corte de Stuttgart como mestre de balé. Lá encontra uma intensa vida teatral: duas óperas italianas – uma *seria,* outra *buffa* –, um teatro francês e sobretudo um corpo de baile com uma centena de dançarinos. Noverre vai criar no seu novo estilo: em dez anos, produzirá cerca de quinze grandes balés. Graças ao príncipe, publica uma edição aumentada de suas *Lettres* e cuida de sua difusão: são bem acolhidas por Voltaire, que lhe escreve, e pelos Enciclopedistas.

Stuttgart torna-se a grande capital da dança durante o reinado de Noverre. Vestris, estrela incontestada da Ópera, vai para lá todos os anos em peregrinação. Conquistado pela doutrina noverriana, divulga-a pela Europa e até em Paris: em 1770, impõe à Ópera uma obra de Noverre que ele mesmo monta, *Médée et Jason* (criada em 1763), balé trágico que provoca sensação.

Noverre é chamado à corte imperial de Viena neste mesmo ano, 1770, para as festas de casamento da arquiduquesa Carolina com o rei de Nápoles. Lá permanecerá por quatro anos. Apresenta muitos balés, quase todos "heroicos", baseados em temas antigos, onde afirma sua concepção de arte dramática e procura propositalmente o patético – o que está bem ao gosto da sua época. Assim, *la Mort d'Agamemnon* "provoca tremores de horror nos espectadores". Monta coreografias das obras de Gluck, não como intermédios, mas como elementos de ação: *Alceste, Iphigénie en Tauride.* É o grande diretor das festas de corte, mestre de dança da família imperial. Falta esclarecer um detalhe da história: Noverre foi mesmo professor da arquiduquesa Maria Antonieta, como sempre se comentou? Esta deixou Viena para ir à França a 21 de abril de 1770. Noverre já havia chegado a Viena? Nenhum documento nos fornece a data exata. De qualquer forma, nessa ocasião, seu contato com Maria Antonieta só pode ter durado muito pouco tempo.

Em 1774, todavia, ele parte para Milão, para o casamento de Ferdinando da Áustria. Apresenta suas obras no teatro ducal (futuro Scala). Sua chegada volta a provocar uma polêmica com Angiolini, estabelecido na cidade, que reivindicou em libelos a paternidade do "balé de ação" para Hilferding e para ele próprio. Noverre lhe responde com duas cartas. Volta a Viena, mas o corpo de baile é suprimido. Vai passar alguns meses em Londres no teatro de Garrick que lhe outorga o título de "Shakespeare da dança". Finalmente, volta a Paris.

Desta vez, sua reputação já é sólida. A antiga arquiduquesa vienense, Maria Antonieta, que se tornou rainha da França, consegue impô-lo à Ópera como mestre de balé, no lugar de Vestris, o que acontece com bastante resistência e restrições: Noverre é apenas tolerado e, de certa forma, vigiado, o que o impede de criar livremente. Acabará somente retomando cinco velhas coreografias; em 1778, cria *les Petits Riens*, com música de Mozart, que então estava em Paris: um músico sem dúvida sem interesse, pois o cartaz da Ópera nem mesmo menciona seu nome. No mesmo ano Noverre introduz uma pastoral, *Annette et Lubin*, em seu repertório, que faz sucesso.

A oposição do corpo de baile a Noverre e ao administrador, o marquês de Vismes, que o apoia por ordem da corte, é cada vez maior. La Guimard lidera a revolta; a eliminação de um balé de Maximilien Gardei, *Mirza et Lindor* (1779), onde desempenhava o papel principal, é por ela imputada a Noverre, cuja situação se torna insustentável. Negocia sua demissão em favor de Gardel e de seu antigo aluno Dauberval: deveria receber uma pensão do teatro e o título de acadêmico. Parte, em 1782, sem nenhum dos dois.

Poderíamos acreditar que o período de Noverre na Ópera foi um dos mais estéreis de sua vida. Mas, assim mesmo, foi importante ter podido apresentar no palco dois "balés de ação", *Apelles et Campaspe* (criado em Viena em 1774, apresentado na Ópera em 1776) e *les Caprices de Galathée* (Lyon, 1759, Ópera, 1778), assim como uma tragédia, *les Horaces*, "levada sob a forma de balé" (estreia em Viena, em 1774, Ópera, 1777). Além disso, após o incêndio da Ópera em 1781, na reabertura foi apresentado *les Caprices de Galathée*, cujas partes cantadas foram suprimidas por Noverre: é portanto o primeiro balé a romper definitivamente com o estilo de ópera.

Noverre passa uma temporada na Inglaterra, de onde voltará em 1789, e onde se refugiará durante o Terror, de 1793 a 1794. Sem rancor, levou a Guimard e

Vestris, o Jovem. Seu triunfo é indiscutível: é coroado, no palco do King's Theatre. Londres lhe é mais favorável que Paris: lá cria vinte e um balés.

Em 1795, após ter montado *la Serva Padrona*, de Pergolese, e um balé sobre a batalha de Fontenoy, volta à França, resignado a se aposentar. Retira-se para uma pequena casa em Saint-Germain-en-Laye, onde vive modesta, mas dignamente. Morre a 14 de outubro de 1810, quando trabalhava num dicionário de dança, onde refutava os artigos de Cahusac na *Encyclopédie*.

Cento e cinquenta balés, cujos títulos e libretos chegaram até nós, foram compostos por Noverre. Suas *Lettres* foram amplamente difundidas e criaram um forte movimento de ideias renovadoras. Seus alunos, ingratos como Dauberval e Gardel, admiradores como Vestris e Le Picq, seus discípulos por intermédio de outros mestres, como Bournonville, Aumer, Vigano, divulgaram por toda a Europa suas ideias e o balé francês. Não é exagerado dizer que a Itália, através de Vigano (Stendhal confirma o fato em *Rome, Naples et Florence*), a Rússia, através de Le Picq, foram mais noverrianas do que a Ópera de Paris. A influência deste contestador foi definitivamente determinante: foi ele quem fez do balé um gênero artístico completo.

Uma doutrina de contestação

Dois princípios dominam as ideias de Noverre:

– o balé deve narrar uma ação dramática, sem se perder em divertimentos que cortam o seu movimento; é o "balé de ação";

– a dança deve ser natural, expressiva, o que Noverre chama de "pantomima".

Como de hábito, a constituição de um novo estilo passa pela crítica ao passado. Mais de um terço das *Lettres* de Noverre colocam-no em questão.

– *As máscaras.* "Tive coragem de proscrevê-las do teatro... Sempre considerei as máscaras de madeira ou de cera como um invólucro espesso e grosseiro que abafa os afetos da alma e que não lhe permitem manifestar as impressões que sente..." (C. II); e ainda: "As máscaras dos tritões são verde e cor de prata; as dos demônios, cor de fogo e de prata; a dos faunos, de um marrom enegrecido; as dos ventos são infladas como se alguém fizesse esforços para assoprar..." "O rosto, afirma Noverre (C. XVIII), é o órgão da cena muda, é o intérprete fiel de todos os movimentos da pantomima: é o suficiente para banir as máscaras da dança."

– *Os trajes.* "No ano de 1762, declarei guerra às enormes perucas da Ópera... Não pude banir o ouro e a prata na representação do balé dos *Horaces;* foi preciso (por um decreto de estupidez) que os Horácios fossem engalonados de ouro e os Curiáceos, de prata." (C. XXI) "A variedade e a verdade nos trajes... são tão raras quanto na música, nos balés e na dança simples. O ouropel brilha por toda a parte: o camponês, o marinheiro, o herói estão sempre sobrecarregados; quanto mais um traje é ornado de bugigangas, lantejoulas, filó e rendas, mais adquire mérito diante do autor e do espectador sem gosto. Não queria mais esses toneletes rígidos que, em certas posições, colocam, por assim dizer, as ancas nos ombros e que eclipsam todos os contornos... Diminuiria em três quartos as crenolinas ridículas de nossas dançarinas; impedem também a liberdade, a rapidez e a ação pronta e animada da dança... Diminuem a graça dos braços; na verdade, enterram a graciosidade..." Elogiando o exemplo da atriz senhorita Clairon, Noverre acrescenta: "Ela percebeu que Medeia, Electra e Ariana não tinham absolutamente o ar, a postura e os trajes de nossas pequenas amantes." (C. XVII)

– *A técnica.* Mas seus ataques mais vivos são suscitados pela técnica da virtuosidade sem significado, ideias ou expressão.

"*Entrechats* de seis, de oito, cabriolas e piruetas de sete giros, invenção sublime que faz girar as fúteis cabeças parisienses." (C. I) ""Vemos em nossos teatros apenas cópias imperfeitas de cópias que as precederam. Crianças de Terpsichore, renunciem às cabriolas, aos *entrechats*, aos passos por demais complicados; deixem de lado os trejeitos para se abandonarem aos sentimentos, à graça ingênua, à expressão." (C. X) ""As danças representadas que nada dizem, que não apresentam qualquer assunto, que não têm qualquer caráter, que não esboçam uma intriga pensada e com sequência e que caem, por assim dizer, das nuvens, são apenas, a meu ver... simples divertimentos de dança, que mostram apenas os movimentos compassados das dificuldades mecânicas da arte." (C. XVI)

– A *organização da Ópera.* Noverre também critica, como Cahusac, a hierarquia da Ópera, que dá às estrelas o direito de ter *entrées* feitas só para elas: "A senhorita Fulana de Tal reserva os *passe-pieds* para si, outra, as musetas, outra ainda, os tamboris; mais outra, os *lourés*, aparece mais uma que quer as chaconas; e este direito imaginário, esta briga por empregos e gêneros fazem com que a Ópera tenha vinte *entrées*, dançadas com trajes de gosto e gênero diversos, mas que não diferem pelo caráter, pelo espírito, pelo encadeamento dos passos, ou pelas atitudes; a fonte desta monotonia é a imitação maquinal... A Ópera é, ouso me exprimir assim, um espetáculo de macacos." (C. XVII)

Noverre propõe seu conjunto de reformas, que constituem um todo: o que é colocado em questão é a formação geral dos dançarinos e sua formação técnica, a formação dos professores de dança, a forma de trabalho dos compositores de balé.

– *Formação do bailarino.* Noverre é tão exigente quanto à formação dos bailarinos e seus professores, que ainda hoje suas exigências só excepcionalmente são realizadas nas escolas. Reivindica uma cultura geral bem vasta, com estudos mais detalhados de poesia, história, pintura e geometria; exige conhecimentos sólidos de música e anatomia.

Insiste neste último ponto: os bailarinos devem conhecer seu corpo para não serem apenas "autômatos da dança". Com efeito, a conformação do corpo para Noverre determina o gênero de dança apropriada para o bailarino: o dever principal do mestre de balé será "o cuidado de colocar cada aluno no papel que lhe é adequado". Noverre dá exemplos com dois bailarinos célebres de seu tempo para definir os principais defeitos corporais:

– Vestris tem "os quadris estreitos, os joelhos grudados, mesmo quando os pés estão distantes, ou seja, um triângulo entre joelhos e pés". Tal conformação impõe-lhe "a dança nobre terra a terra".

– Lany é "arqueado", o que é o defeito contrário, tinha razão em praticar a dança vivaz (C. XXXIII-XXXIV).

Insiste evidentemente no *en dehors*, mas proíbe qualquer exercício violento ou aparelho para forçá-lo: "(O exercício) de fazer círculos ou voltas com as pernas *en dedans* ou *en dehors* e *grands battements* estirados que partem das ancas... é o único a ser feito" (C. XXIV).

– *Em favor de um estilo liberado.* Finalmente Noverre define seu estilo: "Seria me compreender mal pensar que tento abolir os movimentos comuns dos braços, todos os passos difíceis e brilhantes e todas as posições elegantes da dança; peço maior variedade e expressão nos movimentos dos braços; gostaria de vê-los falar com maior energia... Gostaria ainda que os passos fossem executados com tanto espírito quanto arte e que respondessem à ação e aos movimentos da alma do bailarino... Quanto às posições, todos sabem que há cinco... Direi simplesmente que é bom saber estas posições e que melhor ainda é esquecê-las... De resto, todas as posições em que o corpo se firma e se desenha bem são excelentes..."

"A falta de inteligência e a estupidez que reina entre os bailarinos têm sua origem na má educação que recebem normalmente. Para que nossa arte atinja este grau de sublimidade que peço e desejo, é indispensavelmente necessário que os dançarinos dividam seu tempo e seus estudos entre o espírito e o corpo e que ambos sejam objeto de suas reflexões; mas, lamentavelmente, tudo se atribui ao último e tudo se recusa ao primeiro." (C. XXII)

– *A composição dos balés.* "Seguir a natureza e a verdade", eis a regra de ouro que Noverre propõe aos compositores de balés. "O balé bem-composto deve ser uma pintura viva das paixões, dos costumes, dos usos e das cerimônias de todos os povos da terra. Todo assunto de balé deve ter uma introdução, um desenvolvimento e uma conclusão", como uma peça de teatro. Deve principalmente não se limitar "a uma execução mecânica." (C. XIII) "Há poucos balés bem pensados. Dança-se por dançar... Não é com as pernas que podemos descrevê-lo: enquanto a cabeça dos bailarinos não conduzir seus pés... eles sempre se perderão." (C. XIII)

Em seu apetite de renovação e de lógica, Noverre, que não conseguiu entrar na Academia Real de Dança, propõe uma reforma desta instituição. "Pretendia-se, escreve ele com malícia, que nossa Academia fosse a moradia do silêncio e o túmulo dos talentos daqueles que a compõem. Todos censuram-na de só se reunir raramente ou por acaso, de não se preocupar de forma alguma com a arte que é seu objeto." (C. XXV) Noverre gostaria que a regra de cooptação fosse abolida, que todos os professores de balé pudessem apresentar três tentativas e que, em caso de êxito, eles se tornassem acadêmicos. Espera que os acadêmicos redijam um dicionário de dança, dicionário essencialmente técnico: um acadêmico se encarregaria de escrever a dança, "de esboçar os caminhos, de desenhar os passos", outro redigiria um comentário explicativo, Boucher desenharia as figuras e Cochin as gravaria.

A escola clássica morre com os Três Gloriosos

Noverre abandonou a Ópera, deixando um contrato não aproveitado pelos seus beneficiários, Jean Dauberval e o clã Gardel. Dauberval também foi eliminado. Amava uma dançarina, Théodore, cujas qualidades, por exemplo, de elevação, eram muitas, mas cujas relações com a direção e com os influentes do grupo eram difíceis. Persuadiu Dauberval a pedir demissão junto com ela. Este assumiu a direção do Balé da Ópera de Bordeaux, transformando-o num centro de criação bem apreciado. Lá produziu, entre vários balés noverrianos, uma pastoral cômica, *la Fille mal gardée,* cujas reprises, completamente fantasistas, ainda são representadas nos dias de hoje.

Cada um dos irmãos Gardel, Maximilien e Pierre, reinou, por sua vez, na Ópera no período do final da realeza, da Revolução, do Diretório, do Consulado, do Império e da Restauração.

Eram produtos típicos da Ópera, apoiados pelo grupo em geral. Apesar de serem excelentes técnicos, não eram inventores originais. Suas obras seguiram as concepções noverrianas no que concerne à mecânica do balé; mas, sob sua direção, a execução técnica voltou a cair na virtuosidade, o que era trair o espírito de Noverre. É preciso, no entanto, reconhecer que deram à Ópera um renome de técnica que fez com que toda a Europa passasse a copiar a escola francesa.

A ambição de Maximilien Gardel não era fazer da dança uma arte soberana de expressão: contentou-se em transformar as óperas cômicas em balés. A Revolução ascendente interrompeu estas futilidades. Seu irmão Pierre, de outra envergadura, retomou o balé "heroico", mais adaptado ao gosto "romano" da época: *Télémaque, 1790, Psyché,* no mesmo ano, *Cora* e *Bacchus et Ariadne,* 1791. Organizou as danças-intermédio de *Castor et Pollux,* 1791, último espetáculo assistido pela família real na Ópera. "O entusiasmo popular os acolheu com grandes ovações", diz *o Journal de Paris.*

Mas foi preciso que demonstrasse civismo para salvar a Ópera. A 27 de janeiro de 1793 (ano I), o "cidadão Gardel" organiza as danças do *Triomphe de la République* (Triunfo da República) – texto do cidadão Chénier (Marie-Joseph), música do cidadão Gossec. A obra, destinada a "manter nos corações o amor pela liberdade" só exerceu esta influência durante dez representações.

Todavia, o sucesso de seu balé-pantomima, *le Jugement de Pâris* (O julgamento de Páris), com música de Méhul e trechos de Haydn, a 6 de março do ano seguinte, mostra a direção do gosto do público.

A 6 de junho, novo tributo ao "patriotismo": Gardel organiza as danças do *Siège de Thionville* (Cerco de Thionville), que logo caiu; em agosto, *Fabius*, e depois, em pluvioso do ano III, *Horatius Coclès*, que misturavam a dança a outros elementos teatrais, deveram seu modesto sucesso às alusões políticas que continham. Gardel colabora para *la Réunion du 10 août*, "*sans-culottide* dramática em cinco atos e em versos, onde se combinam declamações, cantos, danças e evoluções militares". Só se sentiu realmente livre em 1800, quando produziu *la Dansomanie*, um repertório-caricatura das danças tradicionais do século XVIII, que muito divertiu o público. A partir de então retomou, alternando-se com seu subalterno Milon e com um jovem vindo do "Boulevard", Aumer, mitologias bem de acordo com as alegorias de estilo napoleônico: citemos *le Retour de Zéphire*, 1802, *Vénus et Adonis*, 1808, *Vertumne et Pomone*, 1810. Seu *Paul et Virginie*, de 1806, havia sido um sucesso num tom bastante diferente. Pierre Gardel saudou a Restauração com *le Retour des lys* (O retorno dos lírios) e, em 1815, o fim dos Cem Dias com *l'Heureux Retour* (O retorno feliz).

E o repertório da Ópera se arrastou, na repetição reencontrada, através de *Pages du duc de Vendôme*, 1820 (Aumer), *Zémire et Azor*, 1824 (Deshayes), e mesmo com a *Bela adormecida no bosque*, 1829 (Aumer), até que o romantismo de *la Sylphide* o despertou em 1832. De fato, a escola clássica morria de tédio quando os Três Gloriosos fizeram com que, em 1830, caísse definitivamente a monarquia do Antigo Regime.

Os grandes dançarinos do século XVIII

A dança do século XVIII deve grande parte de seu desenvolvimento e de seu sucesso aos executantes. Portanto, não se poderia deixar de falar dos grandes bailarinos do século. Sua presença, aliás, acrescenta um certo calor humano à evolução das ideias.

Marie Allard (Marselha, 1742 – Paris, 1802)

Estreia em Marselha, depois trabalha em Lyon. Em Paris, torna-se a primeira bailarina da Comédie-Française. Foi contratada pela Ópera em 1761. Após ter se destacado em reprises, *Armide*, de Lully, obras de Rameau, participa no *Devin du village*, de J.-Jacques Rosseau. Brilha sobretudo nos "balés de ação" de Noverre, principalmente em *Médée et Jason* e *les Petits Riens*.

Sua última apresentação foi em *la Chercheuse d'esprit*, de M. Gardel.

Tendo engordado demais, despede-se do palco.

Tinha um filho, Auguste Vestris, de uma breve relação com Gaétan Vestris.

Gasparo Angiolini (Florença, 1731 – Milão, 1803)

Angiolini produziu seus primeiros balés em Turim, em 1757. Em Viena, foi discípulo de Hilferding, que substituiu em 1760. Em 1761, elabora a importante coreografia de *Don Juan ou o festim de pedra*, de Gluck; montará mais tarde as danças de *Citera sitiada* e *Orfeu*, do mesmo autor. Criou também balés "heroicos", *Tétis e Peleu*, *Efigênia*, *Sémiramis*, com música de Gluck.

Em 1766, substituirá Hilferding em São Petersburgo, onde cria *Dindon abandonado*, *Os chineses na Europa*, *O preconceito superado* e *Armide e Rinaldo*.

Volta temporariamente à Itália, a Veneza, em 1771, depois a Milão, onde tem uma polêmica com Noverre a respeito da paternidade do "balé de ação". Em 1774, ele parte para a Rússia, onde permanece por dois anos. Volta a Milão. Acusado de ter colaborado com as tropas francesas quando da conquista, é deportado à Embocadura de Cattaro pelos austríacos e libertado pelos franceses.

Jean-Pierre Aumer
(*Estrasburgo, 1774 – Saint-Martin, 1833*)

Aluno de Dauberval em Bordeaux, entra para a Ópera em 1798. Em 1806, apresenta na Porte Saint-Martin seu primeiro balé, *Jenny ou le Mariage secret*, depois *les Deux Créoles*, inspirado no romance de Bernardin de Saint-Pierre, *Paul et Virginie*.

Em 1807, torna-se mestre de balé em Lyon. Ao voltar a Paris, em 1808, produz *les Amours d'Antoine et Cléopâtre*. Até 1815, é mestre de balé em Kassel, na corte do rei Jerônimo. De 1815 a 1820, exerce as mesmas funções em Viena, onde compõe *les Pages du duc de Vendôme* (reapresentada em Paris), *Aline*, 1815, e *la Fête hongroise*, em 1820.

De volta a Paris, alterna-se com Pierre Gardel na composição dos balés da Ópera, criando *la Somnambule* (música de Auber), 1827, *A bela adormecida no bosque* (música de Hérold), 1829, *Manon Lescaut*, 1830.

Em suas últimas produções, Aumer anuncia o pré--romantismo.

Barbara Companini, dita la Barbarina
(Parma, 1721 – Barschau, 1799)

Parceira de Antonio Rinaldi em Parma, vai a Paris em 1739. Na Ópera, aparece com ele em *le Fêtes d'Hébé ou les Talents lyriques*, de Rameau; também participou de *Dardanus*, do mesmo autor. Passa para o Covent Garden de Londres, volta a Paris, onde podemos vê-la em *l'Empire de l'amour*, de Montcrif, e em *les Fêtes grecques et romaines*, de Colin de Blamont.

É uma dançarina de elevação. Teria feito o *entrechat* oito, segundo autores do tempo, que opõem sua dança viva, mas pouco regular, à de Marie Sallé, "terra a terra".

Levou uma vida de cortesã, tendo sido sustentada por vários nobres. Finalmente se tornou a amante do rei da Prússia, Frederico, o Grande, que a contratou para o seu teatro de Berlim, atribuindo-lhe o título de condessa. Acabará como diretora de uma pensão para moças nobres.

"Barbarina dança com muita graça e, mais ainda, correção e leveza... seu *entrechat* oito é de uma vivacidade surpreendente." (*le Mercure*)

Marie-Anne de Cupis de Camargo
(Bruxelas, 1710 – Paris, 1770)

Como protegida da princesa de Ligne, estuda em Paris. Aluna de Françoise Prévost, ela brigaria mais tarde com sua protetora e trabalharia com Pécourt e Blondy, segundo Noverre.

Começa sua carreira de dançarina em Bruxelas, prossegue-a em Rouen, depois, em 1726, entra na Ópera, onde se torna rapidamente a estrela, rival de Marie Sallé, mas num outro gênero: é especialista de danças vivazes, principalmente o tamboril. Na estreia, teria feito o *entrechat* seis. Dançará na Ópera até 1715, com interrupções entre 1734 e 1740, período durante o qual é a amante notória do conde de Clermont. Assim, terá a ocasião de desempenhar o papel da rosa na *Fête de fleurs* (Festa das flores) das *Indes galantes.*

Conta-se que, em virtude da elevação de sua dança, ela inventou a "ceroula de precaução", ancestral do *collant.*

Opinião de Voltaire: "A primeira que dançou como um homem."

Opinião de Noverre: "Enriqueceu a dança com todos os passos *battus, entrechats,* pequenas cabriolas, *jetés battus*... Ela não era bonita, nem alta, nem bem-feita; mas sua dança era vivaz, leve e cheia de alegria e brilho. Os *jetés battus,* a *royale,* o *entrechat coupé* sem roçar, todos estes passos, ora riscados do catálogo e que tinham um brilho sedutor, a senhorita Camargo executava com extrema facilidade; só dançava árias vivazes e não é nestes movimentos rápidos que se consegue ser gracioso; mas a facilidade, a rapidez e a alegria substituíam a graça... A senhorita Camargo tinha inteligência e usava-a escolhendo um gênero móvel, ativo, que não deixava aos espectadores tempo para examinar sua anatomia e para perceber os defeitos de construção." (C. XXIX)

Jean Bercher, dito Dauberval
(Montpellier, 1742 – Tours, 1806)

Após estudar na Ópera, lá estreou em 1761. Sucessivamente, foi primeiro dançarino de segunda linha, primeiro dançarino nobre (1773) e mestre de balé (1781). Pediu demissão e se tornou mestre de balé na Ópera de Bordeaux. Suas principais coreografias: *la Fille mal gardée*, 1789, e *le Page inconstant.*

Marido da senhorita Théodore, aluna de Noverre, que também foi seu professor, divulgou e aplicou as teorias do "balé de ação". Preocupado em desenvolver o estilo semifolclórico, foi um dos fundadores da comédia-balé moderna.

Opinião de Noverre: "Foi obrigado a renunciar ao gênero sério. Modelado inicialmente pelas Graças, tornou-se gordo e musculoso... Dauberval soube aperfeiçoar e embelezar o gênero de Lany." (C. XXX)

Charles-Louis Didelot
(Estocolmo, 1762 – Kiev, 1836)

Começa a trabalhar com seu pai, primeiro bailarino do Teatro Real de Estocolmo, depois vai a Paris, onde é aluno dos mestres da Ópera, Auguste Vestris e Deshayes. Vai a Bordeaux com Dauberval, depois a Londres, onde é contratado por Noverre. Dança na Ópera de 1791 a 1793. Passa algum tempo em Lyon, depois vai a Londres onde monta *Ricardo Coração de Leão* e

Flora e Zéfiro, considerada sua obra-prima. Trabalha em São Petersburgo, de 1801 a 1811. É considerado o verdadeiro fundador da escola russa. Lá cria muitos balés, entre os quais *Apolo e Dafne*, 1802, e *Apolo e Perseu*, 1803.

De volta a Paris em 1811, tenta retornar à Ópera como mestre de balé, confrontando-se com a oposição de Gardel. Graças ao apoio dos russos, consegue apresentar *Flora e Zéfiro*, mas renuncia a lutar pelo posto, voltando à Rússia em 1816. Lá monta cerca de vinte balés, entre os quais *A cabana húngara*, 1817, *Raoul de Créqui* ou *O retorno dos cruzados*, 1819, *O prisioneiro do Cáucaso*, 1823. Também impõe as teorias de Noverre sobre o "balé de ação", a direção do corpo de baile, a transformação dos trajes e do cenário.

David Dumoulin (Paris, 1705-1751)

O mais célebre de uma categoria de dançarinos da Ópera, onde fez carreira de dançarino nobre, parceiro de Françoise Prévost, de Marie Sallé e da Camargo.

Opinião de Noverre: "Dançava os *pas de deux* com tal superioridade que seria difícil atingir sua perfeição; sempre terno, sempre gracioso, ora borboleta, ora zéfiro, por um momento inconstante, da outra vez fiel, sempre animado por um novo sentimento, mostrava com voluptuosidade todos os aspectos da ternura." (C. XVII)

Louis Duport (Paris, 1783-1853)

Estreia em 1800 na Ambigu-Comique; passa depois à Ópera, onde, apesar de sua indisciplina, é rival de

Auguste Vestris. Joseph Berchoux escreveu um poema sobre esta rivalidade, *la Danse ou les Dieux de l'Opera* (A dança ou os deuses da Ópera), 1806, que dá detalhes curiosos sobre a dança na época.

Vai com a senhorita George para a Rússia, onde fica de 1808 a 1816. Dança cento e trinta e oito vezes em São Petersburgo e apresenta-se em Moscou. Depois, em 1817, passa a ser diretor de um teatro em Nápoles. A seguir, fixa-se em Viena, onde dirige o teatro da Porte de Carinthie, fundado por Hilferding.

Suas obras principais foram *Acis et Galathée, 1805*, e *Figaro, le Volage fixé,* 1806, que, apesar de Gardel, conseguiu impor gradualmente à Ópera.

Opinião de Noverre: "Bailarino surpreendente, o jovem Duport saltou de pés juntos sobre os regulamentos. As pessoas crédulas, que o consideram um espírito aéreo, afirmam que não forçou a porta que conduz ao templo das Artes, mas que se introduziu como um silfo... Os sucessos de Duport eletrizaram-no; a despeito das regras, apresentou um segundo balé inspirado na comédia de Beaumarchais... Este balé oferece quadros variados, jovialidade e alegria. Salvou-se pela variedade e os charmes da dança ornados por ele e por sua irmã." (C. XXXIII)

Louis Dupré (Rouen, 1697 – Paris, 1774)

Dançarino nobre que triunfava nas lentas e majestosas chaconas e nas passacales. Seus *developpés* eram célebres. Foi o primeiro a ser chamado de "Deus da dança", título herdado por seu aluno Gaétan Vestris. Após uma escapada para a Polônia, fez toda sua carreira, longa e uniforme, pois dançava ainda aos sessenta anos, na Ópera. Atuou em todas as obras de Rameau. Foi o professor de Noverre.

Opinião de Casanova: "Vejo sempre esta bela figura que avança com passos cadenciados e que, ao chegar à beira do palco, eleva lentamente os braços arredondados, move-os com graça, estende-os, fecha-os, move os pés com precisão e leveza, dá pequenos passos, *battements* ao nível do meio da perna, uma pirueta, desaparecendo, a seguir, como um zéfiro." (*Mémoires*)

Opinião de Claude-Joseph Dorat:

> Lorsque le grand Dupré, d'une démarche hautaine,
> Orné de son panache, avançait sur la scène,
> On croyait voir un dieu demander des autels
> Et venir se mêler aux danses des mortels.*
>
> (*la Déclamation*, canto IV)

Opinião de Noverre: "O célebre Dupré estava como que fixado aos movimentos das chaconas e passacales que... se ajustavam ao seu gosto, ao seu gênero e à nobreza de seu porte." (C. XVII)

"Era uma bela máquina, perfeitamente organizada, mas à qual faltava a alma. Devia à natureza as belas proporções de seu corpo, e da ligação bem-feita na estrutura geral resultavam naturalmente movimentos doces e agradáveis, e um acordo perfeito no jogo que ligava suas articulações. Todas estas raras qualidades davam-lhe um ar celeste. Mas era uniforme; sua dança não variava, era sempre Dupré." (C. XXIX)

---

* Quando o grande Dupré, ar altaneiro,/ Ornado de seu penacho, avançava pelo palco,/ Acreditava-se estar diante de um deus que exigia altares/ E que vinha se misturar às danças dos mortais.

Maximilien Gardel, dito Gardel, o Primogênito (Mannheim, 1741 – Paris, 1787)

Seu pai era mestre de balé na corte do rei da Polônia. Entra na Ópera, onde destaca-se como dançarino nobre, principalmente numa reprise de *Zaïs* (Rameau). Em *Castor et Pollux,* 1772, foi um dos primeiros a entrar em cena sem peruca e sem máscara, segundo os princípios de Noverre, no papel de Apolo.

Nomeado mestre adjunto de balé em 1773, com Dauberval, sucedeu a Noverre como mestre de balé em 1781, após ter eliminado Dauberval. Mas só seguirá parcialmente as reformas noverrianas, no que concerne ao assunto e ao desenvolvimento da ação nos balés.

Suas obras são sobretudo adaptações de óperas-cômicas: *la Chercheuse d'esprit,* 1778, *Ninette à la cour,* 1778, *Mirza et Lindor,* 1779, *la Rosière,* 1783, *le Premier Navigateur,* 1785, *les Sauvages,* 1786, *le Coq au village* e *le Pied de boeuf,* 1787, *le Déserteur,* 1789. Acrescentemos *entrées* de comédias e óperas, por exemplo, os divertimentos de *Alcindor,* cujo tema é inspirado nas *Mil e uma noites.*

Pierre Gardel, dito Gardel, o Caçula (Nancy, 1758 – Paris, 1840)

Irmão caçula de Maximilien, seu primeiro professor, entrou na Ópera em 1774. Tornou-se primeiro bailarino em 1780, depois assistente de seu irmão. Quando da morte do último, foi seu sucessor como mestre de balé. Dirigiu a Ópera durante quarenta anos, só admitindo compartilhar a composição dos balés com seu assistente Milon e, excepcionalmente, com Duport (três balés), Henry (um balé, *l'Amour à Cythère,* 1805), Aumer (um balé, *les Amours d'Antoine et de Cléopâtre,* 1805). Apresentou-se pela última vez em *la Seroante justifiée,* 1818. Como sua carreira foi prematuramente interrompida por problemas dorsais, consagrou-se inteiramente à direção do balé da Ópera e à composição coreográfica. Seu maior sucesso foi incontestavelmente *Psyché,* representada quinhentas e sessenta e quatro vezes desde sua criação até 1829.

Sua escola era célebre em toda a Europa.

Opinião de Cario Blasis (que foi seu aluno a partir de 1811): "Foi na Ópera de Paris que, pela primeira vez, vi a que grau de perfeição a arte chegava. Gardel, o primeiro coreógrafo moderno, fez-me ver nesta produção todas as belezas da arte." (*Traité élémentaire, théorique et pratique de l'art de la danse,* 1820)

Opinião de Noverre: "... as raras disposições de Gardel para com o gênero sério. A natureza concedeu a ele tudo o que era necessário para substituir Vestris, o pai. É infeliz (...) dores vagas e que sempre reapareciam haviam-no obrigado a abandonar a dança. Dedicou-se à composição de balés. É infinitamente superior a seu irmão, que só teimava em copiar óperas-vaudevilles." (C. XXX)

"Suas composições obtiveram o sucesso mais brilhante e conservaram (o que é raro) o charme e o frescor de sua primeira juventude..." (C. XXXII)

Marie-Madeleine Guimard (Paris, 1743-1816)

Filha ilegítima de um inspetor das Manufaturas Reais, a Guimard estreia em 1758 no balé da Comédie-Française. Entra na Ópera aos 19 anos, destacando-se no papel de Pigmalião.

Foi intérprete de Noverre em *Médée et Jason, Apelles et Campaspe, les Caprices de Galathée, les Horaces, les Petits Riens,* o que não a impediu de fazer intrigas contra o coreógrafo e de ser, em grande parte, responsável pela sua saída da Ópera.

Era célebre por sua maldade. Chegava a pagar poetas e panfletários para atacar seus rivais.

Muito magra, era apelidada "o esqueleto das Graças". Contava-se que todos os dias ela se maquilava copiando uma miniatura que ela mandara fazer em sua juventude.

Cortesã hábil, conseguiu que o duque de Soubise lhe oferecesse uma "mansão de recreio" em Pantin, e escolheu Fragonard para decorá-la. No teatro que lá instalara, o "Templo de Terpsichore", eram apresentados balés que ela própria organizava, entre os quais alguns eram bem ousados.

Mudou de vida aos quarenta e seis anos ao desposar um ex-dançarino, cantor e compositor de canções, Jean Despréaux, com o qual se retirou para Montmartre.

Opinião de Noverre: "Ela nunca complicava; uma nobre simplicidade reinava em sua dança; ela se desenhava com gosto e seus movimentos eram impregnados de alma e sentimento. Após ter dançado por muito tempo um gênero sério, abandonou-o para se dedicar ao gênero misto que eu criara para ela e para o senhor Le Picq. Não era possível imitá-la nos balés anacreônticos e, quando abandonou o teatro, levou o gênero consigo."

Anne Heinel (Bayreuth, 1753 – Paris, 1808)

Estreou em Stuttgart, no teatro do príncipe de Wurtemberg. Foi admitida na Ópera, onde estreou em 1768. Pretende-se que tenha imposto o uso da pirueta com muitos giros para todas as bailarinas.

Mulher de Gaétan Vestris, foi apelidada "a rainha da dança".

Opinião de Noverre: "Abandonou Stuttgart e Viena, onde lhe dei vários papéis em meus balés de ação. Surpreendeu Paris e a corte. Seus contornos esbeltos, o charme de sua aparência, a perfeição e a nobreza de sua dança fizeram com que merecesse todos os aplausos; devo acrescentar que foi o modelo mais perfeito da dança séria." (C. XXX)

Jean-Baptiste Lany (Paris 1718-1786)

Fez toda sua carreira na Ópera. Dançarino de expressão, dirigiu a escola e foi mestre de balé de 1750 a 1767. Foi o professor de Dauberval e de Gardel.

Opinião de Noverre: "Lany dedicou-se à dança cômica, gênero em que é admirável, pois este é feito para ele, ou melhor, porque ele é feito para este gênero." (C. XVIII)

"Lany é arqueado; tirou vantagens deste defeito, o que mostra que se trata de um homem hábil; é tenso, é *en dehors*; é vigoroso, mas ereto, a precisão é a alma de sua execução; a formação de seus passos é única, tanto pela clareza quanto pela variedade e brilho: é o dançarino mais erudito que conheço." (C. XXIII)

"É um dançarino erudito no que concerne à mecânica de seus passos; aliás, devido à sua constituição robusta, só tinha encanto para o gênero que adotou, mas o possuía no mais alto grau. Era mestre dos corpos de baile da Ópera. Suas produções neste campo não anunciavam nem gosto nem imaginação: era perfeito no que compunha para si mesmo, mas muito medíocre quando trabalhava para o teatro." (C. XXX)

Louise Lany (Paris, 1723-1777)

Irmã de Jean-Baptiste, fez toda sua carreira na Ópera. Excelente bailarina, segundo a opinião de todos; a modéstia e a regularidade de sua vida fizeram com que fosse injustamente esquecida. Apresentou-se de 1743 a 1765.

Opinião de Noverre: "A senhorita Lany apagou as que brilhavam pela beleza, pela precisão e pela audácia de suas execuções: é a dançarina principal do universo." (C. XVII)

"Estatura magnífica e elegante, dança desenhada com perfeição e sentimento, elevação e brilho em todos os impulsos; mas como sua aprendizagem foi das mais rudes, sempre maltratada pelo irmão, acabou com uma timidez que, provavelmente, provinha do rigor das aulas; essa espécie de temor que nunca a abandonava roubava-lhe a expressão que poderia ter acrescentado aos encantos das mais corretas execuções." (C. XXX)

Charles Le Picq (Estrasburgo, 1749 – São Petersburgo, 1806)

Estreia em 1766 em Stuttgart, onde é discípulo de Noverre. Dança em Viena, em Varsóvia, em Milão, em Veneza e em Nápoles, onde dirige o teatro San Carlo de 1773 a 1778. Apresenta-se na Ópera de Paris e no King's Theatre de Londres.

Desenvolve grande parte de sua carreira na Rússia, para onde foi chamado por Catarina, a Grande, em 1786. Será o compositor dos balés da corte até 1799, quando é substituído por Pierre Chevalier.

Foi um dos que promoveram o "balé de ação", principalmente em *Didon abandonnée,* 1792, *l'Oracle,* 1793, *Amour et Psyché,* 1794, *Tancrède,* 1799. Também retomou obras de Noverre, Gardel e Didelot. Fiel a seu primeiro professor, interveio junto ao tzar Alexandre I para que conseguisse a edição, dita de São Petersburgo, das *Lettres* de Noverre.

Opinião de Noverre: "As belas proporções de sua estatura, a nobreza de sua figura, a harmonia encantadora de seus movimentos e o acabamento precioso de sua execução, ainda mais surpreendentes porque eram sempre fáceis, e porque os esforços do corpo eram sempre escondidos pela graça; tantas perfeições reunidas lhe valeram o mais brilhante sucesso na corte e na cidade... Apelidaram-no o Apolo da dança, mas as intrigas internas da Ópera somaram-se aos motivos que lhe fizeram renunciar às propostas brilhantes que lhe foram feitas." (C. XXX)

Françoise Prévost (Paris, 1680-1755)

Filha de um regente, fez toda a sua carreira na Ópera, onde se apresentou a partir de 1699 em *Atys*, reprise de Lully. Sucedeu à senhorita de Subligny como "dançarina solista" em 1705, sendo a terceira bailarina a ocupar este posto.

Dominou o início do século e formou as senhoritas Sallé e Camargo, que a eclipsaram. Aposentou-se em

1730, obtendo então a extraordinária pensão de 1000 libras.

Segundo Noverre, era especialista dos *passe-pieds*, que "corria com elegância".

Antonio Rinaldi, dito Fossan (Veneza, 1710- ?)

Apresenta-se inicialmente no teatro San Samuele de Veneza sob o seu pseudônimo. Parceiro de Barbarina em Parma, vai com ela a Paris e dança na Ópera em *les Fêtes d'Hébé ou les Talents lyriques* (1739). Em Londres, passa para o grupo de Porpora, o concorrente de Haendel na querela dos "bufões". Mas, rapidamente, encontramo-lo em São Petersburgo, onde, com sua mulher Giulia, dança a *Forza dell'amore e dell'odio*, de Araja. Em 1738, organiza os balés do *Finto Nino* e *Artaserse*, as primeiras óperas-balé dançadas na Rússia. Após uma ausência, volta em 1740 para montar as *entrées* de *l'Apparition d'Astrée au peuple russe, le Jugement de Pâris* e o *Ballet des fleurs*, 1744.

Noverre acha que a sua influência é nefasta. "Introduziu na França o furor do salto". Considera-o, no entanto, "o mais agradável e espiritual dos dançarinos cômicos. Virou a cabeça dos alunos de Terpsichore; todos quiseram copiá-lo, mesmo sem tê-lo visto". (C. XVI)

Marie Sallé (? 1702 – Paris, 1756)

Filha de um saltimbanco, estreou como dançarina na barraca de seu tio, Francisco, na Feira de Saint-Laurent, em 1718; acompanhou-o depois à Feira Saint-Germain.

Aluna da senhorita Prévost, fez carreira na Ópera de 1727 a 1740. Foi à Inglaterra, ao Lincoln's Inn Field, para três temporadas gloriosas, 1725-1727, 1730-1731, 1733-1735. Lá apresentou *Pygmalion* em 1734; foi a primeira dançarina a abandonar a peruca e o vestido com crenolina, vestindo-se com uma túnica de musseline drapeada no estilo grego. Esta novidade, que anuncia reformas ulteriores, fez furor.

Dançarina que se preocupava mais com a expressão do que com a técnica, a senhorita Sallé foi alvo de hostilidades do grupo da Ópera.

Embora, por ocasião de sua volta de Londres, em 1727, tivesse criado *les Amours des dieux*, foi, em seguida, relegada por um ano ao corpo de baile.

Retirou-se da Ópera em 1740; era tão benquista pelo público que sua apresentação "beneficente" rendeu-lhe mais de 200.000 francos, de acordo com Noverre. Foi aposentada pelo rei, passando a frequentar as festas da corte.

Opinião de Noverre: "Sua fisionomia era nobre, expressiva e espiritual. Sua dança voluptuosa era esboçada com fineza e leveza. Não era por saltos e cabriolas que tocava o coração. A expressão ingênua da senhorita Sallé não foi esquecida; sua graça está sempre presente, e os trejeitos destas danças (as musetas) não conseguiram eclipsar a nobreza e a simplicidade harmoniosa dos movimentos ternos, voluptuosos, mas sempre decentes desta dançarina amável." (C. XXIX)

Gaétan Vestris (Florença, 1729 – Paris, 1808)

Filho de uma família italiana, os Vestris, que emigrou para a França em 1740, em virtude de dificuldades financeiras, tornou-se aluno de Dupré por intermédio de Lany. Adotou o gênero de seu mestre; "iguala(-o) em perfeição e supera-o em variedade e gosto", escreverá Noverre. Depois de Dupré, recebe o título de "Deus da dança".

Contratado pela Ópera em 1749, torna-se "dançarino de solos", no lugar de Dupré, em 1751. Demitido em 1754, dança em Berlim e Turim, onde apresenta seu primeiro balé, que foi esquecido. Readmitido em 1755, sua primeira aparição é em *Roland*. "Observa-se em seus solos uma espécie de ação completa e tão bem-casada com o espetáculo, que a sua ausência o tornaria imperfeito", escreve *la Gazette nécessaire*, de 19 de novembro de 1759.

Em 1760, tem um filho de sua relação com a senhorita Allard.

A partir de 1763, ele vai todo ano encontrar Noverre em Stuttgart. Divulga as ideias noverrianas pela Europa e, em Paris, impõe a apresentação de *Médée et Jason*, em 1770.

Adjunto de Lany como diretor da Escola de dança, em 1761, é nomeado mestre de balé de 1770 a 1776; depois volta a ser primeiro bailarino, cedendo seu posto a Noverre.

Ficou tão célebre que, em 1781, na Inglaterra, o Parlamento suspendeu sua sessão na hora da apresentação, segundo os jornalistas da época.

Parará de dançar em 1782 e desposará a senhorita Heinel em 1792. Reaparecerá na Ópera em 1800 para a estreia de seu neto, Auguste-Armand, filho de Auguste.

Opinião de Noverre: "Vestris... abandonou o burlesco para se dedicar à dança nobre e ao estilo sério, gênero do qual hoje em dia é o modelo mais perfeito." (C. XVIII)

"Vestris tem os joelhos para dentro, o que as pessoas da profissão não perceberiam, não fosse o *entrechat* que, por vezes, o trai; é o melhor ou o único dançarino de solos do teatro; é elegante; à execução mais nobre e mais fácil acrescenta o raro mérito de tocar, de interessar, de falar às paixões." (C. XXIII)

Auguste Vestris (Paris, 1760-1842)

Filho ilegítimo de Gaétan e da senhorita Allard, por vezes apelidado "Vestr'Allard".

Foi apresentado pelo seu pai, também seu professor, ao público da Ópera em 1772, aos doze anos de idade. Em 1773, dança, ao lado de Gaétan, *Endymion* com a Guimard. Foi contratado em 1775. A partir de 1776, é nomeado "dançarino de solo ou duo". Em 1780, é promovido a primeiro bailarino.

Dançará no King's Theatre de Londres, a partir de 1781, durante várias temporadas com um considerável sucesso ("6 guinéus a entrada, 1 guinéu a aula", indica a legenda de uma caricatura inglesa).

Lança uma nova moda de dança, espetacular, elevada, com piruetas, *grands jetés*. Em suma, apesar dos conselhos de Noverre, atribui prioridade à técnica; mas falta-lhe o equilíbrio e o vaporoso. Tendo seu rival Duport partido para a Rússia, reina absoluto no palco da Ópera, mas somente como executante. Sua influência não é menos considerável: deu aulas ao primeiro dançarino romântico, Jules Perrot; formou August Bournonville, o mestre da escola francesa na Dinamarca, e Marius Petipa, fundador da escola acadêmica na Rússia.

Opinião de Noverre: "Sua estreia no gênero sério foi um triunfo: precisão, audácia, firmeza, bela formação de passos, ouvido sensível e delicado, estas eram as raras qualidades que distinguiam este jovem dançarino." (C. XXXI)

"Enquanto tiver capacidade de se movimentar, será um modelo inimitável de sua arte... Há algum tempo, criou para si o gênero mais amável e interessante; sua execução é a mais sábia e a mais correta... Quando o vemos dançar, imaginamos que está na flor da idade ou que Hebe confiou-lhe a chave da fonte da juventude. Tem para com seu professor de balé a consideração que este merece. Honesto para com seus companheiros, está sempre disposto a ajudá-los. Nunca se envolveu nas pequenas intrigas de bastidores e não se valeu da superioridade de seu talento e dos muitos aplausos do público para faltar a seus deveres, por causa de humores, indisposições fingidas ou ausências frequentes. Vestris é o dançarino de todos os dias, o que é elogiar seu talento, pois todos os dias parece novo." (C. XXXV)

Salvatore Vigano (Nápoles, 1769 – Milão, 1821)

Sobrinho do compositor Boccherini, Vigano teve uma ampla formação, que se estendeu à poesia, à pintura, à música.

Após sua estreia em Roma, trabalha na Espanha, onde se casa com a dançarina Maria Medina. Conhece Dauberval, que o inicia nas ideias de Noverre. Vigano irá trabalhar em Londres com ele.

Em 1801, está em Viena, onde compõe um balé sobre *As criaturas de Prometeu,* cuja partitura foi escrita por Beethoven (reprise em Milão, em 1813). Passou por Veneza, onde apresenta, em 1809, *gli Strelizzi.* A partir de 1812 e até a sua morte, é mestre de balé no Scala de Milão. Lá cria *Os hussitas*, 1815, *Psammi*, *Mirra*, 1817, *Otelo*, *Dédalo*, *A vestal*, 1819, *i Titani*, 1819, *As sabinas*, *Joana d'Arc*, 1820. Preparava um *Didon* na época de sua morte.

Importou o "balé de ação" para a Itália; interessa-se pelo assunto e pelo movimento da coreografia a ponto de só atribuir uma importância secundária à técnica, o que teve como consequência uma mania do público italiano pelos dançarinos franceses, cuja virtuosidade pura parecia prodigiosa, e a contratação de muitos franceses para desempenharem os papéis principais nos grupos italianos do começo do século XIX.

Stendhal, que viu muitas de suas obras durante a sua estadia na Itália, fala várias vezes de Vigano em *Roma, Nápoles e Florença*. Diz principalmente (17 de julho de 1817): "Este grande poeta mudo, Vigano, não seguiu absolutamente o caminho de Alfieri em sua *Mirra*... Apesar de o tema ter sido mal escolhido, nunca um espetáculo foi tão pleno de vida; quando dele saímos, somos perseguidos por dez ou doze cenas que preenchem a imaginação, como a lembrança de belos quadros. Em cada representação, percebemos novos detalhes encantadores: o movimento das massas surpreende pela singularidade, ordem, variedade; e apesar de tudo surpreender, nada parece fora do natural... os passos de dança não pareceram reunir a graça à novidade. Os amantes desta arte sentiam saudades de Paris, com certeza não pela ação dos balés que, ao negligenciarem o dramático, logo aborrecem e não se podem comparar a este, nem mesmo por um instante. Mas se Paul, Albert, a senhorita Bigottini, a senhorita Bias se apresentassem no balé desta noite, ele ofereceria o conjunto perfeito do que o estado atual da arte pode oferecer de mais encantador" (*Oeuvres complètes,* Cercle du bibliophile, t. II, pp. 250-252).

E ainda: "... a mais bela tragédia de Shakespeare não produz em mim a metade do efeito de um balé de Vigano. É um homem de gênio que levará sua arte com ele, e, na França, nada se parece com ela. Seria, portanto, temerário querer dar uma ideia a seu respeito: imaginaríamos sempre algo no gênero de Gardel" (*ibidem,* t. I, p. 97).

Capítulo 7

A dança romântica

As filhas de "A sílfide" – A expansão da dança francesa na Europa – A escola acadêmica

O romantismo surge no balé francês em 1832, um pouco mais tarde do que nas outras artes: o primeiro quadro romântico, *le Radeau de la Méduse*, de Géricault, havia sido exposto em 1819; a primeira coletânea de poemas, *les Méditations poétiques*, de Lamartine, publicada em 1820; 1830 é marcado pelo *Hernani*, de Victor Hugo e pela *Symphonie fantastique*, de Berlioz.

Foi anunciado no final do século XVIII por J.-J. Rousseau e triunfou com Chateaubriand no início do século XIX, na medida em que é culto do indivíduo, na medida em que o indivíduo se torna tema da arte. A ênfase sobre o indivíduo, mais do que sobre um arquétipo social, acarreta a rejeição das regras impostas pela sociedade no século XVII: a sensibilidade tem primazia sobre a razão; o coração e a imaginação assumem o poder, sem o controle de uma autocensura. O resultado é uma inflação dos sentimentos e de sua expressão.

O balé também vai se tornar a expressão de sentimentos pessoais, sob uma forma que será diferente dos gestos rigidamente codificados há um século e meio.

Ao mesmo tempo, os artistas desviam-se das fontes de inspiração tradicional e exclusivamente fornecidas pela Antiguidade grega e romana desde a Renascença. Vão procurar novas emoções no desarraigamento, nas literaturas estrangeiras: o fantástico de Byron, o feérico medieval de Walter Scott, os encantos brumosos da poesia alemã são mais conformes à sensibilidade da época.

Os românticos também têm a sensação de uma libertação. A arte é conquistada pelos "grandes princípios" de 1789: liberdade, igualdade; cada artista tem o direito de se exprimir sem restrições.

Mas, se a revolução romântica podia gozar destes novos direitos no campo da literatura e das artes plásticas, porque estas atingiam o grande público, o mesmo não acontecia com a dança. A Ópera detinha o monopólio do balé; as tentativas de espetáculos coreográficos nos teatros de *boulevard*, principalmente no Renascença e no Porte Saint-Martin, foram esporádicas. Ora, a Ópera tinha mudado de estatuto, mas não de público: até os Três Gloriosos de julho de 1830, administrativamente, eram parte da Casa do rei; dali por diante tornava-se estabelecimento *concedido* a um administrador que era o responsável financeiro pela sala, com os prejuízos e lucros eventuais. Devia, portanto, procurar o sucesso junto ao público, sendo que este continuava a ser recrutado na classe rica, conservadora, que não exigia subversão nem na arte nem na sociedade; um público estático numa sociedade em movimento.

O primeiro administrador da Ópera, o doutor Véron, foi mais longe. Abriu o centro de dança aos detentores de assinaturas, uma vantagem bastante ignóbil na prática: a possibilidade de travar relações com as bailarinas, de vir, de certa forma, fazer sua escolha *in loco*.

A técnica romântica: o "estilo da alma"

Entre 1810 e 1830, apesar da fixidez oficial, a técnica da dança evoluiu lenta, mas profundamente. Mais do que a façanha mecânica denunciada por Noverre, pouco a pouco começava-se a buscar a expressividade, a poesia do corpo, a fluidez dos gestos, por exemplo, no porte de braços. Encontramos a exposição mais completa da técnica neste início de século nas obras de Carlo Blasis, italiano formado na escola francesa. A comparação de seu *Tratado elementar teórico e prático da arte da dança*, 1820, do *Código de Terpsícore*, 1828, redigido na Inglaterra e por ele ditado, traduzido e revisado em 1830 sob o título de *Manual completo de dança* com suas *Notas sobre a dança*, 1840, permitem seguir a liberação do movimento, seu alívio, que será arrematado pela invenção do arabesco.

Uma grande novidade caracteriza a técnica romântica: as pontas.

Os artigos dos críticos provam que a dançarina Geneviève Gosselin as praticava desde 1813. Antes dela, as bailarinas já se haviam erguido sobre a ponta, mas brevemente e ao acaso de um *relevé* acentuado. O professor da senhorita Gosselin, Coulon, fê-la trabalhar a técnica sistematicamente. O mérito da executante era dos maiores; há cerca de uma dezena de anos, a sapatilha havia substituído o calçado urbano, mas era totalmente flexível, sem o reforço da meia-sola de metal que conhecemos hoje em dia. A dançarina enchia a ponta de suas sapatilhas com algodão, reforçando-as com galões e bordados; devia se sustentar pela força de seus músculos e seu sentido de equilíbrio.

Como a Gosselin morreu prematuramente, o emprego da ponta só volta a ser mencionado por volta de 1820, em Viena, com Amelia Brugnoli, mais uma aluna de Coulon. Segundo tradições não comprovadas por documentos da época, a russa Istomina as teria praticado por volta da mesma época.

O que é certo é que uma jovem dançarina italiana contratada pela Ópera de Paris, Marie Taglioni, fez dela a característica de um intermédio que prefigurou o balé romântico: o *Ballet des nonnes,* na ópera de Meyerbeer, *Robert le Diable,* em 1831.

O "Balé das freiras"

Como todas as óperas tradicionais, *Robert le Diable* comportava obrigatoriamente um intermédio dançado. O diretor da Ópera, Duponchel, mandou montar o cenário de um cemitério abandonado, num claustro em ruínas, um quadro já romântico. Os fantasmas das freiras, vítimas do mal do amor, saíam de seus túmulos para seduzir o herói. Marie Taglioni era sua abadessa. Os críticos da época descrevem-na dançando na ponta, mal roçando o solo, como um ser imaterial, num estilo "todo poesia e leveza, graça e suavidade", que encantava Théophile Gautier e que produzia um "efeito milagroso". O sentido da dança tinha mudado: a virtuosidade era substituída pela expressão, a técnica pelo estilo.

"A sílfide"

Mas foi realmente *A sílfide* que, a 18 de março de 1832, marcou o nascimento do balé romântico.

O tenor Nourrit, cantor que representava Robert, o diabo, percebendo do próprio palco o efeito do *Ballet des nonnes*, propôs um libreto na linha de Walter Scott: um jovem escocês, James, vai ficar noivo; uma sílfide, espírito dos bosques, que o ama, interpõe-se entre ele e a prometida, consegue ser amada e foge; James a persegue. No segundo ato, a cena se transforma numa floresta assombrada pelas sílfides. James encontra aquela que ama, mas como ela se recusa a seu desejo, ele lhe oferece uma echarpe mágica. Ora, esta echarpe havia sido envenenada por uma feiticeira com quem ele havia sido grosseiro há algum tempo. A sílfide se envolve com o adorno e morre; é levada para o céu por suas companheiras, enquanto o cortejo da noiva terrestre, logo consolada, passa, e James fica sozinho com sua dor.

Já temos aqui um dos temas típicos da coreografia romântica: um mortal amado por um espírito. O primeiro ato se desenvolve num contexto terrestre, o segundo no domínio irreal dos espíritos. O traje dos espíritos, uma túnica semilonga de musselina, fez com que fosse chamado "o ato branco". O principal da ação é simples: a oposição entre dois mundos, o material e o imaterial, objeto das esperanças românticas: "Erguei-vos, tempestades desejadas, que deveis levar René para os espaços de uma outra vida!", já clamava Chateaubriand, em 1802.

O coreógrafo de *A sílfide*, Filippo Taglioni, havia composto para sua filha Marie uma dança sob medida, procurando os efeitos de alongamento do corpo, o macio, o não peso que convinham a seu estilo e a um ser sobrenatural.

Apesar da partitura medíocre de Schneitzhoeffer, *A sílfide* fez um sucesso indiscutível. A Ópera estava sempre lotada quando Marie Taglioni dançava. Ela levou o balé com o mesmo sucesso ao Covent Garden de Londres, ao Teatro Marie de Moscou e ao Scala de Milão. August Bournonville compôs uma imitação para seu balé de Copenhague, com música de Lovenskjold.

De fato, sentia-se que, como escreveu Gautier um pouco mais tarde, com esse balé "começava uma nova era para a coreografia... A partir de *A sílfide*, *As seduções de Vulcano*, *Flora e Zéfiro* não foram mais possíveis: a Ópera foi entregue aos gnomos, às ondinas, às salamandras, aos elfos, aos espíritos e ninfas das águas, aos peris e a toda esta população estranha e misteriosa que se presta tão bem às fantasias do mestre de balé. As doze mansões de mármore dos moradores do Olimpo foram relegadas à poeira dos depósitos, e só se encomendavam aos decoradores florestas românticas, vales iluminados pelo bonito luar alemão das baladas de Heinrich Heine. Os maiôs cor-de-rosa permaneceram sempre cor-de-rosa, pois, sem maiô, nada de coreografia; apenas se trocou o coturno grego pela sapatilha de cetim. Este novo gênero trouxe um abuso de gaze branca, de tule e de tarlatana, as sombras se vaporizavam por meio de saias transparentes. O branco era quase a única cor adotada" (*La Presse*, 1.º de julho de 1844).

Tentando exprimir o irreal, o balé romântico era feito para a leveza da bailarina. O dançarino foi relegado a um segundo plano. "Os dançarinos não passam de professores, mimos, mestres de balé, catapultas encarregadas de lançar para o ar e tornar a pegar sua dançarina durante o voo... Tudo o que se lhes exigia era que fossem pouco feios e que equilibrassem sem muito esforço um fardo de duzentas libras." (Charles de Boigne, *Petits Mémoires de l'Opéra*, Paris, 1857)

Mas esta opção teria uma consequência funesta: as dançarinas estrelas, reinando de forma absoluta, exigiram que os balés fossem compostos apenas para que elas pudessem mostrar suas qualidades. Pouco importava que as variações que impunham destruíssem a organização da obra, obliterassem seu sentido, pouco lhes importava que a ação fosse poética ou estúpida; para elas, o balé era feito para a estrela e não o contrário. Esta foi uma das razões que provocaram a rápida degeneração do balé romântico; também foi uma das desvantagens que sofreu seu herdeiro, o balé acadêmico.

"Giselle"

Após *A sílfide,* durante alguns anos a Ópera só apresentou balés medíocres. Com poucas ideias e sentimentos, seus autores só se preocupavam com a técnica. *Le Diable boiteux,* coreografado por Coralli, *la Fille du Danube,* por F. Taglioni, *les Mohicans,* por Guerra, caíram num esquecimento justo, assim como *la Gipsy,* onde uma recém-chegada, Fanny Elssler, havia triunfado.

Foi preciso aguardar o ano de 1841 para que um poeta, Théophile de Gautier, inspirado por um outro poeta, Heinrich Heine, escrevesse para a bailarina que amava, Carlotta Grisi, a obra-prima do balé romântico, *Giselle.*

Gautier havia apresentado o tema à direção da Ópera que, por precaução, fez com que o assunto fosse trabalhado por um libretista especializado, Vernoy de Saint-Georges. O balé foi rapidamente montado:

anunciado a 5 de abril, o ensaio geral foi a 26 de junho, e a estreia, à 28 do mesmo mês. Sua partitura era de um jovem compositor, Adolphe Adam, com o acréscimo de uma valsa de Burgmüller, já publicada em seus *Souvenirs de Ratisbonne,* e de uma marcha composta para a sagração da rainha Vitória em 1837. O cenógrafo experiente, Cicéri, era o mesmo do *Ballet des nonnes.* Jean Coralli, mestre do balé, havia composto a coreografia, exceto as variações da estrela, organizadas pelo seu antigo parceiro, Jules Perrot.

Escondido por trás do nome Loys, o príncipe Albert corteja uma jovem camponesa, Giselle. Quando descobre a identidade do príncipe e seu casamento próximo com a princesa Bathilde, Giselle morre. No segundo ato, o "ato branco", numa floresta misteriosa, ela é recebida pelos *willis,* fantasmas de jovens noivas mortas antes de contrair núpcias. Albert, que viera cheio de remorsos depor flores em seu túmulo, é surpreendido por elas e condenado por sua rainha, Myrtha, a dançar até morrer de cansaço. Como não consegue obter o perdão da dirigente, Giselle ajuda o amado e, por vezes, o substitui. Chegada a aurora, as *willis* desaparecem, e Giselle volta a descer a seu túmulo. De acordo com o roteiro original, ela havia anteriormente entregue Albert a Bathilde, que viera procurar seu noivo.

Não somente o manuscrito original e os resumos das representações indicam esta conclusão, mas o próprio Gautier relembra-a em um poema, *A la princesse Bathilde,* publicado na revista *Pandore,* de 15 de fevereiro de 1854:

> Giselle meurt: Albert éperdu se relève
> Et la réalité fait envoler le rêve.

Mais en attraits divins, en chastes voluptés,
Quel rêve peut valoir votre réalité?*

Esta não foi a única modificação da *Giselle* original, de modo que, hoje em dia, só subsiste o essencial da obra. Ao dançá-la em Berlim, a estrela Fanny Cerrito acrescentou o passo dito "da coroa". Em Milão, em 1843, e em Madri, em 1851, a versão foi enriquecida pela presença de um eremita. Por sua vez, Fanny Elssler havia transformado a morte de Giselle: Grisi dançava-a na íntegra, Elssler transformou-a numa cena de loucura em mímica.

Giselle saiu do repertório da Ópera em 1868; o balé só foi remontado em 1924, a partir da versão russa. Ora, esta versão baseava-se no balé que Titus, mestre dos teatros imperiais, havia composto em 1842, a partir de suas lembranças das apresentações que havia assistido em Paris; daí uma marcação que havia recheado com um *pas de trois*, no segundo ato, para Myrtha e duas *willis*. Em 1848, Elssler, numa apresentação em São Petersburgo, acrescentou sua cena de loucura ao final do primeiro ato. A partir da versão de Titus, modificada por Elssler, Marius Petipa montou três reprises, uma diferente da outra, em 1884, 1887 e 1899. É mais ou menos neste estado que *Giselle* é apresentada hoje em dia pela Ópera de Paris. Serge Lifar ainda modificou o final, fazendo com que Albert morresse sobre o túmulo da jovem.

Se acrescentarmos que Petipa reescreveu-a em seu próprio estilo, podemos perceber que a *Giselle* de

---

* Giselle morre: Albert, desvairado, ergue-se / E a realidade faz o sonho desvanescer. / Mas, em atrativos divinos, em voluptuosidades castas, / que sonho pode valer sua realidade?

hoje é bem diferente da original, e que seu estilo é mais acadêmico do que romântico.

Pelo que vemos atualmente, podemos, todavia, compreender que a obra era suficientemente bela para ter, num espaço de três anos, passado por todos os palcos da Europa.

O sucesso do balé foi tão grande que *Giselle* se tornou um apelo publicitário: uma modista parisiense lançou uma flor artificial batizada com seu nome. Um fabricante inventou um tecido estampado, "tecido sedoso, gracioso como a senhorita Carlotta Grisi; sob suas feições, surgiu para nós a ninfa Giselle" (*Journal des femmes*, outubro de 1841).

As grandes dançarinas românticas

Marie Taglioni

Como vimos, a primeira dançarina romântica, graças à qual o balé evoluiu, foi Marie Taglioni.

Nascida em Estocolmo em 1804, havia sido aluna de Coulon, especialista no trabalho sobre pontas, mas principalmente de seu pai, Filippo Taglioni, que a acompanhou durante toda a sua carreira, compondo para ela, além de *A sílfide*, todas suas variações e alguns balés completos, como *Revolta no serralho*, 1833, *Brazilia ou a tribo das mulheres*, 1835, *le Fille du Danube*, 1836.

Após sua estreia em Viena em 1822, seguida de turnês, foi contratada pela Ópera em 1827. Lá estreou em *le Sicilien*, uma coreografia esquecida, do mais esquecido Anatole. A acolhida foi excelente, mas Marie só foi consagrada pelo *Ballet des nonnes* e, principalmente, por *A sílfide*. Abandona a Ópera em

1837 por uma carreira internacional na Rússia e na Inglaterra, onde criou com Carlotta Grisi, Fanny Cerrito e Lucile Grahn o célebre *Pas de quatre*, de Jules Perrot (1845). Depois de se ter retirado do palco, volta à Ópera como inspetora da dança em 1858. Para a dançarina Emma Livry, que havia retomado seu papel fetiche de *A sílfide*, criou uma coreografia, *le Papillon*, em 1860. (Emma Livry deveria morrer aos vinte e um anos, gravemente queimada durante um ensaio de *la Muette*, de Portici.) Taglioni partiu para Londres no início da guerra de 1870; lá foi professora de dança e de postura. Morreu em Marselha em 1884.

Todas as opiniões sobre ela insistem em sua graça poética: *A sílfide* "forjava-lhe qualidades com seus defeitos: era magra e, com sua magreza, fazia uma sombra, condensava-a em vapor, passeava-a num lago azulado do cenário e sob a espuma da cascata, como um floco de bruma levantado pelo vento... Aparecia e desvanescia-se como uma visão impalpável" (Paul Mahalin, "les Demoiselles de l'Opéra", em *les Jolies Actrices de Paris*, Paris, 1868-1889, 5 vol.).

"As linhas telegráficas, as figuras geométricas desapareciam; nada de poses laboriosamente voluptuosas, nada de cenas pretensamente lascivas, desempenhadas com o sorriso e com os olhos; nada de cotovelos pontiagudos e de punhos quebrados... Todas as proporções são plenas de harmonia; desenha em seu conjunto contornos graciosamente arredondados ou linhas de uma pureza notável; em todos seus movimentos, uma leveza que a afasta da terra; se é possível se exprimir desta forma, ela dança por toda parte, como se cada um de seus membros fosse transportado por asas." (Anônimo, *les Adieux de Mlle. Taglioni*, Paris, 1837)

Franziska, dita Fanny Elssler

Nascida em Viena em 1810, seu professor foi Aumer, que a levou a estrear no teatro da Porte de Carinthie. Após várias turnês na Itália, na Alemanha e na Inglaterra, foi contratada para a Ópera em 1834 pelo administrador, o doutor Véron, que contava com um sucesso de público se a confrontasse com a Taglioni. Seu gênero era de fato bem diferente e complementar: "A senhorita Taglioni é uma dançarina cristã... gira como um espírito em meio aos vapores transparentes das musselinas brancas com as quais adora se envolver... Fanny Elssler é uma dançarina completamente pagã" (T. Gautier, *La Presse,* 11 de setembro de 1837).

De fato, destacava-se não somente por sua dança vivaz, mas também por seus talentos de mimo e sua presença em cena. Em sua criação do *Diable boiteux,* 1836, ela interpretou uma cachucha que se tornou lendária. "Ei-la que avança, as castanholas fazem com que se ouça seu gorjeio sonoro; ela parece agitar nas mãos cachos de ritmo. Como ela se torce, como se curva, que fogo, que voluptuosidade, que ardor; seus braços enlouquecidos agitam-se em torno de sua cabeça que se inclina, seu corpo se curva para trás, seus alvos ombros quase roçam o solo" (T. Gautier, *Les Beautés de l'Opéra,* Paris, 1845).

Em 1838, provocou a fúria dos taglionistas por desempenhar os papéis de sua rival, cujo contrato não havia sido renovado pela Ópera, em *A sílfide* e *la Fille du Danube.* Deixou Paris em 1840 e prosseguiu sua competição com a Taglioni pelos palcos da Europa; vai para os Estados Unidos, onde seu sucesso é tão grande que é recebida solenemente pelo presidente na Casa Branca. Ao voltar para a Europa, dança por toda parte, exceto em Paris, pois intentou um processo contra a Ópera. Morre em Viena em 1884.

Uma opinião técnica: "As pessoas ligadas à arte chamam-na de dança 'picada', querendo dizer que consiste principalmente em pequenos passos rápidos, corretos, firmes, que ferem o assoalho e sempre tão vigorosos e tão acabados quanto têm graça e brilho. As pontas têm um grande papel, um papel que mantém o olhar e surpreende a imaginação; fariam a volta no teatro sem demonstrar cansaço e sem que seus atrativos nada perdessem de seu incrível aprumo e sua macia voluptuosidade. Era impossível encontrar um contraste mais marcante com o mérito, tão justamente apreciado, da senhorita Taglioni, cuja dança era toda *ballonnée*" (Charles Maurice, *le Constitutionnel,* 16 de setembro de 1839).

Carlotta Grisi

Nascida em Visinada (Itália) em 1819, estreou aos dez anos no palco do Scala, onde seu professor era um francês, Guillet. Sua carreira começou realmente em 1833 em Nápoles, onde conheceu Jules Perrot, que foi seu professor, parceiro e amante. Após algumas turnês pela Europa, apresentou-se pela primeira vez em Paris no teatro da Renascença, em *le Zingaro,* com o nome de senhora Perrot. Contratada pela Ópera em 1841, estreou num *pas de deux* de *la Favorite,* ópera de Donizetti, em que seu parceiro era Lucien Petipa, irmão de Marius. Em junho, foi consagrada pelo seu desempenho no papel de Giselle, que Gautier – que a amava perdidamente e morreu pronunciando seu nome – havia escrito especialmente para ela. "Nem um gesto convencional, nem um movimento errado; é a própria natureza e a própria verdade." (Gautier)

Ainda de Gautier, desempenha *la Péri*, 1843, na Ópera, onde dançará até 1849, alternando-a com o Her Majesty's Theatre de Londres. Apresentou-se na Rússia, chamada por Perrot, em 1850.

Abandona os palcos em 1854, instalando-se perto de Genebra, para criar a filha que teve do príncipe Rasziwill. Lá morrerá com oitenta anos.

As outras grandes dançarinas da época são a italiana Fanny Cerrito e a dinamarquesa Lucile Grahn. Nenhuma francesa brilhará em nível internacional no século XIX. A Ópera de Paris teve até de procurar suas grandes estrelas no estrangeiro: a russa Martha Mouravieva, a alemã Adèle Grantzow e principalmente as italianas Giuseppina Bozzachi e Rita Sangalli, a espanhola Rosita Mauri (nascida em Tarragona em 1849, estreante no teatro principal de Barcelona em 1868, estrela no Scala de Milão e depois na Ópera de Paris de 1878 a 1907). A principal dançarina, todavia, foi Carlotta Zambelli, que dançou de 1894 a 1930 e deu aulas até 1955, treze anos antes de sua morte. Vê-se em que estado de deliquescência haviam caído a dança e o balé franceses.

O coma prolongado da dança na Ópera

A Ópera de Paris apresentou, depois de *Giselle*, vários balés de Gautier: *la Péri*, 1843, *Pâquerette*, 1851, *Gemma*, 1854, *Sacountala*, 1858. O teatro de Porte Saint-Martin exibiu, em 1858, seu *Yanko le bandit;* todas essas obras, pouco a pouco, tendiam mais ao gosto pela cor local; não eram criações propriamente poéticas e ilustram, assim, o declínio da inspiração romântica. A partir de meados do século, a Ópera não possuía mais, permanentemente, qualquer estrela de qualidade ou qualquer bom coreógrafo. Arthur Saint-Léon, que havia abandonado a Ópera para ir trabalhar em São Petersburgo, aceitou vir montar, durante suas férias anuais, suas obras petersburguesas ou algumas novidades. Sem dúvida, um homem de talento, mas não de gênio, bom músico – tocava violino bastante bem –, tendo a inteligência de sua profissão, como prova o sistema de anotação de dança, *la Sténochorégraphie,* publicado em 1852; produziu nove balés, dos quais restou apenas um – inacabado – no repertório: *Coppélia,* 1870; um outro, *la Source,* 1866, ainda é lembrado, graças ao trecho que dele foi tirado, *Soir de fête,* por Leo Staats em 1925.

Se acrescentarmos *le Corsaire,* de Mazilier, 1856, quanto ao *pas de deux* – cuja autenticidade é discutível – que chegou a nós, constataremos que a escola francesa estava num estado de coma prolongado.

Este estado durou até 1929. Viu-se apenas espanholadas como *le Fandango* (coreografia: Mérante, música: Salvayre), 1877; japonesadas como *Yedda* (coreografia: Mérante, música: Métra), 1879; e até uma bretonada, *la Korrigane* (coreografia: Mérante), 1880, a partir de um libreto "comovente" de François Coppée e com uma partitura de Charles-Marie Widor. Dois balés impedem o vazio absoluto: *les Deux Pigeons,* graças à música de Messager (coreografia: Mérante), 1886, e a clássica *Suite de danses,* coreografada em 1913, a partir de Chopin, pelo mestre de balé Ivan Clustine, vindo da Rússia. No total, cerca de trinta criações em mais de meio século. É verdade que foi preciso esperar 1922 para que o grande administrador da época, Jacques Rouché, conseguisse impor noitadas inteiramente consagradas ao balé, e 1923 para que acontecesse a primeira "temporada coreográfica", que durou oito dias.

A expansão da dança francesa no exterior

Não seria exagerado afirmar que até o final da década de 1870, a França era o professor de dança da Europa, antes que os alunos formados a partir da técnica francesa na Itália ocupassem os primeiros postos da Ópera de Paris, e que a escola acadêmica russa viesse impor sua supremacia no final do século.

No final do século XVIII, vimos Le Picq dirigir o balé imperial de São Petersburgo, para onde foi em seguida Pierre Chevalier. Duport ensinou a técnica francesa no San Carlo de Nápoles, substituindo depois seu compatriota Aumer na direção do teatro da Porte de Carinthie, em Viena.

A escola francesa de Copenhagen

No século XIX, os países nórdicos também aprenderam a dançar à moda francesa. Um aluno de Noverre, Antoine Bournonville (1760-1843), após uma estadia em Estocolmo, fixou-se em 1792 em Copenhagen, onde seu compatriota des Larches havia fundado e dirigido o Balé Real até 1775. Dirigirá o grupo de 1816 a 1823, após o italiano Vicenzo Galeotti que havia, por sua vez, substituído des Larches.

Seu filho Augusto foi seu sucessor, a partir de 1829 e até 1877. Havia aprendido a dançar com seu pai e depois, em Paris, com Vestris e Gardel. No decorrer de sua longa direção, fez do grupo um modelo de exatidão. O Balé Real de Copenhague é ainda considerado como o depositário do verdadeiro estilo francês nos balés de Bournonville como *Napoli*, em 1842, e *Konservatoriet* (O conservatório), 1849, que continuaram em seu repertório nas versões respeitosas de Harald Lander. A influência de Bournonville alcançou Viena e Estocolmo, cujos grupos dirigiu, respectivamente, em 1855-1856 e 1861-1864.

Mas, decididamente, foi na Rússia que a influência francesa foi mais forte.

Charles Didelot lá fundou, realmente, a escola russa em 1801: graças a ele, a Rússia teve pela primeira vez um balé formado por elementos nacionais. Foi seu mestre até 1809. Seus sucessores foram franceses, principalmente Alexis Blache, até 1838. Mais importantes, Jules Perrot e Arthur Saint-Léon.

Saint-Léon, cujo nome verdadeiro era Arthur Michel, desempenhou, como já vimos, um papel importante na Ópera de Paris. O auge de sua carreira foi na Rússia, tendo chegado a São Petersburgo em 1859 e conservado seu posto durante 10 anos, no decorrer dos quais produziu cerca de vinte balés. Foi ele quem levou realmente à Rússia o estilo romântico francês.

Em seu grupo, como dançarino solista e depois mestre de balé adjunto, estava um marselhês, Marius Petipa, que daria ao balé russo uma vida autônoma, uma técnica e um novo estilo, tornando-o o berço da escola acadêmica.

A escola acadêmica de São Petersburgo

Marius Petipa era um filho da dança. Nascido em Marselha em 1822, viveu sua primeira juventude em

Bruxelas, onde seu pai, Jean Antoine, dirigia o Balé do teatro da Monnaie.

Encontramo-lo no teatro de Bordeaux, junto a seu pai, e depois em Nantes, onde, aos dezesseis anos, assina seu primeiro contrato. Durante suas férias, faz turnês pela Espanha e já compõe, em estilo "espanhol", *Carmen et son toréador* (Carmem e seu toureiro), *la Perle de Séville* (A pérola de Sevilha), *Départ pour une corrida* (Partida para uma corrida), entre outras.

Em 1847, foi contratado como primeiro bailarino em São Petersburgo. Lá se tornou rapidamente professor da Escola Imperial de Balé, enquanto seu irmão Lucien prosseguia na Ópera de Paris com uma carreira brilhante de dançarino e outra nem tanto de coreógrafo: autor de *Sacountala*, de Gautier, e da primeira versão de *Namouna*, 1882. Fanny Elssler domina as temporadas de 1848 a 1851 em São Petersburgo, tendo sido sucedida por Grisi durante dois anos; em 1855, foi a vez de Fanny Cerrito. Nesse meio tempo, enquanto lhes servia de parceiro, Petipa foi formando os jovens dançarinos russos que logo iriam substituir as estrelas estrangeiras.

Ao mesmo tempo, o gosto do público petersburguês, formado quase que exclusivamente pela nobreza da corte, modificava-se: como na França, as pessoas queriam que o balé fosse organizado em torno das estrelas femininas; desviava-se do balé romântico, todos queriam obras mais fáceis, e também mais luxuosas, com uma execução mais brilhante. Mais bem inscrito na cultura russa que seus antecessores, Petipa corresponderia a esses desejos.

Sob tutela durante o período de Saint-Léon, ergue-se, no entanto, ao representar, em 1863, *la Fille du pharaon*, a partir de *le Roman de la momie*, de Gautier, e *la Belle du Liban ou l'Esprit de la vallée*. Neste balé insere pela primeira vez números que valem mais pelo brilho do que por sua integração na obra: "passo de pomba", "passo dos montanheses". O procedimento tem sucesso. Ele o reitera com *Floride* em 1866. A prova é conclusiva. Petipa adotará o hábito de rechear seus balés com episódios que nada têm a ver com o assunto, mas que são pitorescos, sem perceber que transformava o "balé de ação" de Noverre numa super-revista dançada, do tipo grande espetáculo. Neste aspecto, a influência de sua mulher, a muito ambiciosa Marie Sourotchikova – que dele se separaria em 1867 –, não pode ser deixada de lado.

A saída de Saint-Léon em 1869 deixou Petipa como único mestre de dança na Rússia: mestre de balé, professor e inspetor de dança da Escola Imperial, que contava 120 alunos, sua autoridade não foi seriamente contestada por uns trinta anos.

Inaugura seu reinado com *Dom Quixote*, que não foi um grande sucesso; teve de aguardar *la Bayadère*, 1877, para provocar entusiasmo.

Mas já estava bem afastado da sobriedade francesa. August Bournonville, que a representa sem fazer concessões, formula críticas severas por ocasião de sua visita a São Petersburgo em 1874: "Apreciei o justo valor da fantasia da direção, os cenários luxuosos e as transformações; reconheci a possibilidade de explorar a riqueza do pessoal, composto de cerca de duzentos artistas, bem-feitos e capazes. Não deixei de lado o verdadeiro talento dos primeiros das fileiras, capazes de impressionar, pelo seu virtuosismo acrobático, qualquer um que não seja guiado por esta santa verdade: em matéria de dança, o mais difícil de obter é a graça, a elegância, a beleza. Procurei uma ação, qualquer interesse dramático em vão... Se tinha a felicidade de deparar com um trecho inspirado pela razão (como, por exemplo, o *Dom Quixote* de M. Petipa), a impressão logo era irremediavelmente comprometida por *entrées* de bravura que provocavam o entusiasmo da plateia". Formula suas críticas a Petipa e ao professor da Escola Imperial, Johanson, críticas que também atingem o traje das dançarinas, saias "encurtadas sem medida" (eis a data aproximada do surgimento do tutu acadêmico!): "Concordavam inteiramente comigo e juravam-me por todos os deuses que também eles desprezavam esta tendência, mas, de uma forma ou de outra, era-lhes necessário seguir a corrente, deixar-se guiar por um público *blasé,* por uma vontade superior" (A. Bournonville, *Ma vie théâtrale,* Copenhague).

O que diria este velho tradicionalista a Petipa se tivesse visto, em *Trilby,* 1871, a partir do conto de Nodier, ser introduzida uma gaiola dourada cheia de dançarinas, e em *Papillon,* 1874, uma *entrée* de insetos e legumes?

Petipa procura um novo caminho ao retomar os balés românticos. Eles não agradam, apesar de recheados de árias de bravura.

Em 1887, o novo diretor dos Teatros Imperiais, Vsevolojsky, suprime a função de "compositor de música de balé". Cesare Pugni e Ludwig Minkus haviam ocupado este cargo e eram muito apreciados por Petipa, que não tinha de pedir duas vezes para que eles tirassem de suas gavetas uma música que servia para qualquer ocasião, no tempo escolhido, aceitando reduzi-la ao número exato de medidas desejado pelo coreógrafo. Esta decisão levaria Petipa a colaborar, a partir de 1890, com Tchaikovsky, compositor de outra envergadura.

Foi um novo período para Petipa, e o mais interessante, em que apaga os efeitos de *music-hall* em favor da dança, sem todavia renunciar aos trechos de bravura. Pode-se observar bem isto em sua *Bela adormecida no bosque*, 1890, cujo último ato, o do *Casamento de Aurora*, é formado, em mais da metade, por números que utilizam todos os personagens dos contos de fadas sem que haja ação dramática. Desta vez, havia encontrado a fórmula correta. Foi um triunfo de público: o balé foi programado vinte e uma vezes em quarenta e cinco representações da temporada.

Tendo Tchaikovsky morrido em 1895, Petipa reapresentou no mesmo ano seu *Lago dos Cisnes*, coreografado por Reisenger para o Bolshoi de Moscou em 1877, e retomado por Hansen, no mesmo teatro, em duas versões sucessivas (1880 e 1882). Mais tarde, trabalhou com Galzounov – *Raymonda*, 1898, *les Saisons*, 1900, sem encontrar as mesmas facilidades de colaboração. Utilizou de bom grado autores mais medíocres como Armsheimer – *Halte de cavalerie*, 1896 – e sobretudo Drigo – *le Talisman*, 1889, *la Perle*, 1896, *Arlequinade*, 1900.

A partir de 1887, a escola italiana irrompeu em São Petersburgo, impondo uma dança virtuosa puramente formal. Petipa teve de integrar essas novidades em suas composições, sob pena de sair da moda e se ver preterido em favor de um recém-chegado, Enrico Cechetti, a princípio contratado pelo café-concerto Arcadia, depois pelo teatro Marie na categoria de primeiro bailarino e rapidamente como professor e mestre de balé, antes de partir em 1902 e juntar-se, mais tarde, aos Balés russos de Diaghilev.

Os papéis principais de A *bela adormecida, Lago dos cisnes* e dos balés seguintes foram de italianas, donde uma evolução para a virtuosidade gratuita no velho mestre. Sob esta mesma influência, organizou suas versões de *Giselle*, de *Esmeralda*, a partir de uma coreografia original de Perrot, e do *Corsário*, a partir de Mazilier. Neste mesmo estilo, seu assistente Lev Ivanov havia montado *Quebra-nozes*, 1892, e, com Cechetti, *Cinderela*, 1893.

O reino de Petipa termina tristemente: em 1901, foi nomeado um novo diretor para os Teatros Imperiais, um oficial de cavalaria, Teliakovsky, apelidado por Petipa de "coronel em artes". Considera o coreógrafo ultrapassado, encomenda-lhe balés que não são montados. Em 1904 é aposentado com o título honorífico de "mestre de balé vitalício". Morreria seis anos mais tarde.

A doutrina acadêmica

Pode-se realmente qualificar de doutrina o sistema que a evolução do gosto do público impôs a Petipa? Ele nunca expôs razoavelmente suas ideias sobre a dança e sobre o balé. Na realidade, a escola acadêmica foi transmitida pela tradição, nunca tendo sido formulada com método antes dos anos 1930.

Petipa transformou o conteúdo do balé. Herdeiro do "balé de ação" de Noverre por intermédio do balé romântico, manteve uma trama dramática, mas aplicou-a a historietas bastante pueris, a contos infantis; Maurice Béjart acusa-o de ter provocado a perda do "charme ingênuo" (*Supplément à l'Encyclopédie française*, Paris, 1962). É verdade que escolhia os temas em função das possibilidades cênicas que ofereciam, mais do que pelo seu próprio valor. *A bela adormecida no bosque, o Lago dos cisnes,* assim como o *Quebra-nozes* e a *Cinderela* (de seu discípulo Ivanov), perdem sua carga poética, e até seu conteúdo humano, para se tornarem pura magia. A obra de Petipa era para ver e não para comover.

A dinâmica do balé torna-se, por outro lado, de uma mecânica quase tão precisa quanto a de um relógio: uma coreografia acadêmica é como uma cerimônia de corte, com todas suas funções, submetida a uma marcação imposta. O *pas de deux* simples ou duplo deve ser incluído obrigatoriamente em sua forma fixa: conjunto, variações das estrelas, coda; a ele se acrescentam variações para um solo da estrela feminina, cuja duração é estabelecida a partir do renome desta estrela; vêm a seguir variações menos longas para a segunda categoria da hierarquia, para as primeiras dançarinas, tudo encadeado em movimentos do conjunto, valsas, desfiles, que parecem transpostos da etiqueta imperial. Calculou-se que praticamente um terço de *o Lago dos cisnes* é consagrado a cumprimentos, reverências, obrigações cerimoniais. O surpreendente é que mesmo dentro destes estreitos limites, Petipa conseguiu construir obras cujo movimento dramático é perceptível.

De onde vem a poesia, muitas vezes inegável, da escola acadêmica? Da própria dança.

No academismo, os passos – piruetas, *deboulés, fouettés, entrechats,* saltos de qualquer natureza, giros no ar – são levados ao extremo de sua beleza formal, de sua artificialidade. Quando são executados por técnicos, são apenas feitos que também os acrobatas de circo poderiam realizar. Recebem, porém, dos artistas verdadeiros um complemento de alma, são carregados de pura poesia. Eis, portanto, um paradoxo evidente: o espectador é atacado, num primeiro momento, por uma sensação superficial, pelo espetáculo de proezas puramente físicas; dificilmente poderá deixar de aplaudir, mesmo antes do fim, uma sequência de trinta e dois *fouettés;* mas o verdadeiro artista acadêmico alcança regiões bem mais profundas; apresenta ao homem uma imagem ideal dele mesmo: a imponderabilidade, o salto fora do tempo e do espaço, a gratuidade simbólica também são uma liturgia que o coloca em relação com seu sonho permanente de alcançar, ao menos por um instante, a ilusão de ter se tornado um ser imortal. Então são esquecidos os longos momentos de ensaio, em que o bailarino sofreu o adestramento de seu corpo para a aquisição de uma segurança técnica tal que possa apagar qualquer traço de esforço. A perfeição do movimento, por mais artificial que seja, é um trampolim que lança o espectador para além da aparência material. A verdadeira finalidade da escola acadêmica, de que Petipa apenas desconfiava, é justamente o salto na pura poesia do movimento.

Pois aqui não se trata mais da escola clássica: técnica e historicamente, a confusão dos dois termos é um contrassenso. A escola clássica francesa buscava uma beleza medida, uma expressão simultânea de elegância e sensibilidade. Na escola acadêmica, acrescentou-se um elemento antinômico, a contribuição italiana, toda velocidade, virtuosidade de execução, de exteriorização. A transmutação destes dois contrários num elemento novo e distinto foi realizada pelo academismo russo, graças à famosa "alma eslava", tão apta a nela fundir todas as contradições. Dela nasceu o novo estilo feito de brio, de brilho e também de extrema sensibilidade, de grande delicadeza. Estilo perigoso, pois favorece, quase solicita, o exagero em dois sentidos opostos: agitação sem sentido do corpo ou pieguice gratuita. Estilo admirável quando seus componentes são dosados pela inspiração simples e inteligente de um grande coreógrafo, pela recreação poética de um grande artista. Estilo de um vazio ridículo quando o autor só repisa as fórmulas ultrapassadas.

O estilo acadêmico é uma tentação: enumerar, para falar apenas de seu sentido superficial, os termos de um vocabulário contidos num léxico preciso é mais fácil, mais aparentemente satisfatório para o espírito do que balbuciar um discurso sem gramática ou sintaxe preestabelecidas. Mas o estilo acadêmico, por isso mesmo, não é feito para os medíocres. Tendo sido amplamente praticado, é natural que tenha sido amplamente traído.

Capítulo 8

O neoclassicismo

As etapas dos Balés russos de Diaghilev – Börlin, um precursor retardatário – Dois caminhos: Balanchine e Lifar

Os Balés russos de Diaghilev

O academismo russo se espalhou pela França, ainda mais porque só encontrou o vazio coreográfico. Foi trazido por Serge de Diaghilev (1872-1929) e seus Balés russos.

Apaixonado pela música, pela pintura, Diaghilev é, antes de mais nada, um importador. Divulgará os impressionistas franceses na Rússia e, mais tarde, os músicos de vanguarda como Debussy, Ravel e Dukas.

Funda uma revista, *Mir Iskoutsva* (O mundo da arte) com um grupo de intelectuais e artistas russos, cujo interesse pelo estrangeiro desperta suspeitas na polícia tzarista. Nomeado adjunto do diretor dos Teatros Imperiais em 1899, foi demitido dois anos mais tarde por progressismo. Torna-se então exportador da arte russa para a França.

Em 1906, em Paris, organiza uma exposição de pintores e escultores; em 1907, promove uma série de concertos; em 1908, apresenta *Boris Godounov* à Ópera, com Chaliapine. Finalmente, em 1909, com dançarinos de São Petersburgo que estão em férias de verão, cria aquilo que será sua razão de viver dali por diante, os Balés russos.

A Ópera não quer recebê-lo; apresenta, então, no Châtelet, *O Pavilhão de Armide, As danças polovtsianas,* extraídas do *Príncipe Igor, O Festim, As Sílfides,* todas coreografias organizadas por Michel Fokine, que, cheio de um desprezo juvenil pela "banalidade do velho Petipa", acaba de abandonar o teatro Marie.

Ao contrário do costume segundo o qual um único balé ocupava todo o espetáculo, Diaghilev, obrigado pela necessidade, apresentava uma série de balés curtos. A partir daquele momento conservará esta inovação, mais bem-adaptada aos imperativos de uma companhia itinerante.

Diaghilev queria que a dança fosse o ponto de encontro de todas as artes; começa pela cenografia. Os cenários de Benois foram uma revelação para o público composto pela alta sociedade parisiense.

Se acrescentarmos que artistas como Anna Pavlova, Karsavina, Nijinsky figuravam como bailarinos principais de uma distribuição em que o corpo de baile tinha um papel ativo e não, como na Ópera, um papel de figuração, compreende-se o imenso sucesso, a surpresa e a admiração que obteve. Foi o início de sua primeira "época", quando quis apresentar as obras-primas realizadas na Rússia.

A temporada seguinte foi tão brilhante quanto a primeira, desta vez na Ópera, com *Scherazade,* onde os cenários de Léon Bakst fundaram o que foi chamado o "estilo Balés russos", pitoresco, colorido, com uma ponta de exotismo necessária ao sonho: *Giselle,* dançada por Karsavina e Nijinsky, *O pássaro de fogo,* que revelava um músico desconhecido, Igor Stravinsky. No ano seguinte, novas obras-primas: O *espectro da rosa, Petruschka* e, em Londres, para onde se estende a atividade da companhia, uma reprise do *Lago dos cisnes*, até então desconhecido na Europa. A partir deste ano, o grupo se torna permanente: o sucesso fortalece Diaghilev, e ele tem Nijinsky, despedido do teatro Marie em virtude de um caso bastante estúpido de calças encurtadas de maneira considerada indecente, à sua disposição.

Os Balés russos entram numa segunda fase, a da criação de obras originais e até de provocação, fato inevitável em qualquer pesquisa.

Com efeito, em 1912, um triunfo, *O Deus azul*, e um escândalo, *l'Après-midi d'un faune* (A tarde de um fauno), organizado "terra a terra" por Nijinsky, de acordo com os princípios rítmicos dalcrozianos; o bailarino ainda foi censurado pelos gestos, considerados obscenos.

Fokine cria *Dafne e Cloé*, de Ravel; no ano seguinte, novo escândalo com *A sagração da primavera*, coreografado por Nijinsky. Desta vez, é a música de Stravinsky, que rompia com os hábitos, o motivo de uma algazarra sem precedentes: "A plateia desempenhou o papel que devia; revoltou-se imediatamente. Riu, escarneceu, assobiou, imitou gritos de animais e talvez tivesse se cansado se a multidão de estetas e alguns músicos, arrebatados por um zelo excessivo, não a tivesse insultado e até provocado... Desta forma, conhecemos esta obra histórica em meio a tal tumulto que os dançarinos não mais escutavam a orquestra e tiveram de acompanhar o ritmo que Nijinsky, impaciente e vociferante, marcava nos bastidores" (Jean Cocteau, *le Coq et l'Arlequin*, Paris, 1918).

Após ter ido a Londres, a companhia fez uma turnê pela América do Sul. Foi quando estourou o drama entre Diaghilev e Nijinsky: como detestava travessias, Diaghilev ficou na França; a dançarina Romola de Pulska conseguiu se casar com Nijinsky: Diaghilev expulsou seu bailarino que, a partir de 1918, mergulhou na loucura (morreu em Londres em 1950; está enterrado em Paris no cemitério Montmartre).

O terceiro coreógrafo dos Balés russos foi Léonide Massine, a partir de 1914. A guerra mundial impôs turnês ao estrangeiro, à Espanha, onde foi criada *las Meninas;* aos Estados Unidos, onde Nijinsky, em sua última colaboração com a companhia, apresentou *Till Eulenspiegel.* O balé voltou a Paris em 1917, apresentando a ruidosa *Parade,* com argumento de Cocteau; no palco, gente de circo, cenários de Picasso e música de Erik Satie; foi a estreia do cubismo nas artes do espetáculo. Também era a primeira associação de Diaghilev com os pintores de vanguarda. Assim, em 1919, *la Boutique fantasque* (A loja extraordinária) foi decorada por Derain, *le Tricorne* e *Pulcinella* por Picasso, *le Chant du rossignol,* em 1920, por Matisse.

Sem Massine, Diaghilev decidiu retomar as grandes obras do repertório acadêmico. Remontou *A bela adormecida no bosque* em Londres, sem grande sucesso; dela só conservou o último ato, *O casamento de Aurora,* e retornou a seu próprio gênero. Nijinska coreografou *Renard,* 1922, *Noces,* 1923, de Stravinsky; *les Biches,* de Poulenc, 1924, com cenários e trajes de Marie Laurencin; *les Fâcheux,* 1924, a partir de Molière, com uma partitura de Georges Auric, cenários e trajes de Braque; *le Train bleu,* 1924, de Darius Milhaud, uma "opereta sem palavras a partir de um libreto de Cocteau, com Henri Laurens como cenógrafo e Coco Chanel como criadora dos trajes.

Barabau, com cenários e trajes de Utrillo, foi, em 1925, a primeira coreografia de um recém-chegado,

Balanchine, que, promovido a coreógrafo titular, montou em seguida *Jack in the box*, 1926, com cenários e trajes de Derain; *a Gata*, 1927, de Henri Sauguet, com cenografia dos "construtivistas" Garbo e Pevsner – Lifar aparecia nesta obra como parceiro de Spessivtzeva. *O passo de aço*, 1927, com partitura de Prokofiev, foi uma tentativa sem futuro de aproximação da arte soviética oficial. *Apollon musagète*, em 1928, foi o primeiro manifesto do que viria a ser o neoclassicismo. O último balé da companhia, *O filho pródigo*, 1929, com cenários de Rouault, foi uma experiência num caminho contrário, o do expressionismo. O público percebeu-o bastante bem e encheu o teatro. Mas Diaghilev morreu em agosto do ano seguinte e os Balés russos se dispersaram.

Nunca seria demais sublinhar a importância de Diaghilev para a ressurreição da dança no Ocidente. A beleza plástica de seus espetáculos, seu apelo a libretistas e artistas da mais alta qualidade, o valor de seu grupo e, em particular, de seus solistas, provocaram o choque da surpresa. Depois de sua morte, não foi mais possível apresentar obras pobres em cenários empoeirados. Seus sucessivos coreógrafos haviam modificado profundamente a tradição acadêmica: Fokine, Nijinsky, Massine, Nijinska e Balanchine foram inventores não somente de passos, mas de um novo espírito; fizeram todo o corpo, as pernas e os braços dançarem, por vezes em ritmos diferentes.

Poderíamos censurá-lo, como fez Béjart, de ter realizado apenas uma revolução estética. Mas o público ocidental estaria preparado para acolher um balé que, pela primeira vez, tocaria o mais íntimo do ser? Já foi muito Diaghilev ter concedido à dança sua dignidade, ter conquistado para ela o interesse dos artistas contemporâneos, tê-la inserido na sensibilidade artística da época, tê-la orientado para novos caminhos.

A breve aventura dos Balés suecos

Em outubro de 1920, uma nova companhia surgiu em Paris, os Balés suecos, fundados por um mecenas como Diaghilev, Rolf de Maré, e animado pelo coreógrafo Jean Börlin (1893-1930). A maior parte do grupo provinha do balé da Ópera Real de Estocolmo.

Tratava-se de se arriscar uma grande aventura: a renovação fundamental da arte coreográfica.

A época imediatamente pós-guerra colocou em questão todos os valores estéticos e metafísicos, recorreu a todos os acasos das descobertas, solicitadas em todos os sentidos: começavam "os anos loucos". Os Balés russos eram um exemplo excitante para Rolf de Maré e Jean Börlin; mas, para eles, suas obras pareciam ultrapassadas, fixadas num cenarismo puramente plástico. Os dois suecos queriam ir mais longe. Para onde? Não sabiam, mas com certeza rumo a uma renovação dos temas e da finalidade da dança. Os *slogans* da companhia proclamarão: "Para os Balés suecos, o objetivo é sempre um ponto de partida", e ainda: "Os Balés suecos não reivindicam o nome de ninguém, não seguem ninguém. Têm amor pelo futuro".

Fokine havia passado algum tempo em Estocolmo e tornara-se amigo de Rolf de Maré; persuadiu-o que o balé colocava problemas não somente de arte visual, como também de matéria poética, que uma mudança no conteúdo acarretaria uma mudança na forma. Conseguiu que Börlin trabalhasse na Ópera de Estocolmo, achava que Börlin aceitaria imediatamente seus pontos de vista.

Era necessário um local para tentar o grande salto em direção ao futuro: Paris, que, em meio ao burburinho dos espíritos e dos gostos, era a capital intelectual, artística e poética do mundo, onde a escola de Paris impunha uma nova maneira de pintar, onde o surrealismo explodiu seus primeiros petardos, onde o grupo dos Seis inventava um novo universo sonoro que trazia tanta alegria para o espírito quanto para os ouvidos.

O primeiro programa da companhia (25 de outubro de 1920, no teatro dos Champs-Elysées, seu ponto de referência) marcou suas intenções, se não chegou a realizá-las totalmente: *Jeux*, de Debussy, com cenário de Bonnard, *Ibéria*, de Albeniz, com a colaboração de Steinlen, e um balé inspirado no folclore sueco, *la Nuit de la Saint-Jean*, tudo coreografado por Börlin, como também o serão todas as produções dos Balés suecos. Outras cinco criações foram apresentadas algumas semanas depois, o que era a marca de uma vitalidade febril, assim como a própria época.

Mas foi preciso esperar seis meses para que as ambições proclamadas começassem a se realizar. Foi com *l'Homme et son désir* (6 de junho de 1921), a partir de um libreto de Paul Claudel e uma partitura de Darius Milhaud, tendo como cenário a floresta amazônica, conhecida pelos dois em virtude de seus postos diplomáticos. Claudel apresenta-o da seguinte maneira: "O homem começa a se animar em seu sonho. Ei-lo que se move e dança. E, aquilo que dança, é a dança eterna da Nostalgia, do Desejo e do Exílio, a dança dos cativos e dos amantes abandonados, a dança que durante noites inteiras faz com que os febris atormentados pela insônia andem de um lado para o outro em sua varanda... As Horas negras desfilaram, mostram-se as Horas brancas" (*la Danse*, junho de 1921). Balé e música de Milhaud, onde "acontecem os ribombos da floresta virgem", foram discutidos e escarniçados por muita gente. Se Jeanne Catulle-Mendès apreciava "a mistura de um primitivismo selvagem com uma arte madura, refinada e estilizada por séculos de civilização mediadora e consciente", os jornais gritavam que era uma impostura: "*l'Homme et sont désir* pareceu-me uma palhaçada lamentável. É uma extravagância das mais lúgubres" (*le Petit Bleu*).

Alguns dias mais tarde, uma bomba ainda mais ruidosa: *les Mariés de la tour Eiffel*, um exercício de virtuosismo poético-burlesco de Jean Cocteau. Via-se chegar uma festa de núpcias, a 14 de julho, ao restaurante de la Tour, para um banquete entremeado por saltos de animais exóticos que saíam de uma câmara fotográfica, ao invés do "passarinho", inundado por uma chuva de telegramas-pétalas, terminando com a apoteose de um massacre alegre que simbolizava o dos conceitos burgueses. "Balé? Não. Peça? Não. Revista? Não. Tragédia? Não. Mais uma espécie de casamento secreto entre a tragédia antiga e a revista de *music-hall*. O todo já visto de longe, com distanciamento, antiguidade moderna, personagens de nossa infância, bodas que tendem a desaparecer, episódio sobre a torre Eiffel que, depois de ter sido descoberta pelos pintores, volta a ser o que nunca deveria ter deixado de ser: uma charmosa pessoa calçando mitenes." (Jean Cocteau, *la Danse*, junho de 1921).

Irène Lagut havia concebido o cenário alucinante a partir de uma perspectiva subversiva. Jean Hugo havia desenhado os trajes e as máscaras, onde o aumento da realidade tornava-se surrealismo. O grupo dos Seis dividiu entre si os números da partitura, com uma abertura *14 de julho* de Auric, uma marcha nupcial, uma marcha fúnebre, uma *dança dos despachos* de Poulenc, de Honegger, de Germaine Tailleferre; "enquanto o garotinho massacra sua família num tiroteio, os gritos da família se misturam a uma fuga de Darius Milhaud, verdadeiras imprecações antigas traduzidas para a orquestra" (Jean Cocteau, *op. cit.*).

O texto era proferido por enormes pavilhões de fonógrafo, instalados de cada lado do palco; Cocteau vinha sempre interpretar-se a si mesmo.

Ainda de Cocteau, a resposta aos críticos, às troças que caíam por todos os lados sobre aquilo que as pessoas sérias consideravam uma brincadeira pueril: "*Les Mariés de la tour Eiffel*, justamente em virtude de sua simplicidade, escandaliza mais do que uma peça esotérica. O mistério inspira uma espécie de temor ao público. Aqui, renuncio ao mistério, ao símbolo. Incendeio tudo".

Os balés mais tradicionais, como *la Boîte à joujoux, les Vierges folles, le Tombeau de Couperin*, obtinham mais sucesso.

No entanto, com obstinação, os Balés suecos retomam sua linha: *Skating ring*, com partitura de Honegger, cenários e trajes de Fernand Léger, inventa a "iluminação cubista"; foram os primeiros a tentar uma coreografia a partir *do jazz, Within the quota,* de Cole Porter; recurso a Pirandello, a partir de *a Jarra*, decorada por Chirico; *le Tournoi singulier* (o torneio singular), cujo tema havia sido encontrado na obra da poetisa de Lyon do século XVI, Louise Labbé, mas cujos cenários, de um modernismo agudo, eram de

Fujita. As últimas grandes realizações foram *la Création du monde*, 1923, e *Relâche*, 1924.

Em *la Création du monde*, Blaise Cendrars havia desenvolvido uma lenda africana com encantamentos mágicos de deusas, nascimentos espontâneos de árvores, elefantes, macacos, tartarugas simbólicas, cujas aparições eram sublinhadas por relâmpagos de luz brutal. De um magma de corpos, destacam-se o homem e a mulher, que se reconhecem e se unem no meio de uma roda de bruxos, fetichistas. Para esta contribuição à "arte negra", muito em voga na época, Darius Milhaud havia composto uma música "primitivista". Fernand Léger havia pintado um cenário em branco e preto, dentro do qual os personagens, também em branco e preto, fundiam-se, aliando as formas cubistas ao estilo das esculturas africanas.

Relâche foi ainda mais extraordinária. Qualificado de "balé instantanista", compreendia dois atos, um entreato cinematográfico, durante o qual era projetado um filme de René Clair, e um epílogo. O encadeamento e a cenografia haviam sido inventados por Francis Picabia, o campeão do insólito, com a cumplicidade de Erik Satie para a música. Não havia qualquer traço de ação, consistia numa série ininterrupta de *flashes* – primeira intervenção da técnica do cinema no balé – que celebravam o efêmero, o fugidio, da mesma forma como a literatura da época tinha como tema favorito a viagem.

Se *la Création du monde* impressionou, *Relâche* foi considerado uma mistificação a mais. Foi a última realização dos Balés suecos.

"*Relâche* nos ultrapassou, escreveu Rolf de Maré. Estávamos num impasse: era-nos impossível continuar, persistir no caminho que se abria diante de nós, impossível também voltar atrás... A luta contra o público, contra a crítica e até contra o meu grupo tornava-se feroz; tínhamos certeza de que o público nos rejeitaria... Nestas condições, os sacrifícios e os riscos materiais poderiam ultrapassar minhas possibilidades... Após algumas batalhas encarniçadas, talvez tivesse aberto o caminho para outros... A 17 de março de 1925, após um espetáculo morno em Épernay, anunciei minha resolução ao grupo: os Balés suecos haviam acabado."

Sua vida fora breve. Talvez também tivessem cometido o pecado do estetismo. Mas, ao menos, tinham participado da extraordinária criatividade de sua época e transformado o balé em arte contemporânea.

Todavia, curiosamente, sua linguagem coreográfica havia permanecido essencialmente conformista: após Fokine, Jean Börlin concebera uma técnica que afrouxava a rigidez do código acadêmico, mas não a abolia. Daí uma contradição interna entre os assuntos tratados e sua formulação corporal; e também um certo ridículo: as divindades africanas primitivas, os animais do cerrado, seres recém-saídos da argila original se exprimiam por *coupés, ballonnés, fouettés*, como as fadas e príncipes das lendas, de acordo com as normas de São Petersburgo, o que não era conveniente.

Os Balés suecos mostraram a multiplicidade de caminhos que se abriam ao balé em nossa época, mas não tinham técnica suficiente para explorá-los.

Dois caminhos: Balanchine e Lifar

O maior problema para os criadores, após os Balés russo e sueco terem renovado o conteúdo da dança, era encontrar uma técnica coreográfica que permitisse demonstrar as ideias modernas e tocar a sensibilidade contemporânea.

A escola neoclássica que nasceu então tentou fornecer as respostas, ampliando a codificação acadêmica, sem renunciar a seu espírito ou rejeitar suas aquisições gestuais. Seus principais representantes são George Balanchine – a quem Jerôme Robbins substituiu – e Serge Lifar, os dois de formação acadêmica russa e antigos companheiros de Diaghilev.

George Balanchine (Balanchivadze)
(nascido em 1904)

Balanchine estudou na Escola Imperial de balé de São Petersburgo, onde entrou aos nove anos. No ano seguinte, participava como figurante de uma representação de *A bela adormecida no bosque*, que considera "uma maravilha pura, o gênero de prodígio que Hollywood tenta em seus mais gigantescos empreendimentos" (*Histoire de mes ballets,* Paris, 1954). Lá recebe uma boa formação de pianista e de dançarino. Diplomado em 1921, complementa seus estudos de música no Conservatório e monta as "Noites do balé jovem", logo proibidas. Em 1924, consegue sair da União Soviética sob o pretexto de uma turnê e vai se encontrar com Diaghilev, que se torna seu mestre de balé. "Diaghilev, escreve, me ensinou o que era a dança viva."

Organiza para ele dez balés. Após a dissolução dos Balés russos, a Ópera solicita a ele que monte *les Créatures de Prométhée,* mas fica doente e recomenda Lifar para substituí-lo. Quando finalmente se cura, o substituto havia se tornado mestre de balé.

Logo Balanchine partirá para os Estados Unidos, onde abrirá uma escola que resultará na fundação do American Ballet (1934), absorvido como grupo permanente pelo Metropolitan. Dá aulas, então, durante três anos, ao mesmo tempo que trabalha para filmes e comédias musicais. Em 1941, funda a American Ballet Caravan, de 1946 a 1948 volta a lançar o Balé russo de Monte Carlo; retorna aos Estados Unidos, lá formando a Ballet Society. Tem tanto sucesso que, em 1948, recebe o apoio financeiro do City Center para criar sua companhia definitiva, a New York City Center Ballet. Desde então, compôs para este corpo de baile, conhecido mundialmente, quase uma centena de coreografias.

O caráter de suas obras é bem diversificado.

As novas versões de balés do repertório acadêmico – principalmente *O beijo da fada*, 1945, *Raymonda*, 1945, o *pas de trois de Paquita*, 1950, o ato II do *Lago dos cisnes*, 1951, *Quebra-nozes*, 1954, *Dom Quixote*, 1965, *Copélia*, 1972 – são retornos às fontes, exercícios de estilo, em que Balanchine depura a tradição.

Também encontramos a dança no estado puro como um *Jones Beach*, 1950, que assinala sua primeira colaboração com Robbins; *Stars and Stripes*, 1958, *Bugaku*, 1963, onde busca com sucesso uma transposição dos gestos angulares das danças orientais.

Mas o essencial de sua obra é um comentário coreográfico sobre a música, talvez com preferências pela de Stravinsky – *Jogo de cartas, Danças concertantes, Renard, O pássaro de fogo, Monumentum pro Gesualdo, Agon, Movimentos para piano e orquestra, Concerto para piano;* parece particularmente à vontade nesta música clara, rigorosa, onde o movimento da sensibilidade é comandado pelo da inteligência.

Mas não se recusa às efusões eslavas de Tchaikovsky. O romantismo moderado de Mendelssohn inspirou-lhe sua *Sinfonia escocesa*, a alegria de Bizet, seu *Palácio de cristal*, as intuições de Hindemith, seus *Quatro temperamentos*. Transpôs admiravelmente a arquitetura do *Concerto para dois violões em ré menor*, de Bach, em seu *Concerto barroco*. Define, de fato, a dança como "a necessidade que temos de exprimir o que sentimos ao escutar música", e ainda: "Nos balés de dança pura, não há libreto ou força interior, mas simplesmente a música. O coreógrafo trabalha sobre a música exatamente como o poeta sobre a métrica" (*op. cit.*).

Daí o aspecto muitas vezes abstrato de seus balés. O domínio predileto de Balanchine é a dança pura, e suas construções corporais inspiram-se fielmente em construções musicais. Dentro destas, inventa uma arquitetura intemporal do corpo, que experimenta suas relações com o espaço-tempo, donde a consequência de a arte de Balanchine nada dever à moda, mas dever tudo à inteligência, que nos leva a aceitar seus rigores, graças a um extremo refinamento do gosto. Concede à dança o "ligado" da música: os característicos "espirais balanchinianos" mostram a linha ondulante da melodia; um trabalho muito elaborado dos braços e dos pés, cuja rapidez exige um influxo nervoso excepcional dos executantes, revela os ritmos. Elegância, continuidade do movimento, que detesta a parada, a não ser sob a forma de cadências, de acordes, são as marcas muito pessoais deste estilo que parece ter atingido um ponto de perfeição que nenhuma escola consegue prolongar.

Desde 1949, Jerôme Robbins (nascido em 1918) trabalha com Balanchine. Também tinha uma educação musical muito sólida e uma formação coreográfica muito completa de base acadêmica.

Dança, entretanto, primeiramente, na comédia musical – é verdade que nos Estados Unidos a divisão entre as diversas formas de arte não é tão impermeável quanto na Europa – e é para ela que compõe sua primeira coreografia, *Fancy Free*, que foi representada oitocentas vezes a partir de 1944. Ficou mundialmente famoso com as coreografias do filme *West Side Story*, enquanto seu balé *the Cage*, 1951, provava que poderia ter sido um mestre de balé contemporâneo.

Adjunto de Balanchine e, ao mesmo tempo, diretor de seu próprio grupo, os Balés USA, Robbins constrói uma dança tão erudita quanto a coreografia balanchiniana, mas mais voltada para a expressão dos sentimentos e para a alegria do movimento. *L'Après-midi d'un faune*, *NY Export: Op. Jazz*, *Noces*, de Stravinsky, *Circus Polka*, *En sol*, *Dances at gathering* revelam a diversidade de suas tendências e de seus dons.

Serge Lifar (*nascido em 1905*)

Também produto do academismo, Serge Lifar forneceu aos Balés russos, aos quais tinha se reunido desde 1923, sua primeira coreografia, *Renard*, em 1929 (Nijinska já se havia inspirado nesta partitura em 1922).

Estudava no secundário em Kiev quando, aos dezesseis anos, descobriu a dança na escola de Nijinska. Foi amor à primeira vista. Em 1923, reuniu-se a Nijinska na França. Ela apresentou-o a Diaghilev, que o contratou para sua companhia e depois, adivinhando seus dons, mandou-o trabalhar com Cechetti, graças ao que se elevou rapidamente ao nível de solista.

Seu nome está associado à ressurreição da dança na Ópera de Paris; seu sucesso em *les Créatures de Prométhée*, em 1929, lhe valeu a nomeação para mestre de balé, cargo que exerceu efetivamente de 1931 a 1958, com um intervalo "punitivo" de dois anos por ocasião da Libertação.

Quando de sua chegada, encontrou um grupo sem qualidade técnica, um repertório morto, uma dança aviltada, apesar de Nijinska ter apresentado principalmente *Impressions de music-hall*, 1927, a partir de uma partitura de Pierné, e depois *la Valse*, de Ravel, 1921, pela Companhia Ida Rubinstein. Soube impor ao balé da Ópera uma qualidade reconhecida no plano internacional, renovar o repertório e criar uma obra pessoal importante; finalmente, transformou a dança numa arte à parte, completa, para a qual reivindica quase a prioridade sobre as outras artes, pois estas devem se colocar à sua disposição; afinal, o "coreautor" – termo que inventa com bastante correção etimológica – deve ser, segundo ele, um pensador, um músico, um diretor completo, além de um técnico do movimento e de um inventor de formas corporais. Seu *Manifesto do coreógrafo*, 1935, marca a data do renascimento da dança francesa.

Se não se pode reconhecer em Lifar o sentido de moderação, não se pode negar que tenha a ambição da grandeza.

Hoje em dia, ninguém se lembra mais de seus balés "heroicos", *David triomphant, Alexandre le Grand, Oriane et le Prince, le Chevalier et la Demoiselle*, cujo estilo empolado era o da época. Mas não se pode esquecer que foi um mestre deste academismo expressionista que chamava de estilo neoclássico: *Entre deux rondes,* 1940, *Suite en blanc,* 1943, podem ainda ser vistos com grande interesse, pois alcançam uma pureza de gestos e um refinamento de escola extremos, ao mesmo tempo que conservam uma virtude de eloquência. Pelo menos um de seus balés atinge por momentos a mais elevada poesia, *Mirages,* 1947, com um trecho antológico, *Variation de l'ombre.* A retórica de sua *Fedra,* 1950, é, ao contrário, um pouco esbaforida.

Lifar, dançarino e "coreautor", conseguiu sua melhor definição em *Ícaro,* 1935, onde, a partir de ritmos de percussão ordenados por ele mesmo, saltava em direção ao sol de um cenário de Picasso e voltava a cair no chão, quebrado, porque o homem é pesado se não se libertar de seu passado estético nem de suas ambições pessoais.

Enquanto mestre de balé, renovou o repertório. Deve-se precisar: o repertório acadêmico, pois, mesmo na reprise das *Indes galantes,* 1950, em que se lhe haviam confiado duas *entrées,* nada fez para retomar a tradição metrificada do estilo francês, que não combinava com o seu temperamento. De qualquer forma, recriou magnificamente *le Spectre de la rose,* montou *Divertissement,* um resumo dos melhores trechos de *A bela adormecida no bosque* e extratos do *Lago dos cisnes.* Finalmente, ofereceu *Giselle* ao palco onde nasceu, mas atribuiu à estrela masculina um papel que não existia na coreografia original.

Um lapso na glória de Lifar é não ter cedido lugar aos outros e, em seu reinado, não ter admitido qualquer novo coreógrafo.

Através de um trabalho árduo, recolocou o grupo num alto nível. Conservou seu estilo repetitivo, o estilo no qual, de certa forma, havia sido formado. Mas, neste caso, estava de acordo com o seu tempo, em que triunfava o academismo. Foram os anos em que a Europa, após a revolução russa, foi invadida por inúmeros professores russos, para quem o academismo era a única escola concebível, a ponto de muitas dançarinas francesas acreditarem ser vantajoso russificar ao menos seu nome para se tornarem famosas.

Os tempos de transformação, sem dúvida, ainda não haviam chegado para uma Europa sobre a qual pesavam três séculos de tradição.

Enquanto Lifar fazia tentativas com *Salade,* 1935, a abertura das fronteiras do academismo, as finalidades e os gestos de uma dança fundamentalmente nova eram elaborados na nova América.

Capítulo 9

A dança moderna "made in USA"

O precursor: François Delsarte – A invenção da "modern dance" nos Estados Unidos: a Denishawnschool – Martha Graham

Um precursor não reconhecido: François Delsarte

O descobridor dos princípios fundamentais da dança moderna é um cantor semifracassado que, justamente em virtude de seu fracasso, concentrou sua reflexão e suas experiências nas relações entre a alma e o corpo, mais exatamente nos mecanismos pelos quais o corpo traduz os estados sensíveis interiores: François Delsarte.

Sua vida começa como um melodrama popular. Nascido em Solesmes (Sarthe) em 1811, tem apenas seis anos quando seu pai, um pobre médico do campo, morre. Para encontrar trabalho, sua mãe vai a Paris com seus dois filhos. Ela e um de seus filhos acabam morrendo. François se vê sozinho, sem recursos.

Para subsistir, remexe as latas de lixo com um bando de mendigos; depois tornar-se-á auxiliar de padeiro nas condições extenuantes do trabalho da época. Finalmente, encontra um caminho mais de acordo com suas aptidões como aprendiz de um pintor de porcelana.

Um religioso italiano, o Padre Bambini, interessa-se por ele, descobrindo no rapaz dons para o canto e para o teatro, e matricula-o no Conservatório. Delsarte não é totalmente bem-sucedido; deve se contentar com uma carreira não muito brilhante na Opéra-Comique e nas Variétés. Renuncia ao palco sob a influência das ideias de Saint-Simon e porque logo sua voz começa a falhar.

A edificação do sistema

Considera seus mestres responsáveis pelo seu fracasso, pois acredita terem eles lhe imposto um método arbitrário de ensino, com base em tradições cegas e não na observação do aluno e na reflexão. O que chama sua atenção em primeiro lugar é a relação que descobre em cena entre a voz, o gesto e a emoção interior. Ao mesmo tempo que publica a importante coleção *Archives du chant* (Arquivos do canto), estuda com método todas as pessoas que conhece para estabelecer um catálogo de gestos que correspondam a estados emocionais. Vai mais longe e examina os exageros patológicos, frequenta asilos de loucos, salas de hospitais, anfiteatros de dissecação e até necrotérios. Constata, de um modo geral, que a morte se anuncia por uma contração dos músculos do polegar, que se aperta contra a mão. Aos poucos, constata que a uma emoção, a uma imagem cerebral, corresponde um movimento ou, ao menos, uma tentativa de movimento.

Daí este corolário-chave da dança moderna: a intensidade do sentimento comanda a intensidade do gesto. Trata-se de uma diferença fundamental – ao menos em princípio – em relação à dança acadêmica, que busca a execução, levada ao máximo de beleza formal, de gestos codificados, sem relação direta com o estado mental do executante.

Mas Delsarte dedica-se primeiramente às artes que conhece: elabora teorias de estética prática para as artes plásticas, a música, o canto e o teatro. Neste estágio, ainda não se interessa pela dança.

A influência

A influência de Delsarte é considerável: artistas, atores, oradores e até pregadores vêm acompanhar as conferências que ilustra com cantos e mímica. Sua apoteose é uma conferência pública na Faculdade de Medicina, em 1867.

As consequências das ideias de Delsarte sobre a dança são imediatas:

– todo o corpo é mobilizado para a expressão, principalmente o torso, que todos os dançarinos modernos de todas as tendências consideram a fonte e o motor do gesto;

– a expressão é obtida pela contração e pelo relaxamento dos músculos: *tension – release* serão as palavras-chave do método de Martha Graham.

– a extensão do corpo está ligada ao sentimento de autorrealização; o sentimento de anulação se traduz por um dobrar do corpo; estas posições reforçam os sentimentos que traduzem. Todos os sentimentos têm sua própria tradução corporal. O gesto os reforça e, por sua vez, eles reforçam o gesto.

Infelizmente, Delsarte se contentou em ensinar oralmente. Seu sistema foi exposto – e sem dúvida esquematizado – por seu discípulo Alfred Giraudet em 1895: *Physionomie et Gestes. Méthode pratique d'après le système de François Delsarte* (Paris).

A transmissão do delsartismo

Em outubro de 1869, um ator americano, Steele MacKay, havia vindo trabalhar com Delsarte. Logo foi considerado pelo mestre como seu herdeiro espiritual. MacKay abandonou a França em julho de 1870. O início da guerra, em setembro, impediu-o de voltar. Mas, por meio de conferências e artigos, apresenta aos Estados Unidos as teorias e métodos de seu mestre. Chega a projetar a criação de um grande instituto de estudos dramáticos em Nova York sob sua direção. Mas, lamentavelmente, Delsarte morre em 1871.

Para divulgar o delsartismo, MacKay tem a ideia de dele extrair uma aplicação corporal, a *harmonic gymnastics*. A expansão é ampla e rápida, auxiliada pela moda e pela publicidade: chega-se até a vender trajes e produtos de perfumaria sob a égide do sistema. A própria religião adota o novo método de formação: um pastor luterano de Boston, William R. Alger, afirma que o delsartismo induz a uma cultura religiosa e promove a perfeição espiritual.

Três escolas encaminharão o delsartismo diretamente à dança moderna:

– Henriette Crane, que trabalhou em Paris com o filho de Delsarte, Gustave, formou alunos nos Estados Unidos. Uma delas, Mary Perring King, é colocada em contato com Ted Shawn e ensina-lhe os elementos do delsartismo. Mais tarde, Shawn conhecerá a própria Henriette Crane; trabalhará com ela por muitos anos e pedirá que dê aulas na Denishawnschool.

– Uma discípula de Delsarte, Geneviève Stebbins, professora de dança que havia integrado o delsartismo às suas aulas, ensina-lo-á a Isadora Duncan.

– Uma aluna de MacKay, Pote, ensinou-o à mãe de Ruth Saint-Denis, que, por sua vez, iniciou sua filha.

O delsartismo teve, portanto, uma influência estabelecida historicamente na dança moderna dos Estados Unidos.

Atinge também a Alemanha. Isadora Duncan importou-o, depois de sua primeira turnê a Berlim em 1902, e desenvolveu seu ensino na escola que fundou em seguida em Grünewald. Por sua vez, Rudolf von Laban integrou em seu próprio sistema de ensino vários princípios delsartianos.

Apenas a França esqueceu quase completamente este precursor.

Isadora Duncan "dança sua vida"

Isadora Duncan foi a pioneira da dança moderna ao longo de sua vida movimentada.

Nascida em São Francisco em 1878, de uma família irlandesa que havia chegado aos Estados Unidos há duas gerações, anuncia seu desejo de dançar desde cedo. Acompanha cursos de dança acadêmica, mas logo recusa o sistema, declarando que quer criar uma dança de acordo com seu próprio temperamento. Numa América jovem, cheia de vitalidade, onde a originalidade é ainda mais livre, por não haver tradições estéticas, Isadora acha completamente natural tornar-se professora de dança aos quatorze anos. O mais surpreendente é que esta menininha, que usa um coque para ganhar um ar competente, encontra alunos durante os dois anos que ainda passa em sua cidade natal.

Em 1896, começa sua vida artística: assina um contrato para dançar em Nova York em *Sonhos de uma noite de verão;* dará até recitais no Carnegie Hall.

O embrião de seus princípios essenciais se esboça: a dança é, para ela, a expressão de sua vida pessoal. "Desde o início, escreverá, apenas dancei minha vida." A técnica lhe parece sem interesse: fazer gestos naturais, andar, correr, saltar, mover seus braços naturalmente belos, reencontrar o ritmo dos movimentos inatos do homem, perdidos há anos, "escutar as pulsações da terra", obedecer à "'lei de gravitação', feita de atrações e repulsas, de atrações e resistências", consequentemente, encontrar uma "ligação" lógica, onde o movimento não para, mas se transforma em outro, respirar naturalmente, eis seu método. Quanto aos temas de suas danças, inspiram-se na contemplação da natureza; será "onda, nuvem, vento, árvore". Sustenta sua inspiração com a melhor música clássica, porém não através do solfejo ou seguindo seu desenvolvimento: dela recebe emoções e as traduz pelo movimento. Seus modelos estéticos são os gregos – já Geneviève Stebbins, com quem estudou, havia recomendado a seus alunos que modelassem suas atitudes a partir das figuras dos vasos gregos ou das estátuas – e os artistas da Renascença italiana. Túnica "à antiga", descalça, dança diante de uma cortina de fundo para tornar seus gestos mais legíveis.

De tudo isto resulta uma dança muito marcada pelo neo-helenismo do fim do século XIX, que certamente decepcionaria o público moderno, se nos reportarmos à iconografia da época, por uma certa ingenuidade enfática. Mas ela transmite um lirismo incontestável, uma grande riqueza vital e, finalmente, o natural, que a velha Europa acolheu como uma nova mensagem.

Pois Isadora parte para a conquista da Europa. Permanece algum tempo em Londres, onde examina atentamente as coleções gregas do British Museum, onde descobre Homero, graças a Andrew Lang que acaba de traduzi-lo para o inglês. Ao mesmo tempo, retoma a dança tradicional para rejeitá-la ainda com maior violência do que nos Estados Unidos. Temos uma foto dela nesta época em tutu acadêmico que não depõe a seu favor. Em 1900, é atraída para Paris pela Exposição Universal. Apresentar-se-á no teatro Sarah Bernhardt e conhecerá artistas de vanguarda, principalmente Rodin. Depois, começa uma turnê de oito anos pela Alemanha, Europa central e Rússia, interrompida por uma peregrinação à Grécia com sua irmã Elizabeth e seu irmão Raymond – que se estabeleceu mais tarde em Paris; ela tem até a veleidade de lá construir um templo em homenagem à Beleza. Quando volta, dança em Viena numa montagem das *Suplicantes,* de Ésquilo, acompanhada por um coro de crianças gregas. Em Moscou e São Petersburgo, frequentará os meios de dança acadêmica e dos artistas "em fase de pesquisa"; chegará a fascinar Michel Fokine, de acordo com Diaghilev. Volta a Berlim, onde inicia uma relação amorosa com o diretor inglês Gordon Graig, que tem uma influência considerável nesta época em que se anunciam profundas transformações na arte cênica. É neste período, em 1905, que funda uma escola em Grünewald, nos subúrbios de Berlim; confia sua direção à irmã. No mesmo ano, é encarregada por Cosima Wagner de montar as danças de *Tannhäuser,* em Bayreuth.

Consagrada pelos seus sucessos europeus, volta a Nova York em 1908, onde dança a *Ifigênia,* de Gluck, e dá um recital no Metropolitan. No ano seguinte, retorna a Paris, seu ponto de referência até a guerra de 1914 (seus dois filhos morrerão afogados no Sena em 1913). Chega a abrir sua primeira escola americana e é aplaudida ao criar uma *Marseillaise* no Metropolitan. Recomeça a viajar. Sua viagem mais notável foi à União Soviética em 1921: o comissário do povo, encarregado da cultura, Anatol Lounatcharski, que quer que a arte soviética se abra ao mundo moderno e que seja a primeira na revolução estética, convida-a para criar uma escola em Moscou. Pouco depois, será implicado no "complô trotskista" e a escola será fechada em 1929. Sua diretora, Irma Eric-Grimm, que Isadora considera sua filha espiritual, autorizando-a a usar seu nome, escreve o único tratado que temos sobre a "técnica" da dança de Duncan, publicado em 1937. Sua estadia será marcada por seu casamento com o poeta Serge Essenine, para quem não conseguirá um visto para os Estados Unidos e que se suicidará, consumido pelo alcoolismo, três anos mais tarde.

A própria Isadora morrerá tragicamente em 1927, estrangulada pela sua echarpe que ficara presa na roda do automóvel em que passeava com Bugatti. Antes de sua morte, escrevera suas memórias, *My life*.

A influência de Duncan

Apesar de Irma Duncan ter aberto uma escola em Nova York, a influência de Isadora é aparentemente efêmera; sua arte era estritamente ligada às suas emoções pessoais, e ela não havia elaborado nem técnica nem doutrina precisas. Ao menos, marcara com brilho o nascimento de uma dança "diferente".

Dança "diferente" pelo movimento do corpo. Lembrando um curso de Marius Petipa que havia assistido em sua primeira viagem à Rússia, ela escreve: "O objetivo de todo este treinamento parecia ser uma ruptura completa entre os movimentos do corpo e os da alma. É justamente o contrário de todas as teorias sobre as quais baseei minha dança: o corpo deve se tornar translúcido e é apenas o intérprete da alma e do espírito".

Dança "diferente" pelo movimento do espírito. O princípio essencial é nitidamente afirmado: para Isadora Duncan, a dança é o resultado de um movimento interno. Este retorno ao impulso inicial implica a rejeição da cultura recebida por herança, rejeição que ultrapassa as noções da dança. Isadora sempre estará ao lado dos povos e dos homens que querem se libertar. Reivindicará com força a libertação da mulher e dará um exemplo que será considerado escandaloso – e que queria sê-lo – pela burguesia.

Mas, principalmente, concebe a volta às origens do ser como a redescoberta da parcela de divindade que, acredita, todo homem carrega em si mesmo. Seus mestres de pensamento, Schopenhauer, Nietzsche, foram escolhidos em função desta profunda convicção: "Vim à Europa para provocar um renascimento da religião através da dança, para exprimir a beleza e a santidade do corpo humano pelo movimento".

Não é por acaso que o movimento preferido de Isadora Duncan era o de jogar a nuca para trás. Este pode ser visto em cenas do rito dionisíaco em toda a arte grega: é o movimento de transe que proclama ter sido o corpo possuído por uma inspiração sobre-humana.

Loie Fuller (1862-1928)

É necessário falar aqui de Marie Louise Fuller, dita Loie Fuller, apesar de ter sido mais uma artista de variedades do que bailarina. Trabalhava como atriz quando descobriu por acaso, em 1890, ao improvisar um traje, o efeito dos projetores sobre os panos. Explorou esta descoberta por toda a sua vida.

Acrescentou longos véus ao vestido esvoaçante de sua estreia, acentuando sua amplidão por prolongar os braços com bastões, multiplicando os efeitos de luz, cores diversas, *spots* situados diante dela, atrás, ao lado, sob o assoalho. De acordo com sua fórmula, ela "esculpia a luz".

Sua carreira desenvolveu-se praticamente a partir de Paris, onde se apresentava no Folies Bergères em 1892, após ter solicitado, sem complexos, sua contratação pela Ópera. Estava cada vez mais na moda. Fez turnês, uma das quais com Isadora Duncan, e recebeu Ruth Saint-Denis quando de sua primeira vinda a Paris. Também relacionava-se com os artistas e escritores da moda. Anatole France ofereceu-lhe até mesmo um prefácio para suas memórias, publicadas em 1908, sob o título *Quinze Ans de ma vie.* Fundou um grupo de "balés" que representavam *les Féeries fantastiques de Loïe Fuller* (As magias fantásticas de Loie Fuller). Apareceu nos palcos até 1927, com um sucesso sempre considerável de suas várias composições, cujo princípio era sempre o mesmo: *Danse serpentine* (dança da serpente), *Danse du feu* (dança do fogo), *Danse du papillon* (dança da borboleta), que haviam sido criadas para a Exposição de 1900. Após sua morte, sua companhia continuou representando até 1939.

Podemos nos surpreender com o seu sucesso realmente considerável e persistente. Mas foi a primeira a utilizar os jogos de luz associados a movimentos de tecidos para produzir efeitos espetaculares. Seu mérito foi ter utilizado a luz para criar no palco um espaço fora do real. Sua lição seria amplamente seguida pelos coreógrafos e cenógrafos contemporâneos.

Além disso, que possui uma certa importância, em nada contribuiu para a dança, nem em ideias nem em técnica.

Ruth Denis, conhecida por Ruth Saint-Denis (1878?-1968)

Com Ruth Saint-Denis, justamente denominada *the first lady of american dance,* chegamos realmente ao nascimento da dança moderna. Ela havia retomado a ideia mestra de Isadora Duncan: dançar é exprimir a vida interior. Mas aprofundou esta noção e enriqueceu sua vida interior pela meditação. Sobretudo transformou em doutrina aquilo que em Duncan era impulso pessoal: com Saint-Denis, a dança torna-se um autêntico ato religioso. Além disso, elaborou uma técnica corporal pensada, metódica. Finalmente, formou inúmeros alunos-discípulos e, por isso, pode ser considerada, juntamente com Ted Shawn, a criadora da dança atual.

Sua vida

Passou sua primeira infância numa pequena fazenda, "Pin Oaks", próxima de Sommerville (New Jersey). Mais do que seu pai, engenheiro que pregava o materialismo científico, foi sua mãe quem teve uma influência decisiva sobre a sua formação. Profundamente pietista, liberada da servidão então imposta à mulher – e do espartilho que a simbolizava –, ex-estudante de medicina que se preocupava em desenvolver o corpo e que dava conferências sobre higiene corporal e mental, forneceu à sua filha elementos que parecem determinantes.

A primeira educação de Ruth foi tipicamente americana: uma escola do campo, com métodos livres, um meio natural, uma marca profunda do pietismo, que requer um contato imediato com Deus, sem passar pelo intermédio de uma hierarquia clerical.

Ela conta que uma de suas primeiras leituras foi a *Crítica da razão pura*, de Kant – o que parece surpreendente –, mas também *A dama das camélias*, de Alexandre Dumas Filho e, o mais interessante para a sua evolução, *the Idyll of the white lotus*, de uma certa Mable Collins, história de uma egípcia que, durante uma meditação, teve a visão da "Mulher do lótus branco", que lhe ensina a sabedoria. Um tema que voltará incessantemente à sua obra sob as mais diversas formas.

Os primeiros espetáculos aos quais assiste: uma parada do tipo antigo no circo Barnum – *Burning of Roma* – com um final que traz a evolução de um coro com cerca de cem anjos, *Egypt through the centuries*, uma montagem bem pouco histórica de um grupo ambulante.

Sua própria mãe iniciou-a na dança, considerada como um exercício físico e fonte de equilíbrio mental. Ensinou à sua filha os rudimentos das *harmonic gymnastics*, de Steele MacKay.

Ruth Saint-Denis vê o seu primeiro espetáculo de dança aos onze anos, uma apresentação de Geneviève

Stebbins, que havia associado o delsartismo com Isadora Duncan. Faz alguns cursos de dança acadêmica sem poder frequentá-los com regularidade por falta de dinheiro. Ela própria declara que não passou do "estudo da terceira posição". Mas dança em ponta, descalça, copiando as fotos das estrelas acadêmicas.

Aos vinte e quatro anos, torna-se atriz de um grupo de variedades. É nesta época que muda seu nome. Também fará uma turnê na Inglaterra, onde verá Duncan e Loie Fuller. É apreciada como dançarina acrobática, mas sente que não é este o seu caminho: ela se diz "chamada para outra parte".

Em 1905, acontece o que, em sua autobiografia, *My unfinished life*, ela chama sua "revelação", seu "nascimento divino". Num bar onde entrou com uma amiga, ela vê um cartaz publicitário de uma marca de cigarros egípcios: uma deusa no nicho de um templo. É o choque, a "cristalização" no sentido stendhaliano do termo: ela é Ísis.

Compra o cartaz por um dólar, copia o traje, manda que a fotografem nesta pose, depois se informa sobre a civilização egípcia antiga. Com certeza, encontrou bem poucos documentos sobre as danças egípcias, pois, ainda hoje, só temos poucos dados e reproduções a este respeito. Mas ela as recria pela imaginação. Insistimos neste ponto: ela quer reencontrar o espírito de um Egito que ignora, uma técnica de dança sobre a qual quase nada sabemos.

O mesmo acontece com a sua "recriação" das danças orientais, em primeiro lugar indianas. O que sabe da cultura hindu? Faquires e encantadores de serpentes que se exibem no parque de diversões de Coney Island. Mais seriamente, lê textos tradicionais, principalmente a respeito dos conselhos de um especialista hinduísta, Edmund Russel. Entra em contato com uma família hindu que negocia artigos da Índia – adornos, panos, incenso –, os Bhagamara. Isto lhe basta para que crie uma dança de inspiração e técnica absolutamente novas, *the Cobras* – reminiscência de Coney Island –, para a inauguração de uma nova loja de amigos seus. Nova inspiração, pois trata-se de encontrar um mundo desconhecido, principalmente em suas intenções místicas; nova técnica, pois – o filme que conhecemos mostra-o – o movimento encontra seu ponto motor no tronco.

Prossegue neste caminho, imagina coreografias em solo: *the Incense, Nautch* (dança, em sânscrito), *Yogi, Radha,* que dança vestida apenas com joias. É então considerada menos uma verdadeira dançarina do que uma vedete "artística" de variedades. Esta classificação aparecerá nos cartazes de sua turnê europeia de 1907-1908.

Quando volta aos Estados Unidos, faz muitas turnês, cujo programa comporta uma dança complementar, *Egypta.* Durante uma delas, em Denver, encontra-se na plateia um espectador fascinado, Ted Shawn; este encontro será decisivo para ambos e para o futuro da dança.

Após um período de dificuldades financeiras, ela volta a encontrar Ted Shawn, que se torna seu parceiro – e marido. Apresentam em 1915 sua primeira obra comum, na linha anterior de Ruth, *the Garden of Kama.* O mais importante é a criação da Denishawnschool, que no princípio se chama Ruth Saint-Denis School of dancing and its related arts. Esta denominação mostra a linha adotada: dar uma formação que ultrapasse o quadro da preparação corporal para atingir o conjunto da personalidade, inclusive a inteligência e a sensibilidade. São utilizados métodos não ortodoxos, como o treinamento da dança acadêmica descalço, o que exclui o recurso à ponta e, de um modo mais geral, à virtuosidade, e que reduz esta técnica apenas à formação rigorosa do corpo. A escola suscita bastante interesse. Produz um grupo que faz sucesso na temporada de inverno, confirmado pelo da temporada de verão, sob os auspícios universitários – pela primeira vez, a dança entra nas universidades americanas: no teatro grego da universidade da Califórnia, em Berkeley, é apresentada *A pageant dance of Egypt, Greece and India.* A linha antigo-sagrada – e arbitrária– de Ruth é portanto conservada.

Apesar de Ted Shawn ter sido convocado para o exército em 1917, é aberto o Denishawn Theatre no inverno de 1917 em Los Angeles. Lá, Ruth cria, em 1918, *the Light of Asia.* Quando Shawn volta, Ruth e ele se divorciam, mas continuam a trabalhar juntos.

Há, no entanto, uma interrupção: Ruth Saint-Denis tenta sozinha, durante o inverno de 1919, uma experiência de *music visualization,* que consiste em fazer com que cada dançarino siga um instrumento da orquestra.

Em 1921, ela volta à Denishawnschool: turnês nos Estados Unidos, na Inglaterra e o primeiro contato, esperado há dezessete anos, com o Oriente. Na longa viagem de sua companhia, ela apresenta uma coreografia por ela imaginada, *Isthar of the seven gates,* uma composição de Shawn, *the Feather of the dawn,* os dois balés tendo sido qualificados de "dramas dançados", assim como uma obra conjunta, um "balé exótico", *Vision of Aissoua.* Os programas também compreendem *music visualizations,* danças inspiradas nas tradições orientais, danças "espanholas" – nenhum dos dois conhece a Espanha – e divertimentos a partir de temas folclóricos americanos.

O ano de 1928 marca uma nova etapa na evolução interior de Ruth Saint-Denis: sua primeira dança "metafísica", *the Lamp* (música de Liszt), seguida em 1931 por uma outra, *the Prophetess,* e por uma *music visualization* a partir do primeiro movimento da *Inacabada* de Schubert.

Ruth Saint-Denis se retira cada vez mais para uma vida de meditação: cria balés religiosos, dançados nas igrejas, como *Ritual of the masque of Marie,* em 1934, para a Riverside Church. Faz a animação de grupos religiosos formados por participantes vindos de todas as fés, para quem a dança é elemento e resultado de sua vida interior. Compõe para eles *Color Study of the Madonna, Blue Madonna of Saint-Mark's, Gregorian Chants.*

Em 1940, em Hollywood, registra suas composições diante das câmaras. Ao mesmo tempo cria, com a dançarina etnóloga La Mari, especializada em hinduísmo, a Natyaschool. Reaparece em 1941 no Jacob's Pillow para dançar *Radha* – aos sessenta e três anos confessos! Depois, intermitentemente, dirige o departamento de dança do Adelphi College, de Long Island; lá abrirá um novo departamento, que mais uma vez confirma a orientação de sua vida, *Arts and Religion.* Dança pela última vez em 1961– aos oitenta e três anos! – *the Incense,* em Boston.

As ideias e a técnica de Ruth Saint-Denis

Para Ruth Saint-Denis, a origem e a justificativa da dança estão na religião ou, mais exatamente, na emoção religiosa, seja a religião alusiva, referente aos mitos do Egito e da Índia, ou de inspiração cristã.

É preciso compreender bem a sua noção da dança sagrada egípcia ou oriental. A cultura em que a primeira se baseia e sua técnica são ainda, em grande parte, desconhecidas; com certeza, ela ignorava os princípios fundamentais destas danças. Mas a imagem que delas tinha permitia-lhe responder às suas próprias aspirações espiritualistas. Nada de "folclore", mas espírito; nada de reconstituição exata, mas a projeção, num estilo quase inteiramente arbitrário, de suas próprias tendências. Portanto, uma grande intensidade interior.

Mas como concebia o gesto? Tivemos ocasião de ver versões filmadas da grande maioria das obras de Saint-Denis. Nelas não percebemos uma gramática sistemática do movimento, mas a afirmação, ao longo de sua carreira, do princípio essencial que inspira a nova dança: todo o corpo é mobilizado pelo movimento, principalmente o tronco, os ombros e os braços, utilizados em todos os eixos do espaço, com preferência pelos movimentos ondulatórios. Isto é evidente, por exemplo, em *the Cobras* e *the Incense*. Um outro princípio serve de corretivo e de contraponto para o precedente: a busca do hierático oriental, que impõe paradas marcadas em posições angulares.

Temos aqui dois elementos que serão a base de seus ensinamentos corporais: a frase ondulante claramente pontuada por paradas, a busca da pose significante que estas paradas sublinham.

Realizou uma tarefa essencial: encontrar elementos de partida em direção a uma técnica mais evoluída, mais metódica, que será estabelecida por seus alunos, cada qual com suas próprias tendências. Mas Ruth

Saint-Denis tem o enorme mérito de ter libertado a expressão corporal de suas convenções formais, de ter exigido que o corpo se libertasse de suas próprias servidões para revelar os movimentos do espírito.

Ruth Saint-Denis é a autêntica libertadora da dança.

Ted Shawn (1891-1972)

Quando jovem, Ted Shawn queria se tornar pastor e começou a estudar teologia. Inicia-se na dança para tratar as sequelas de uma difteria. Aí encontraria sua verdadeira vocação. Para pagar seus cursos, trabalha como estenodatilógrafo; mais tarde, preparado, exibe-se em chás dançantes; finalmente, compõe sua primeira coreografia, *Dance of the ages*, para o cinema.

É marcado por dois encontros, um com Henriette Crane, que lhe ensina o delsartismo, e outro, o mais importante, com Ruth Saint-Denis em 1911. A partir de 1914, trabalham juntos. Colaborarão até 1931 na Denishawnschool.

A partir de 1916, Shawn passa a compor balés para serem dançados por homens, entre os quais um solo para ele mesmo, *Pyrrhic Dance*. Em 1926, cria uma *Polonaise* para um conjunto de cinco dançarinos; em 1929, será a vez de *Pacific 231*, de Honegger. Ao longo de toda a sua vida terá a preocupação de constituir um repertório para dançarinos; formará vários grupos: Group of dance for male ensemble, Ted Shawn and his ensemble of stars men dancers, Ted Shawn and his ensemble of men dancers. Chega a dar primazia à dança masculina: em *Opus 10*, de Chopin (os cinco *Estudos*), confia a parte melódica do solista a um homem, enquanto as mulheres dançam o "contínuo".

Era romper com a tendência admitida até aquela época; pareceu, de início, chocante a dança ser uma atividade de homens manifestamente viris; era destruir o tabu inconsciente, que acarreta uma discriminação sexual na dança; era também liberar a mulher.

Ted Shawn considera a dança como uma obra dramática que comporta uma ação dinâmica; concebe suas coreografias como peças de teatro: progressão da intensidade do movimento que corresponda à progressão da ação, efeitos dramáticos em um quadro, com cenários, roupas e cenografia específicos.

Seus temas inspiram-se na história americana, no folclore indígena, na civilização asteca (*Xochtil*), na contribuição africana, principalmente no que se refere ao ritmo, e até na aventura dos desbravadores do século XIX. Mas o tema essencial é sempre o homem, suas relações consigo mesmo, com o mundo, com o sobrenatural, pois Shawn jamais abandona sua vocação essencial de testemunha e, em certa medida, de pregador de Deus. Até um balé geométrico como *Kinetic Molpai*, 1935, encadeia seus onze movimentos, alternadamente de estilo abstrato e de gestos naturais, incluindo os grandes ritos humanos: funerais, triunfos... O *Libertad!*, 1937, é um afresco do passado, do presente e do futuro da humanidade. O presente aborda acontecimentos recentes: chamada às armas, a solidão do soldado na batalha, a volta do guerreiro, mas também o advento do *jazz* e a moda dos jogos olímpicos, que justifica as virtuosidades atléticas dos dançarinos.

O antigo pastor também realiza suas aspirações ao tentar uma síntese da dança e do rito cultual: a partir de 1917, dança um serviço religioso completo na Riverside Church.

No balé que considera essencial, *Dance of the ages* – onde retorna à sua primeira coreografia, associando muitos de seus dançarinos à transformação da obra –, exalta o destino do homem a partir do tema dos quatro elementos, sob a forma de uma progressão cerimonial, desde a luta pela sobrevivência até a exaltação da espiritualidade.

A importância de Ted Shawn é considerável nos domínios do pensamento e da didática. Aprofundou e sistematizou as perspectivas de Ruth Saint-Denis. Deu muitas aulas na Denishawn; podemos até dizer que foi seu verdadeiro animador; deu cursos nas universidades e, finalmente, exerceu atividades de escritor. Neste último campo, seu *Every little movement* é a melhor descrição que temos sobre o delsartismo e suas consequências lógicas. A teoria em que toda a dança moderna se baseia – as relações do pensamento e do gesto – é desenvolvida luminosamente em *Dance we must* e na sua contribuição na coletânea coletiva *Dance: a basic educational technic*, da qual participaram Ruth Saint-Denis e suas alunas Martha Graham e Doris Humphrey, assim como Hanya Holm, que representa a perspectiva da escola de Mary Wigman.

Desta forma, Ted Shawn pode ser considerado como o pai da dança moderna, mais pela amplidão de suas ideias e por sua influência do que por suas coreografias, hoje em dia ultrapassadas, e cujas versões filmadas que delas possuímos são mais enternecedoras do que exemplares.

A Denishawnschool

Era lógico que Ted Shawn dedicasse grande parte de seu tempo à Denishawnschool. Foi ali que se tornou teórico, através de seus alunos, de toda a dança moderna.

Antes de mais nada, reivindica a ruptura completa com a dança tradicional, o que realiza recorrendo às danças orientais. Não que conheça exatamente as técnicas e os estilos, mas assimila seu espírito; no plano mental, considera que são liturgias que colocam o dançarino em contato com a divindade. Daí uma concentração fervorosa que é a primeira atitude que exige dos alunos. No plano técnico, utiliza todo o corpo, considerado o tronco – e não mais os membros inferiores – como o ponto de partida de qualquer movimento; busca reforçar a impulsão nervosa situada no plexo solar, de modo que cada músculo esteja imediatamente disponível para traduzir o impulso interior. Aí está a ideia essencial de toda a técnica moderna.

A Denishawn ensina várias disciplinas: anatomia, música, cultura geral, treinamento corporal; sustenta o ensino com o recurso precoce ao palco; a escola comporta um grupo no qual os alunos entram o mais cedo possível para apresentarem espetáculos-demonstrações.

Os dançarinos que divulgaram a dança moderna nos Estados Unidos e principalmente os que garantiram o seu brilho mundial – Charles Weidman, Doris Humphrey e Martha Graham – formaram-se na Denishawn.

Também é preciso sublinhar aqui a influência do diretor musical Louis Horst na Denishawn, onde entrou como acompanhante de Ruth Saint-Denis. Analisa com lucidez a forma e o estilo das danças. Das danças antigas, em seu livro *Preclassic Dance Forms*, 1917 – sua documentação sobre as danças da Idade Média e da Renascença está ultrapassada, mas não a compreensão de seu espírito. Das danças modernas, em *Modern Dance Forms*, 1960, reflexão penetrante sobre a evolução dos estilos contemporâneos, sobre suas bases intelectuais e técnicas.

O Bennington College

Ted Shawn também participou das atividades dos cursos de verão do Bennington College (Vermont) de 1934 e 1942, sua melhor época. Segundo Alwin Nikolais, que lá obteve grande parte de sua formação, "era realmente o cadinho onde se elaborou a dança de hoje". Todas as tendências se confrontavam (e muitas vezes seus criadores): as da Denishawn, a de Mary Wigman, que também compareceu em pessoa. Pode-se afirmar que toda a geração americana das décadas de 30 e 40 lá encontrou meios de fazer desabrochar sua formação.

A princípio destinada ao período de verão, a atividade do Bennington College tornou-se permanente. Permite sublinhar a importância das universidades americanas no campo dos estudos históricos, das reflexões sobre a estética da dança, do treinamento físico, de toda a formação dos dançarinos. As universidades americanas consideram a dança – e, de modo geral, a orquéstica – como um meio privilegiado de acesso à cultura total; muitas criaram um departamento de dança, onde há atividades nos planos da história, da didática e até da metafísica. A prática é desenvolvida, pois a pragmática América concebe que o corpo deva receber uma formação adequada para auxiliar a formação do espírito. Muitas têm seu grupo – que serve acessoriamente para a promoção da universidade, como as equipes esportivas. Todos os gêneros são admitidos e não somente a dança moderna: George Skibine, representante típico do neoclassicismo, foi professor-residente da universidade de Dallas, enquanto que Carolyn Carlson e os Pilobolus ilustram a diversidade e a riqueza de formação da universidade de Utah e da de Vermont. Não se pode deixar de comparar a influência determinante das universidades americanas sobre a proliferação da dança americana e o interesse ainda reticente das universidades ocidentais por esta disciplina, sempre considerada, como na França, como um divertimento fútil reservado a uma classe restrita socialmente, o que não é mais verdade há praticamente vinte anos.

Charles Weidman (1901-1975)

Interessante e original neste artista é o fato de ele ser mais um homem de teatro do que um dançarino, tendo desviado, assim, a dança moderna para as necessidades cênicas. Antes dele, Ruth Saint-Denis e Ted Shawn tiveram a tendência de expor estados emocionais de maneira, de certa forma, linear. Sob a influência de Weidman, a geração saída da Denishawn associará a ação dramática à pintura dos estados d'alma, pois a teatralização reforça a expressão do corpo, tornando-a mais compreensível para o público.

Weidman participara durante oito anos das atividades da Denishawn, mais particularmente da equipe de Doris Humphrey. Ted Shawn escolheu-o como solista de seu *Pierrot forlorn*, 1921; dançou em duo com Martha Graham em *Arabic Duet*.

Em 1928, sai da Denishawn ao mesmo tempo que Humphrey; trabalham juntos até 1945, mas não de modo contínuo e exclusivo. *Lysistrata*, 1930, *Carmen*,

1932, *A escola de maridos*, 1933, e *Sweet land* serão suas principais produções em conjunto. Por seu lado, Weidman prossegue em sua obra pessoal, orientada para a sátira e preocupada com os problemas especificamente americanos, como em *Atavism*, onde coloca em questão a sociedade do lucro e da violência. Num registro mais intimista, compõe uma saga pessoal, *And Daddy was a fireman* (seu pai era realmente bombeiro), onde retoma os procedimentos do cinema mudo, e *On my mother's side*, onde apresenta sua ascendência. Sua preocupação com a expressão dramática leva-o a fazer com que acompanhe suas coreografias por textos ditos por um ator ou por um coro.

Tinha o sentido inato da pedagogia – assim como a maioria dos dançarinos americanos – e deu aulas em universidades, no Bennington College, no San Francisco City College e principalmente na Columbia University.

Doris Humphrey (1895-1958)

Com Charles Weidman e Martha Graham, Doris Humphrey é uma dos três fundadores da escola moderna americana; todos vieram da Denishawnschool. É menos conhecida do que Martha Graham: a última divulgou sua estética, suas ideias e sua personalidade ao mundo inteiro por dirigir, durante muito tempo, um grupo, enquanto Doris Humphrey, tipo introvertido, sempre preferiu o trabalho de estúdio ao de palco. Mas sua influência não é menor, seja por intermédio dos dançarinos que formou, seja pelo livro onde condensou suas ideias, *the Art of making dances*, cuja leitura, que ainda provoca reflexão, inspirou muitos coreógrafos modernos.

Do palco ao estúdio

Desde os oito anos, em Chicago, inicia-se na dança: apenas danças folclóricas e de salão. Mais tarde, fará cursos de dança acadêmica, cujo caráter formal não corresponde às suas ideias. Aos dezoito anos, abre sua própria academia; mas consciente de suas lacunas, entra na Denishawn no momento em que a descobre, em Los Angeles, em 1917. Ali permanecerá até 1928. Ainda ali, sob a influência de Ruth Saint-Denis, que a considera sua discípula mais próxima, comporá sua primeira coreografia, um solo em silêncio, *Tragica*. Abandonará a escola após a turnê ao Oriente: como Martha Graham, considera que seus mestres escolheram o caminho errado ao continuar explorando as técnicas orientais apenas em sua aparência superficial. Como Graham, reivindicava uma dança autêntica, inserida no meio americano e em sua época.

Associa-se a Charles Weidman, passando à direção da sucursal da Denishawn em Nova York. Depois de um ano, fundam sua própria escola e sua própria companhia, a Humphrey Weidman Concert Company, que, sob diversas formas, manterá suas atividades até o início da década de 1940. É evidente que o seu trabalho com Weidman, homem de teatro, contribuiu para orientar suas reflexões rumo à concepção de uma dança adaptada às exigências do palco tradicional.

A obra coreográfica de Doris Humphrey é bastante significativa numericamente – cerca de cinquenta balés –, mas é interessante sobretudo pelo seu percurso.

Humphrey começa a fazer experiências sobre a relação entre a música, o ritmo e a representação coreográfica, elementos que acredita, num primeiro momento, devam constituir um todo indissociável. Mas suas experiências conduzem-na à dança silenciosa – *Water Study*, 1928 – depois ao acompanhamento por um coro que canta de boca fechada – *the Life of the Bee*, 1929 – para chegar a uma montagem de textos falados, cantos e acordeão com *the Shakers*, uma evocação desta seita religiosa, cuja cena essencial, *A dança dos eleitos*, consiste em um movimento coletivo em forma de roda, com oscilações do corpo para a frente e para trás, e a repetição incessante do motivo musical.

Atinge uma maestria reconhecida, em 1935-1936, com uma trilogia sobre os problemas do homem moderno. Agora, utiliza a música (de Wallinford Riegger) para criar um clima, ora de acordo com os movimentos da dança, ora contrastando com eles. Dela fazem parte *New dance*, que canta o desabrochar do homem numa sociedade fraternal, *With my red fires*, uma denúncia do amor possessivo, *the Piece*, um protesto contra a competição selvagem na sociedade americana.

Suas coreografias são compostas para a Humphrey Weidman Company, a quem dará ainda *American Holiday*, sua célebre *Passacale e fuga em dó menor*, 1938, onde volta a mostrar as intenções místicas de Ruth Saint-Denis, *Canonade*, 1944, o primeiro exemplo de dança abstrata, e *Inquest*, último balé de que participará e que comporta dois quadros simultâneos: o que descreve os fatos e o que exprime os estados emocionais decorrentes.

Atingida por uma grave crise de artritismo, Doris Humphrey abandona o palco e torna-se diretora artística do grupo de dança de seu melhor aluno, José Limon. Deste período data uma obra-prima, *Lament for Ignacio Sanchez Meijas*, a partir de um poema de

Lorca, onde é mostrado um toureiro que se confronta com o animal e com seu próprio medo. Sua última obra acabada é *Dance Overture*, 1957.

Nesse meio tempo, Doris Humphrey entrou para a Juilliard school of dance, onde, em 1955, ela dirige o Juilliard Dance Theater. Suas obras para este grupo foram *Dawn in New York*, 1956, e *Descent into the dream*, 1957. Pouco antes de sua morte, trabalhava em uma versão coreográfica do *Quarto concerto brandemburguês*, de Bach.

Também é preciso mencionar que contribuiu para difundir as disciplinas coreográficas nas universidades americanas, principalmente no Bennington College e no Connecticut College, onde deu aulas de 1948 até sua morte.

A raiz do gesto

The Art of making dances mostra a profundidade de sua reflexão.

Parte de uma história do gesto, classificado em quatro tipos: gestos sociais – os das relações dos homens entre si –, gestos funcionais – os de trabalho e da vida cotidiana –, gestos rituais – os das religiões –, e gestos emocionais – tradução imediata dos sentimentos individuais. Quer que cada gesto reencontre seu valor primitivo; assim, o fato de saudar tirando o chapéu, cabeça inclinada, provém da prosternação do vencido, que mostra sua submissão oferecendo sua nuca sem defesa aos golpes do vencedor; a tristeza é marcada ao se dobrar o corpo em posição côncava, a alegria, endireitando-o. Doris Humphrey quer que o dançarino reencontre em seus movimentos de hoje a carga mental do gesto primitivo.

Daí uma ruptura fundamental com a Denishawn. Reivindica uma dança com raízes não num passado imaginário, mas na nação americana: "A nova dança de ação deve nascer do povo que teve de dominar um continente, abrir miríades de caminhos através das florestas e planícies, vencer as montanhas, construir torres de aço e de vidro. A dança americana é resultado deste novo mundo, desta vida, deste novo vigor".

Como pesquisou o gesto primitivo, quer reencontrar o ritmo fundamental. Para ela, o ritmo motor é gerado pela relação do corpo com o espaço. O peso – que também é símbolo das forças que agem contra o homem – atrai o corpo para a terra. A força física e espiritual do homem recoloca o corpo na posição vertical. Entre estas duas posições estáticas de equilíbrio encontra-se a vida: um "arco entre duas mortes". As duas palavras-chave de sua técnica são *fall-recovery*: queda no chão, volta à verticalidade, apoiando-se sobre a terra-obstáculo. Daí sua posição característica: o dançarino se equilibra sobre uma perna; a outra se levanta e flexiona-se no sentido lateral; rompe-se o equilíbrio, o dançarino cai de lado; pula sobre o chão, batendo nele com o pé.

As ideias-mestras desta técnica encontram-se no seguinte trecho: "Concebo o movimento utilizado pelo dançarino como o resultado de um equilíbrio. De fato, toda a minha técnica resume-se em dois atos: afastar-se de uma posição de equilíbrio e a ela voltar. Trata-se aqui de um problema bem mais complexo do que se manter em equilíbrio, o que está ligado à força muscular e à estrutura corporal. Cair e se refazer (*fall-recovery*) constituem a própria essência do movimento, deste fluxo que, incessantemente, circula em todo ser vivo, até em suas partes mais ínfimas. A técnica que decorre destas noções é surpreendentemente rica em possibilidades. Começando-se por simples quedas no chão e voltando-se à situação vertical, descobrem-se diversas propriedades do movimento que se acrescentam à queda do corpo no espaço. Uma é o ritmo. Ao efetuar uma série de quedas e voltas à posição, fazemos aparecer tempos fortes que se organizam em sequências rítmicas. Um outro dado é o dinamismo, ou seja, a mudança de intensidade. O terceiro elemento é o desenho".

Doris Humphrey distingue movimentos simétricos ou não, movimentos angulosos ou arredondados. Ela nota que, no movimento angular, a intensidade é maior quando os ângulos são mais agudos.

Adapta as noções cênicas propostas por Gordon Graig à dança: o centro do palco é o local onde se concentram as forças; a descida do ator ao *proscenium* traz uma nota intimista; se deixa o palco por uma diagonal direita-esquerda, simboliza o exílio, a morte.

Como esta cenografia ideal é altamente intelectualizada, impõe um cenário não figurativo. Humphrey havia mandado construir para seus balés painéis de seis metros por um metro e meio que, reunidos quando necessário, podiam constituir um fundo de palco, evocar dédalos, construir muralhas, assim como os cubos podiam ser cavernas, escadas, pedestais.

Doris Humphrey rompeu com os hábitos hieráticos, irrealistas da Denishawn, mas conservou a convicção de que a dança é ao mesmo tempo rito coletivo e expressão individual, e que o essencial da técnica devia se basear nas leis naturais do corpo.

Contribuiu muito para fazer da dança uma arte cênica. Sua influência ultrapassou a audiência de sua obra propriamente coreográfica. Por intermédio de

José Limon, seus ensinamentos foram transmitidos até a terceira geração da dança americana e são ouvidos até hoje.

A descendência de Doris Humphrey

José Limon (1908-1972)

José Limon, sempre muito marcado por suas origens mexicanas, ocupa um lugar original na segunda geração da dança moderna americana, graças à sua teatralização da ação coreográfica.

Tendo chegado tarde à dança, após estudos de pintura, trabalha durante dez anos com Doris Humphrey, ao mesmo tempo que estuda dança acadêmica. Sua primeira grande coreografia é *Danza de la muerte*, composta por ocasião da guerra da Espanha; como muitos artistas e intelectuais americanos, é a favor dos republicanos. Forma seu grupo em 1947 para suceder à companhia Humphrey Weidman. Suas obras se dividem em vários registros. O sentimento religioso ocupa um lugar importante em *Eden Tree, the Visitation*, 1952, *There is the time*, a partir da Bíblia, e sobretudo em *Missa brevis*, 1958, frequentemente considerada sua obra-prima. A tradição mexicana é um outro polo importante, com *la Malinche*, 1949, história de uma princesa índia que trai sua nação por Cortez. Finalmente, a dança teatral é a mais característica de seu gênio, principalmente *the Moor's Pavan*, que transforma em uma espécie de dança de corte a tragédia de Otelo.

Betty Jones (nascida em 1926)

Na mesma linha de Limon, encontramos uma outra aluna de Humphrey, Betty Jones. Antiga solista da José Limon Dance Company, dedica-se principalmente ao ensino com seu parceiro Fritz Ludin.

Louis Falco (nascido em 1942)

O advento deste dançarino assinala o da terceira geração. Trabalhou com Alvin Ailey e outros, mas sua formação essencial aconteceu na colaboração de dez anos (1960-1970) na José Limon Dance Company. Seus balés principais são *Argot* (música de Bartok), 1967, *Huescape* (música de P. Henry e P. Schaeffer), *Caviar*, 1970, *the Sleepers*, 1971, que é considerada sua obra mais característica, *Two Penny Portrait*, 1973, *Champagne* e *New York*, 1976.

Falco é essencialmente um homem de teatro, como seu mestre Limon. No entanto, suas coreografias apelam pouco para ações dramáticas no sentido estrito do termo; são apresentações de jogos naturais do corpo, com uma alternância muito cênica de solos, de duos, de conjuntos, esculpidos solidamente num crescendo insensível, mas cujo tom é tão livre que leva a pensar numa improvisação. Em suas obras, há uma espontaneidade de invenção, um gosto pela alegria e uma solidez que as tornam perfeitamente originais.

Martha Graham e os grandes mitos humanos

Como a maioria dos dançarinos americanos modernos, Martha Graham chegou bem tardiamente à dança. Nascida em 1894, viu seu primeiro espetáculo coreográfico em 1910: um programa de Ruth Saint--Denis com *the Cobras, the Incense, Radha* e *Egypta*. Começa a trabalhar com a dança apenas a partir de 1913, após sólidos estudos secundários na Santa Clara High School (Califórnia).

Fazendo um parênteses, devemos sublinhar a diferença entre os procedimentos de formação dos futuros dançarinos nos Estados Unidos e na França: a tradição francesa impõe aos futuros profissionais, desde a mais tenra idade, um "adestramento" técnico que, com frequência, está em contradição com uma formação geral – ou seja, de todo o ser – séria; nos Estados Unidos, a formação do corpo só começa após a formação do espírito. Talvez seja este um dos principais motivos da criatividade americana.

Graham estuda dança durante três anos em uma escola local. Entra na Denishawn em 1916, onde permanecerá até 1923. Logo Ted Shawn toma-a como assistente e concede-lhe papéis, principalmente o papel principal feminino em seu balé *Xochtil*, inspirado pela cultura asteca. Quando abandona a escola, Graham explica: "Não aguento mais dançar divindades hindus ou ritos astecas. Quero tratar dos problemas atuais". Podemos observar a semelhança desta atitude com a de Doris Humphrey.

Pelo mesmo motivo, rejeita as danças alusivas de Isadora Duncan: "Não quero ser árvore, flor, onda ou nuvem. Nós, o público, devemos procurar no corpo do bailarino não a imitação dos gestos cotidianos, nem os espetáculos da natureza, nem seres estranhos vindos de um outro mundo, mas um pouco deste milagre que é o ser humano motivado, disciplinado, concentrado".

Está bem claro: para ela, o homem é a finalidade da ação coreográfica, o homem confrontado com os problemas da sociedade atual, com os grandes problemas permanentes da humanidade.

Dos Apalaches ao Labirinto

Louis Horst, diretor musical da Denishawn, a quem Martha está particularmente ligada, encoraja-a a tentar sua própria carreira. Ela frequenta durante dois anos a Eastmanschool de Rochester, onde dá aulas e arremata sua doutrina. Somente em 1929 cria sua primeira composição de grupo, *Heretic,* após ter experimentado danças em solo. Faz tentativas em todos os sentidos; dança *A eleita* em uma versão da *Sagração da primavera,* de Massine; em 1930, cria vários solos em uma versão de *Electra,* seu primeiro contato com a tragédia grega, que exercerá grande influência sobre ela.

Nesta época, Graham é particularmente sensível ao potencial de vida dos Estados Unidos: "A alma deste país deve ser procurada em seu movimento. Podemos senti-la como uma força dinâmica de impulso". Assim, o primeiro grande balé que ela compõe para o grupo que funda é *Primitive Mysteries,* consagrado à tradução dos ritos católicos pelos Índios. Perceberemos que a preocupação religiosa predominante na Denishawn continua fundamental em Graham. Aliás, é uma constante da alma americana. Ela aprofundará esta "inspiração" americana com *Frontiers,* 1935, um solo onde mostra a vontade de um povo de pioneiros que faz as fronteiras recuarem para o infinito; o cenário, extremamente sóbrio, é bem expressivo: uma viga horizontal simboliza um cercado para o gado; duas cordas estão nela amarradas para simular trilhos que fogem para longe. Ela retomará este tema com seu primeiro balé célebre, *Appalachian Spring*, 1944, onde evoca a alegria da primavera num mundo de pioneiros; a obra conta com a intervenção de um pregador ambulante, o *revitalist*, personagem típico da jovem América rural, o que lhe permite denunciar a estreiteza do puritanismo.

Afinal, ao pintar o mundo contemporâneo, Graham faz questão de denunciar as injustiças, a opressão. Assim, *Deep Song*, 1937, evoca a guerra da Espanha.

O ano de 1944 é o dos grandes sucessos de Graham nos diversos caminhos de sua inspiração: *Herodiade*, *Imagined Wind*, *Appalachian Spring* são criados na Congress Library de Washington. Mas ela aguardará dez anos para fazer sua grande turnê que passará por Paris – onde não será compreendida.

Graham começa, também em 1944, a compor seus grandes balés "místicos" que são, sem dúvida, o que há de essencial, de mais sólido e de mais conhecido em sua obra. Escolhe temas maiores, a maioria deles de fundo grego, e os expõe como exemplos dos problemas fundamentais da humanidade. *Herodiade* havia começado a série, que prossegue com *Cave of the heart* (Medeia ou o amor-loucura), *Errand into the maze*, 1947 (Teseu e o Minotauro ou o homem perdido no labirinto de seu inconsciente), *Night Journey*, 1947 ("Viagem noturna" a partir do tema de Édipo), *Eye of Anguish*, 1950 (história do rei Lear), *Judith*, 1950, *the Triumph of Joan d'Arc*, 1951 – solo retomado em 1955 sob a forma de uma composição de conjunto, *Seraphic Dialogue* –, *Clytemnestre*, 1958, *Acrobats of God*, 1960 – uma espécie de mistério sobre os padres do deserto, "os atletas de Deus" –, *Alcestis*, 1960, *Phaedra*, 1962, *Circe*, 1963, *the Witch of Endor*,

1965 – a profetisa que anunciou ao rei Saul sua derrota e sua morte –, *Lucifer*, 1975.

"A origem da dança está no rito, esta aspiração de todos os tempos à imortalidade. No início, o rito nasceu do desejo de entrar em contato com os seres que poderiam conceder a imortalidade ao homem. Hoje, praticamos outra espécie de rito... pois procuramos uma imortalidade diferente: a grandeza que pode ser encontrada no homem." Sublinharemos, de passagem, a exatidão da intuição de Graham, que só podia conhecer a antiguidade clássica, mas que adivinhou os ritos que a precederam.

Esta busca nas profundezas da alma, este movimento do espírito para mergulhar no desconhecido do ser – Graham se interessou pelas teorias freudianas – implicam um esforço mental que será traduzido por movimentos corporais reveladores: tensões, torsões. Movimentos marcados também por uma vontade de expressionismo que destaca com força os elementos essenciais, negligenciando o secundário. Podemos perceber a influência de Mary Wigman e da escola alemã nesta vontade de expressionismo. A inclinação do estilo grahamiano é sensível a partir de 1938 em *American Document*, criado no Bennington College, onde as duas coreógrafas se encontraram em 1933, de acordo com Alwin Nikolais, testemunha ocular, tendo a influência de Wigman continuado a se exercer através de Hanya Holm.

As ações coreográficas de Graham têm significados sobrepostos. A ação evidente narra uma sequência de fatos expostos elipticamente; a significação profunda, em função da qual são escolhidos estes fatos, atinge os traços permanentes da alma humana. Graham apresenta quase sempre um elemento cenográfico que simboliza a multiplicidade de suas intenções e que permite seguir seu desenvolvimento através da ação coreográfica. Em *Night Journey*, por exemplo, uma corda tem a tripla significação do cordão umbilical entre Édipo e Jocasta, do laço amoroso que os prende, do cordão com o qual a mãe incestuosa se estrangulará. Em *Cave of the heart*, utiliza uma espécie de escudo encurvado sobre o qual a protagonista, Medeia, oscila no momento em que seu destino ainda hesita. Em *Seraphic Dialogue*, um gládio-cruz lembra, com sua onipresença, a missão guerreira de Joana d'Arc e sua vocação para o sacrifício. Em *Errand into the maze*, uma corda serpenteia no chão, indicando ao mesmo tempo os desvios do labirinto e as hesitações de Teseu diante de seus fantasmas.

É um *leitmotiv* em forma de signo para o espectador, pois Graham quer que ele não somente acompanhe a ação, mas a penetre em seus arcanos, que extraia do mito, representado com uma solenidade ritual, os elementos que lhe concernem pessoalmente, que o identificam aos heróis das grandes lendas humanas. Em suma, para Graham, é necessário que seu público participe da liturgia coreográfica.

A alma e a técnica

No decorrer da longa carreira de Graham, sua técnica parece não ter variado, a não ser no sentido de uma consolidação. Mesmo para o espectador menos informado, é evidente que Graham usa uma técnica bem típica e completamente original. Em que consiste?

Há elementos da dança clássica, mas elementos elaborados. Assim, Graham utiliza a atitude naturalmente; mas esta atitude quase nunca é para trás, na maior parte das vezes é lateral, a meio caminho de um "*plané* na segunda" não ortodoxo, pois a perna levantada está flexionada. O objetivo deste movimento é preparar o corpo para perder o equilíbrio e cair de lado. Graham realiza assim antítese entre a extensão do corpo, por um momento sem peso, e a revanche deste peso, antítese evidentemente simbólica. Esboçado por Ruth Saint-Denis, este movimento é muito empregado por Doris Humphrey. Também, por vezes, encontramos movimentos de cabeça que lembram os exercícios hindus. Mas tudo está intimamente ligado numa gramática corporal original.

Graham coloca o gesto fundamental ao nível do torso. De fato, viver é respirar, dilatar as costelas e depois comprimi-las. Toda a sua dança provém do duplo princípio da maré vital: *tension-release* – as palavras-chave de Graham – contrair os músculos, soltar a energia muscular. Se o torso é o epicentro do movimento, este se estende a todo o tronco e de forma bem visível ao abdome: "Um circuito vital parte da cavidade formada entre a coxa e a bacia, volta a subir para o corpo e fecha-se sobre si mesmo" (Bethsabée de Rothschild, *A dança artística nos Estados Unidos. Tendências modernas*). Portanto este é, para Graham, um movimento primordial, que gera o movimento total numa sequência lógica.

Graham retoma um outro princípio comum a todas as tendências da dança moderna: a força do gesto acontece em função da força da emoção. Graham reage bruscamente à pulsão emotiva, por vezes de forma convulsiva, corta-a com paradas brutais, impõe mudanças de eixo. Volta a descobrir gestos rituais primitivos – que provavelmente reinventa, o que mais uma vez mostra a riqueza de sua intuição –, como a dança com os joelhos muito flexionados, típica das culturas mediterrânicas muito antigas.

O corpo inteiro está portanto implicado na técnica grahamiana. Um corpo que deve ser significante, que deve poder afirmar os contrários: a lei cósmica de gravidade que atrai o homem para o chão, seu voluntarismo muscular que lhe concede a possibilidade de se refazer. "Só pude descobrir uma única lei da atitude: a linha perpendicular que liga a terra ao céu. O problema é ligar a ela as várias partes do corpo" (Martha Graham, citada por Roger Garaudy, *Danser sa vie*, Ed. du Seuil, 1973).

Assim, perspectivas espiritualistas e treinamento nervoso e corporal bem desenvolvidos unem-se na técnica grahamiana para permitir que o bailarino se transcenda.

Ao mesmo tempo coreógrafa e dramaturga, encontrando a origem do movimento nas maiores profundezas do ser, Martha Graham foi a mentora intelectual de uma multidão de discípulos, a ponto de podermos dizer que devemos a ela o essencial da difusão, até nossos dias, da dança moderna.

Alguns de seus discípulos dedicaram-se ao ensino de sua doutrina, como Takako Asakawa, May O'Donnel, Yuriko, Noemi Lapzeson. Outros são principalmente coreógrafos: Hawkins, Cunningham, Paul Taylor, John Butler (também marcado pela lembrança do neoclassicismo), Ann Sokolov. Pelo menos duas companhias formaram-se em outros países dentro de seu espírito e sob seu patrocínio, a Bethseba, de Israel – que deve muito a Bethsabée de Rothschild – e a London Contemporary Dance Theatre, fundada por Robert Cohan.

Seus alunos mais dotados desenvolveram a lógica de seu ensino até negá-la, como ela própria fez com a da Denishawn. Mas ela já havia escrito: "O movimento não é produto da invenção, mas da descoberta e, singularmente, das possibilidades de exprimir a emoção".

A descendência de Martha Graham

Os três principais criadores descendentes de Martha Graham são Erick Hawkins, Merce Cunningham e, por intermédio do último, Paul Taylor.

Erick Hawkins (nascido em 1917?)

Pouco conhecido fora dos Estados Unidos, porque se recusa a utilizar música gravada e porque a participação de uma orquestra aumenta de forma praticamente insuportável as dificuldades e o custo de uma turnê coreográfica, Erick Hawkins é um ex-estudante de Harvard, que chegou à dança após ter estudado literatura e filosofia. Dançou com o American Ballet Theatre (1935-1937) e com o Ballet Caravan (1936-1937). De 1938 a 1951, pertenceu à companhia de Graham, que havia se interessado por sua primeira composição, *Show Pieces*, 1936. Após ter abandonado a companhia, criou seu próprio grupo, o Erick Hawkins Dance Theatre, para o qual compôs cerca de quinze balés. *Black Lake*, 1959, é considerado o mais importante.

Compõe suas coreografias com extremo cuidado. Quer evitar qualquer aparência de intelectualismo. Busca para elas o movimento puro, escolhido em virtude de sua beleza plástica e de sua intensidade. Somente quando terminada a coreografia é que manda compor uma partitura e os elementos de "acompanhamento" decorativo.

Elaborou um método, a *normative theory of movement*, onde, como Graham, fixa na bacia o ponto de partida do movimento, mas reivindica uma depuração do gesto para dissipar qualquer aparência de esforço violento ou de teatralização.

Merce Cunningham (nascido em 1919)

Historicamente, Merce Cunningham se inscreve na linhagem de Martha Graham, mas sua evolução levou-o ao sentido oposto das teorias dentro das quais foi formado. Não seria exagerado dizer que Cunningham é o novo mestre intelectual da jovem dança americana e que sua influência se fez sentir claramente na Europa.

Começou a estudar dança aos doze anos, mas como amador, ao mesmo tempo que prosseguia os estudos normais. Aos dezesseis anos, quer se tornar ator e entra na Cornishschool de Seattle, que ensina o conjunto de técnicas do palco. Nova orientação: sob a influência do compositor John Cage, que dá aulas na escola, dirige-se para a dança. Pouco depois, em 1939, conhece Martha Graham no Bennington College. Ela o contrata e logo lhe confia papéis de solista. Ficará com ela até 1945.

Ao mesmo tempo, esboça uma evolução original. Em 1942, no Bennington, apresenta um solo, *Totem Ancestor* (música de John Cage). A partir de 1943, compõe bastante e, juntamente com John Cage, faz turnês com recitais de música e dança. Em 1947, considera ter elaborado seu método o suficiente para abrir uma escola. Apenas em 1953 alcançará a formulação completa de seu estilo, numa série de representações em um teatro *off* da Broadway: *Solo Suite in space and time, Dime a dance, Untitled Solo, Fragments* estão de fato fora dos hábitos coreográficos, tanto pela sua finalidade quanto pela sua construção ou sua técnica de execução. Cunningham só consegue conquistar uma audiência depois de muito tempo; persiste, e, dez anos mais tarde, com a evolução das ideias, é reconhecido como o coreógrafo mais importante do momento. Entre as obras compostas durante sua "travessia do deserto", podemos citar *Galaxy*, 1955, *Suite for five in space and time,* 1956, *Summerspace,* 1958, *Gambit for dancers and orchestra,* 1959. Em 1964, faz sua primeira turnê mundial. Na França, onde se apresenta em Paris e na Fundação Maeght de Saint-Paul-de-Vence, poucos o apreciam. Também nos Estados Unidos, o sucesso só acontecerá realmente em 1968, quando seu grupo, a Merce Cunningham Dance Company, é oficializado como companhia residente na Brooklin Academy of Music. Este êxito irá confirmá-lo – e talvez fixá-lo – no gênero que encontrou. Seu renome se estende ao exterior, principalmente à França, onde apresentou em 1970, no Théâtre de France, *Signals,* e, em 1973, na Ópera, *Um dia ou dois.* A partir de 1974, Cunningham se exprime por uma obra que parece uma sequência de variações a partir de um único tema, o acaso, *Events,* que se contenta em designar por números. São sequências cujo conteúdo pode variar de uma representação para outra e que são concebidas para serem dançadas em qualquer lugar, campos de esporte, ginásios, salas de reuniões e até palcos de teatro.

Para Cunningham, a dança se torna aparentemente um movimento natural, sem finalidade específica, o menos estilizado possível.

Cunningham tenta cuidadosamente não construir encadeamentos lógicos; se, por acaso, encontra algum, quer logo rompê-lo e partir numa outra direção, após um curto espaço de tempo. Não há assunto nem mesmo uma vaga intenção em suas coreografias: trata-se de explorar os elementos fornecidos pelo acaso, que não resultam em nada de coordenado. Um *Event* não tem construção ou sentido lógico; pode evocar tanto o universo robotizado, uma viagem a um mundo interplanetário sem peso, num tempo de valor variável, quanto um jogo puro e simples de movimentos gratuitos e que se bastam. Traz propostas alusivas. Cabe aos espectadores reagirem, cada um à sua maneira, preenchendo o quadro que lhes é oferecido em todas as dimensões.

Daí uma concepção muito pessoal do balé: o conjunto de *Events*, assim como cada um deles, é uma série de sequências não coordenadas. A arquitetura de cada sequência é uma sucessão de acentos fortes e fracos, comparáveis à métrica antiga, no sentido de que a alternância de acentos é, ao menos em princípio, aleatória. No entanto, é curioso reconhecer em Cunningham uma espécie de tempo instintivo, frequentemente próximo do verso grego lírico ou trágico.

Pelo fato de impor esta métrica aos dançarinos, Cunningham, de resto, contenta-se em indicar as direções de deslocamento, os tempos de parada, que podem variar em cada ensaio (ou melhor, em cada preparação), em cada apresentação da obra. Um *Event* é a utilização do acaso preparado.

A música tem as mesmas características – mais do

que música, poderíamos dizer acompanhamento sonoro. O compositor musical faz sua obra independentemente do compositor coreográfico; o que haverá somente, de início, é a sensação de um clima comum. A matéria musical é, ela própria, um dom do acaso; pode ir da música instrumental – o piano de John Cage – à música eletrônica, à utilização de barulhos naturais, por exemplo, os de um galinheiro e cantos de pássaro, um trem andando em alguns trechos de *Um dia ou dois*.

Ao rejeitar o contexto e até a noção de obra dramática, impostas a seus antecessores, Cunningham abriu os caminhos da liberdade aos jovens coreógrafos. Deu origem a duas tendências atuais da dança americana: a *nouvelle danse* e os *post modern*.

Paul Taylor (nascido em 1930)

Antigo estudante de pintura da universidade de Siracusa – o que explica sua familiaridade com Rauschenberg e Jasper Jones, que utiliza como cenógrafos-figurinistas –, ex-campeão de natação, donde seu físico e o gosto por um certo atletismo na dança, Paul Taylor é um discípulo do Cunningham do primeiro período. No início de sua carreira, trabalhou, de fato, um ano com a companhia de Merce Cunningham. Abandonou-a pela de Martha Graham, onde foi solista até 1961, ao mesmo tempo que trabalhava em suas próprias composições com um grupo de dançarinos, a Paul Taylor Dance Company, cuja atividade começa a ser notada principalmente a partir de 1964 e onde ele próprio dançou os papéis principais até 1975.

Sua obra é muito variada, lírica com *Auréola*, 1962, *Dueto*, 1964, *Lento*, 1966, humorística com *Three Epi-*

taphs, 1956, *the Book of beasts,* 1971, *Noah's Minstrels,* 1973, e sobretudo *Scudorama,* um fervilhar piedoso e comovente de larvas humanas, musicado por Rauschenberg, que fez sucesso em sua estreia em Paris. Todos estes balés são marcados pela intervenção do acaso, aprendida de Cunnigham; mas o gosto pela teatralidade separa-o do último, assim como o emprego de um *leitmotiv* cenográfico que herdou de Martha Graham.

Twyla Tharp (nascida em 1940)

A representante mais característica da *nouvelle danse* é Twyla Tharp, uma antiga bailarina do grupo de Paul Taylor. Como Cunningham, gosta de apresentar suas danças em locais pouco comuns; assim, quando foi pela primeira vez a Paris, em 1971, preferiu dançar suas *Six Pieces* não no palco, mas na galeria do teatro da Cidade Universitária, ao mesmo nível e em meio ao público. Busca composições formadas por sequências muito elaboradas, mas que podem se sobrepor umas às outras, suceder-se em encadeamentos não obrigatórios: uma dança "aleatória", que responde com exatidão à concepção de música "aleatória", em que a ordem dos fragmentos escritos pode variar em sua sucessão e sua justaposição; pode-se encontrar uma atitude parecida nos pintores expressionistas abstratos; simultaneamente liberdade de reunião das partes entre si e rigor em cada uma delas.

Os "post modern"

A consequência máxima deste apelo ao acaso é atingida pela *post modern,* a escola mais jovem da dança americana. Recusam gestos compostos intelectualmente; voltam aos elementos brutos do movimento: girar, no lugar ou não, andar, correr, saltar em eixos repetitivos. Assim, Andrew de Groat – que fez muitas coreografias para as óperas de Robert Wilson – é um adepto do *spinning*, giro sobre si mesmo, por várias dezenas de minutos, com posições de braço diversas. O estado de despersonalização obtido – e talvez transmitido ao espectador – é para ele a justificação deste movimento, que exclui qualquer pesquisa estética. Chega a fugir da beleza formal, empregando participantes cujos corpos absolutamente não são de dançarino. Não podemos deixar de observar que esta técnica é a mesma que encontramos nas origens da dança.

Lucinda Childs também utiliza a técnica do giro, mas inscrevendo-o em linhas geométricas: giros em eixos, nas diagonais, em forma de 8. Douglas Dunn combina giros com pesquisas de equilíbrio estático, em movimento, em vários níveis do espaço, no chão, agachado ou de pé.

Para estes inovadores, trata-se de provocar nos executantes estados psicossomáticos – que podem atingir o espectador – que os arranquem às noções restritivas da vida cotidiana. Isto implica naturalmente a participação voluntária do público a seu condicionamento mental. É o retorno à dança bruta. Esta tendência pode ser encontrada, mais ou menos marcada, em todos os dançarinos americanos, de qualquer formação. Todos procuram, sem saber designá-lo, o estado dionisíaco. Assim, o círculo se fecha e a dança volta a seu papel primitivo de transe sagrado.

Lester Horton (1906-1953)

É difícil classificar Lester Horton em uma escola precisa. De fato, assimilou as experiências de Martha Graham e as de Mary Wigman, assim como diversas técnicas de teatro e dança, para elaborar um sistema original.

Com efeito, sua principal paixão é a etnologia, que pratica não como pesquisador erudito, mas como observador sensível e preocupado em trazer ao palco a cultura dos índios.

Desde os vinte anos, criava coreografias inspiradas nas danças indígenas. Com sua companhia, fundada em 1930, prossegue neste caminho: *Kootenai War Dance*, 1932, *Aztec Ballet*, 1934, *Totem Incantation*, 1938, marcam esta continuidade. Mas, por volta do final de sua vida, compõe obras de arte pura, como *the Beloved*, 1948, e *Another Touch of Klee*, 1951, dedicada ao pintor alemão.

Criou para o teatro várias obras, *Salome, Lysistrata*, 1936, *Prado de Pena*, 1952, uma adaptação do poema *Yerma* de Lorca.

Chama a nossa atenção por ter encontrado uma nova técnica: baseando-se na anatomia, trabalha cada parte do corpo, a começar pelos pés na posição ereta – o que chama o *deep floor vocabulary* (o vocabulário do andar profundo) –, de forma a obter uma "ligação" muito sutil entre os movimentos. Era, para o etnólogo que nunca deixou de ser, uma forma de voltar às raízes profundas do movimento.

Ao contrário das tendências de sua época, associa intimamente dança e música, a primeira ditada muitas vezes pelo outra e pelo meio cênico.

A herdeira desta técnica é Bella Lewitzky (1915), cujas aulas são em geral mais apreciadas do que sua obra coreográfica. Ela era a intérprete favorita de Horton desde 1934.

Alvin Ailey (nascido em 1931)

Filho de um fazendeiro texano, Alvin Ailey estudou línguas romanas até os vinte anos. Começou a dançar após ter descoberto a dança num espetáculo do grupo negro "folclórico" de Katherin Dunham. Trabalhou com todos os estilos, o de Doris Humphrey, o de Graham, o de Wigman, assim como os dos acadêmicos. Lester Horton exerceu uma profunda influência sobre ele; estudou com Horton e dançou em sua Companhia. Mas também encontramos Ailey em espetáculos de sucesso da Broadway, onde foi parceiro principalmente do cantor Harry Belafonte (*Man singing*, 1956).

É negro com orgulho e verdade. Os primeiros balés que montou para a sua companhia, fundada em 1958 exclusivamente com dançarinos negros, *Blues Suite* e *Revelations,* 1960, uma montagem de *spirituals,* são inspirados pelo folclore de sua raça.

Seu estilo caracteriza-se então por um expressionismo vigoroso, que multiplica os efeitos cênicos em todos os sentidos e que obtém de seus dançarinos uma execução de uma sinceridade assombrosa.

É menos bem-sucedido quando compõe para outras companhias; emprega então um estilo que se encaixaria em qualquer linha. Da mesma forma, sua companhia é bem menos interessante quando lhe é confiada a interpretação de obras de outros coreógrafos.

Capítulo 10

A *escola germânica e sua linhagem americana*

Dois legisladores – Mary Wigman – A fusão germano-americana

O iniciador: Émile Jaques-Dalcroze (1865-1950)

Músico e pedagogo suíço, Émile Jaques-Dalcroze interessa à história da coreografia porque descobriu uma nova abordagem do movimento, a rítmica.

Pianista, regente ocasional, professor do Conservatório de Genebra, constata que uma educação corporal pode ajudar na iniciação musical. Para ele, o corpo é o ponto de passagem obrigatório entre pensamento e música: o pensamento só pode captar o ritmo se ele for ditado pelo movimento. É o seu primeiro passo.

Ao analisar o movimento em função do senso rítmico, encontra os princípios descobertos pela Denishawn: tensão-relaxamento, contração-descontração. Vai mais longe em sua análise e observa que a economia de forças musculares não afeta o processo mental, mas suprime os movimentos parasitas e torna o gesto mais eficaz e significante.

Cria, então, uma educação psicomotora com base na repetição de ritmos, criadora de reflexos, na progressão da complexidade e da sobreposição de ritmos, na decifração corporal, na sucessão do movimento: a música suscita no cérebro uma imagem que, por sua vez, impulsiona o movimento, que se torna expressivo caso a música tenha sido captada corretamente. As consequências pedagógicas são o desenvolvimento do sentido musical em todo o ser – sensibilidade, inteligência, corpo –, que fornece uma ordem interior que, por sua vez, comanda o equilíbrio psíquico. O método consiste em educar o aluno fazendo-lhe praticar um solfejo corporal cada vez mais complexo, com movimentos tão claros e econômicos quanto possível. Dalcroze não pretendia aplicar estes princípios à dança; mas é certo que podem ser utilizados com proveito para a educação musical do dançarino.

Este músico queria que a dança fosse o produto da música: "Não basta que a plástica viva se sobreponha à música. Ela deve jorrar como um crescimento espontâneo, adotar com flexibilidade as formas exteriores, adaptar seu estilo ao destas formas, traduzindo todas as suas nuanças emotivas" (*le Rythme, la Musique et l'Éducation*, Paris, 1920). E em outra parte: "O gesto em si mesmo nada é, todo o seu valor está no sentimento que o anima, e a dança mais rica em combinações técnicas de atitudes corporais nunca deixará de ser apenas um divertimento sem valor nem alcance, se seu objetivo não for pintar em movimentos as emoções humanas". Acreditaríamos estar lendo Noverre.

Em 1910, Jaques-Dalcroze abre um instituto em Hellerau. Diaghilev descobre-o em 1913 e pede-lhe um assistente para analisar para a sua companhia os ritmos da *Sagração da primavera*, que está sendo montada; a assistente será Miriam Rambert (nome original de Marie Rambert, fundadora do célebre balé inglês). Ela orientará Nijinsky, cujas coreografias serão inspiradas pelo método dalcroziano, mais ou menos assimilado, segundo Diaghilev.

O método de Jaques-Dalcroze fez grande sucesso na Europa: a London School of Dalcroze Eurythmics é fundada em 1913. Haverá uma tentativa de aplicá-lo à Ópera de Paris por parte de Jacques Rouché, de 1920 a 1925, que se chocará com a oposição de uma parte do corpo de baile.

O dalcrozismo brilhará sobretudo na Alemanha, graças a Mary Wigman, que havia vindo estudar em Hellerau, e nos Estados Unidos, por intermédio de Hanya Holm.

O mérito de Dalcroze foi descobrir uma pedagogia do gesto; seu aluno transformará, mesmo traindo-a, o que era análise pragmática em poesia e dramaturgia do movimento.

Um teórico completo: Rudolf von Laban (1879-1958)

Filho de um oficial, Rudolf von Laban desistiu do exército para estudar durante sete anos na escola de Belas-Artes de Paris. Lá descobre sua verdadeira vocação, que é o espetáculo, sobretudo o espetáculo dançado. Acaba montando uma revista com dançarinos no Moulin-Rouge.

Durante a Primeira Guerra Mundial, Laban se fixa na Suíça, onde abre uma escola de arte do movimento, ao mesmo tempo que começa a elaborar um método de notação da dança. Mary Wigman é sua aluna, depois sua assistente. Em muitos pontos da Europa serão abertas "escolas Laban"; cada uma delas compreende um grupo de aplicação que executa espécies de "sinfonia de gestos" com várias partes que o próprio Laban compõe e cuja "partitura", escrita segundo o seu método, lhes é enviada.

A "labanotação" está pronta em 1926, data da publicação da *Scriftanz*. O método é aplicado em larga escala na Alemanha, onde o nacional-socialismo nascente organiza sistematicamente manifestações de massa. Laban será o responsável pela evolução de dois mil participantes em Viena e quinhentos em Mannheim. Em 1936, sete anos mais tarde, por ocasião dos Jogos Olímpicos em Berlim, mil ginastas executam movimentos rítmicos de conjunto sem ensaio geral: cada grupo havia estudado isoladamente a "partitura" que Laban havia enviado. Mas não se dá bem com o regime de Hitler; colocado sob residência vigiada, foge para Paris e depois, em 1938, para Londres, onde se estabelece. Em 1941, funda na capital inglesa um centro de *Modern Educational Dance.*

Seu método é utilizado para a organização do trabalho, como reforço ao taylorismo, o que o leva a completá-lo: seu livro, *Effort*, 1947, aplica-se mais à notação dos gestos do trabalho manual.

No ano seguinte publica *Modern Educational Dance* e, em 1950, *the Mastery of movement on the stage*, completado em 1954 por *Principles of dance and Movement Notation*, onde são encontradas noções que ultrapassam a simples notação para tratar dos problemas de estética da dança.

Os princípios básicos da "labanotação" são simples e claros: dividir o espaço em três níveis (vertical, horizontal e axial) sobre os quais se inscrevem doze direções de movimentos. Em resumo, uma esfera com pontos de tangência: um icosaedro. A dificuldade começa – mas é rapidamente superada pelo treinamento – quando é necessário transcrever os movimentos não somente situando-os no espaço, mas também indicando sua intensidade. O método Laban continua a ser o mais preciso, o que melhor permite conservar as coreografias em seu estado original. O método Benesch, inventado a seguir, é mais fácil de manejar, ou, ao menos, de abordar, mas não chega a ter a precisão do de Laban.

Os estudos cinéticos de Laban abrem-se para uma teoria geral do movimento, que é a da *modern dance:* seus movimentos "centrífugos" e "centrípetos", seu movimento "contínuo em forma de 8", a noção de dinamismo captada pela tomada de consciência do peso são uma formulação metódica dos princípios utilizados por Humphrey e Graham. Para Laban, como diz de forma excelente Roger Garaudy (*Danser sa vie*), "o ritmo, por si mesmo, é uma linguagem particular que pode veicular um significado sem recorrer às palavras".

Para Laban, a dança é o meio de dizer o indizível, da mesma forma que a característica da poesia é ultrapassar o sentido estrito das palavras. Acredita que a dança seja um meio de introspecção profunda: revela ao homem suas tendências fundamentais; a partir deste ponto, projeta-o para o futuro, fazendo-o pressentir sua personalidade virtual, que poderia realizar indo até o fim de suas pulsões.

Também para Laban, a dança é transcendência do homem.

Mary Wigman (1886-1973)

Não é possível compreender Mary Wigman, a fundadora da escola alemã, no mesmo plano que Humphrey e Graham para a escola americana, sem inseri-la em seu tempo e sua raça.

Sua chegada aos trinta anos é marcada pelo advento da Primeira Guerra Mundial que, com seus quase dez milhões de mortos em quatro anos, é um dos piores cataclismas que atingiram a humanidade. Sentirá esta tragédia fisicamente, e também o desespero e a miséria que a acompanham. Assistirá à ascensão do nazismo, sua intolerância brutal, sua loucura assassina de grandeza, seu desprezo pelo ser humano; tudo isso acabará nos horrores de uma longa guerra e da tomada de Berlim, quando Mary Wigman estará perto da velhice.

Wigman é essencialmente germânica. Como para os românticos alemães, a presença da morte é, para ela, um fato real: a vida parece-lhe um esmagamento entre o peso de dois nadas. Os dois polos de sua arte: o desespero e a revolta.

Sua visão trágica de uma existência efêmera é mostrada por um expressionismo violento que é uma constante, aliás, da arte germânica desde Grünewald, Holbein, Dürer até o movimento do Blaue Reiter, o cinema do pós-guerra (o *Metrópolis*, de Fritz Lang, é de 1930), o teatro da mesma década (o *Hoppla vir Leben*, 1927, de Toller, e o início de Brecht), a pintura de Macke e de Nolde, com quem mantém relações íntimas.

Uma obra trágica

Nascida em uma família de comerciantes, Mary Wigman apaixona-se a princípio pela literatura e depois estuda canto e música. Aos vinte e quatro anos, sem ter ainda uma vocação exclusiva de dançarina, vai à escola de Hellerau, mas não se satisfaz: a inspiração do movimento lhe parece abafada pela pedagogia dalcroziana. Seu encontro com o pintor Nolde será determinante: ele a ensina a descobrir a essência, levando a representação das aparências até o exagero. Sob sua inspiração, ela estabelecerá o emprego de máscaras para libertar o próprio dançarino e conferir-lhe uma dimensão impessoal.

A seguir, frequenta a escola de Laban, no momento em Ascona, na Suíça. Ficará com ele de 1913 a 1919. Concordam profundamente não a respeito das teorias cinéticas do mestre, cuja vontade de clareza intelectual nada tem a ver com o temperamento da dançarina, mas a respeito do sentido profundo da dança: a revelação de tudo o que jaz escondido no homem.

Em 1913, compõe sua primeira grande coreografia, *Hexentanz* (A dança da feiticeira), que tem tanta importância para ela que a reformulará várias vezes. Em 1917, esboça uma primeira versão de sua *Totentanz* (Dança dos mortos). Após a guerra, ela divulgará sua arte pela Alemanha, sendo por vezes vaiada, frequentemente aclamada, principalmente em Hamburgo. Por ocasião de uma exposição, descobre a arte oriental e indonésia, cuja contribuição musical integrará em sua obra. Instala-se definitivamente em Dresden, onde abre sua escola e forma seus melhores discípulos, entre os quais Hanya Holm.

Sua companhia agora brilha na Alemanha, e o congresso de dança em Essen, em 1928, consagra seu balé *die Feier* (A festa). 1930 é o ano da composição de outra obra-chave, *das Totenmal* (O monumento aos mortos).

Vai várias vezes aos Estados Unidos entre 1931 e 1933; lá apresenta *das Opfer* (O sacrifício). Sua importância logo é reconhecida; participa dos encontros no

Bennington College e abre uma escola em Nova York que será dirigida por Hanya Holm.

A liberdade individual que a estética de Wigman supõe não pode convir aos nazistas, que fecham sua escola de Dresden em 1940, qualificando-a de "centro de arte degenerada". No entanto, ela opta por ficar em seu país; cessa suas atividades de dançarina e dá aulas na Academia de Música de Leipzig. Voltará a abrir sua escola em Berlim no final da guerra, no setor ocidental, retomando suas atividades de coreógrafa. Mas seus temas terão se tornado mais objetivos, mais tranquilos, a partir de grandes partituras clássicas. *Saul*, 1954, a partir da música de Haendel, *Catulli carmina* e *Carmina burana*, 1955, com música de Carl Orff, *A sagração da primavera*, 1957, de Stravinsky, a *Alceste*, de Gluck, em 1958; compõe as danças de uma reapresentação de *Orfeu e Eurídice*, de Gluck.

Escreveu um livro que revela a chave de sua obra, *die Spräche des Tanzes*, 1963, traduzido para o inglês em 1966 sob o título *the Language of dance*.

Dionísio germânico

O destino trágico do homem e da humanidade é o tema das grandes composições de Wigman. Não busca no assunto o brilho e a leveza, mas, ao contrário, a concentração, o poder da expressão. Sua atitude característica no palco é o contato íntimo com o chão até a reptação: esmagamento ou retomada de contato com a terra mãe. Quando de pé, a cabeça e os ombros tombam, o que, desde Delsarte, denota a expressão do terror, da solidão. Se ergue os braços, não é com o objetivo de se abrir para acolher de braços abertos, mas para se opor, para lutar. Ela, de certa forma, se escora contra as forças que se opõem à vida para se tornar responsável pela evolução da humanidade, que leva do caos primitivo à vida espiritual. Para ela, a arte é a "manifestação extática da existência".

Formar o dançarino é, portanto, torná-lo consciente dos impulsos obscuros que estão dentro dele. Nada de sistemas preestabelecidos, menos ainda adestramento corporal. É preciso se pôr à escuta de si mesmo, onde se pode ouvir a repercussão do eco do mundo. Então os vislumbres de conhecimento que começam a brotar exprimem-se por esboços de gestos que contribuem para a conscientização das pulsões internas. Ao final de um longo caminho, o artista conseguirá, ao mesmo tempo, conhecer suas forças criadoras e adquirir os meios corporais para exprimi-las. Wigman quer abandonar a dança à impulsão mais profunda, à *ubris* dionisíaca.

No plano técnico, Mary Wigman, assim como a escola americana, faz com que o movimento parta do tronco. Trabalha então prioritariamente o torso e a bacia para obter pouco a pouco a mobilização do corpo inteiro, se quisermos, uma ondulação oriental, mas, com maior probabilidade, uma preparação ao transe que comanda a atitude ora escorregada em contato com o chão, ora projetada e vibrante no espaço.

Para ela, a música é o meio indispensável de uma união indissociável entre o ritmo corporal e o ritmo mental – como em Dalcroze. Mas, em nenhum caso, o ritmo sonoro deve comandar o ritmo mental. Exceto na última parte de sua vida, Wigman desconfia da música preexistente; a princípio, dança sem música; na *Hexentanz*, o ritmo é marcado apenas pelo bater dos pés no chão. Mais tarde ela preferirá instrumentos de percussão, gostando particularmente do gamelão.

Mary Wigman contribuiu para dar um sentido trágico e quase divinatório à dança, para liberar o dançarino do vocabulário corporal, atribuindo-lhe total responsabilidade sobre a expressão. Essas tendências profundas podem ser encontradas em Alwin Nikolais, que muito se refere a ela, e nas herdeiras de Nikolais, Susan Buirge e Carolyn Carlson. Um destino surpreendente para uma coreógrafa tipicamente germânica, cuja sucessão mais direta está nos Estados Unidos.

Kurt Jooss (1901-1979)

Após os estudos secundários, Kurt Jooss empreende uma carreira musical no Conservatório de Stuttgart e ao mesmo tempo se inicia no teatro. Mas um encontro com Rudolf von Laban é decisivo: sua paixão se voltará para a dança.

Tenta abrir uma "escola rural das artes do espetáculo" nos domínios de seu pai. Fracasso. Volta a estudar com Laban. Sua formação é, portanto, tripla: música, teatro, dança. Quando se torna regente no teatro de Münster, lá constitui seu primeiro grupo de dança, o Neue Tanzbühne, para o qual compõe sua primeira coreografia, *Ein persische Märchen* (Um conto persa). Inicia-se na técnica acadêmica e vai se fixar em Essen, onde abre uma escola, a Folkwang, e forma um grupo coreográfico. Torna-se mestre de balé na Ópera, onde integra seu grupo.

A celebridade chega em 1932: recebe o primeiro prêmio do concurso dos "Arquivos da dança", de Rolf de Maré, com *A mesa verde,* que continua a ser sua obra-prima e ainda é muito representada.

Com o advento do nazismo, refugia-se na Inglaterra e instala uma escola perto de Cambridge, onde dá aulas de dança e de todas as artes cênicas. Em 1949, volta a Essen e abre novamente sua Folkwang, que dirige até sua morte.

Se *A mesa verde* bastou para torná-lo célebre, Jooss compôs ainda inúmeros balés durante suas atividades, entre os quais os mais conhecidos são *Weg im Nebel* (Caminho na bruma) e *Nachtzug* (Viagem noturna), de 1952. Mais recentemente, criou coreografias a partir de partituras antigas, *die Feien Königin* (A rainha das fadas), de Purcell, *Castor e Pollux,* de Rameau, 1962, *Didon und Aeneas,* de Purcell, 1966, *la Ripresentazione di anima e di corpo,* oratório de Cavalieri, 1968.

Jooss associou intimamente a dança ao teatro, mais particularmente à mímica, desde *A mesa verde.* Como para os americanos e para Wigman, a emoção profunda deve modular os movimentos do corpo. Quer que estes movimentos – aqui encontramos uma ideia de Dalcroze – sejam reduzidos aos mais característicos. Donde um estilo entrecortado por uma sucessão de imagens fortes, mas vivo e colorido, que chama de "essencialismo".

Alwin Nikolais (nascido em 1912)

Por que caminhos este folgazão de Connecticut, exuberante, expressionista até nos gestos da vida cotidiana, tornou-se um mágico surpreendente, que desintegra os corpos de seus dançarinos em sortilégios de luz e na estranheza de seus trajes?

Após seus estudos secundários, Nikolais torna-se músico e tem um modesto emprego de pianista acompanhante de filmes mudos. Não podemos deixar de encontrar as origens de sua genialidade na utilização da luz como elemento primordial do espetáculo em seu contato precoce com a imagem em movimento.

Outra experiência determinante: seu encontro com Mary Wigman em 1933, durante a última turnê da alemã aos Estados Unidos. Estuda dança, enquanto, para garantir sua subsistência, dirige um teatro de marionetes. E é necessário reconhecer que impõe a seus dançarinos, a maioria das vezes, movimentos de bonecos impessoais, comandados por um manipulador invisível.

Rapidamente constitui um grupo de dança; em 1939, compõe *Eye Column Line*, que marca o início de seu estilo. Depura-o com o decorrer dos anos de ensino na Universidade de Hartford, onde elabora também sua própria notação do movimento, a *choroscript*.

Após ter lutado na campanha da França, volta à escola, com Hanya Holm. Logo abandona os palcos para se dedicar ao ensino e à pesquisa coreográfica. Após ter dirigido vários centros, entre os quais a Play House em Nova York, que conta com quase setecentos alunos, funda sua companhia; na sua primeira geração de dançarinos figurará Murray Louis e, na segunda, Susan Buirge e Carolyn Carlson. É a época das grandes composições, quando atinge seu estilo definitivo: *Maks, Props and Mobils*, 1953, e principalmente *Kaleidoscope*, 1956. Nelas, os corpos dos dançarinos perdem completamente seu aspecto humano através do emprego de acessórios que prolongam seus braços como antenas, de vestimentas em tecido elástico que transformam-nos em volumes variáveis e, sobretudo, através do emprego da luz. Nikolais é um iluminador de uma virtuosidade assustadora: ora apenas uma parte do corpo do dançarino é visível, o que acentua o lado surrealista do espetáculo, ora as projeções de *slides* sobre o corpo dos dançarinos transformam-nos em seres fantasmagóricos, como em *Imago*, 1963, *Sanctum*, 1964, *Vaudeville of elements*, 1965 (uma sequência sai dos procedimentos normais de Nikolais: os dançarinos vestem *collants* simples, numa luz normal, e tentam construir uma irrisória torre de Babel), *Somniloquy*, 1967, *Echo*, 1969, *Foreplay*, 1972, *Triad*, 1976, para citar apenas as obras mais representadas. Um filme para a televisão mostra um repertório de todos os seus procedimentos – *Nick. An experience in sight and sound:* a festa do movimento num delírio de invenções eletrônicas, luminosas e sonoras.

Mas Nikolais é bem diferente de um prestidigitador, mesmo que genial; é um artista que pensa e sente. O humor está presente em todas as composições, um humor negro, por vezes macabro, frequentemente desesperado, que só escapa de si mesmo pelo jogo de linhas, cores e ruídos.

Homem de teatro completo, Nikolais utiliza a dança não pelo seu valor expressivo, mas como elemento móvel num universo irreal, onde a sensação reina com tal intensidade que por vezes faz nascer o sentimento.

Desde 1978, "Nick" é responsável pelo único centro oficial de coreografia contemporânea que existe na França. Instalado em Angers, reúne vinte e cinco bailarinos, selecionados em concursos, que estudam a composição e a técnica coreográficas sob a direção do velho mestre e principalmente de seus assistentes.

Murray Louis (nascido em 1926)

Após uma infância pobre e estudos medíocres, Murray Louis, filho de um padeiro do Brooklyn, se lança no mundo dos espetáculos como especialista em sapateado, sem nunca ter aprendido a dançar. Somente quando termina seu serviço militar em 1946, torna-se aluno de Hanya Holm no Colorado College. Lá conhece Nikolais, com quem colabora a partir de 1949.

Suas primeiras coreografias, a partir de 1953, são muito elaboradas e já se distingue de seu mestre, atribuindo ao corpo do dançarino seu valor expressivo. Após tentativas no estilo abstrato – *Facets*, 1962, *Landscapes*, 1964, *Continuum*, 1971 –, mostra sua verdadeira personalidade com *Personnae*, 1971, e sobretudo *Hoopla*, 1972, consagrada, a partir de uma música tradicional, às pessoas de circo, sendo a personagem principal um palhaço fascinante, que oscila entre a tristeza e o humor.

Louis retorna, portanto, ao expressionismo, para o qual cria um estilo claro, exigente, influenciado pela mímica.

Susan Buirge (nascida em 1940)

Após ter estudado direito, Susan Buirge chega à Juilliard School – por pouco tempo – e à Play House, com formação do departamento de dança do Connecticut College, e dança durante dez anos como solista de Nikolais. Estabeleceu-se na França em 1970. Sua influência tornou-se importante tanto no plano pedagógico – muitos dos jovens coreógrafos modernos que trabalham na França acompanharam seus cursos de improvisação – quanto no da pesquisa coreográfica que faz com seu próprio grupo.

Sua primeira coreografia para a televisão americana, *Televanila*, era muito influenciada pelos procedimentos de Nikolais. Acredita que só se libertou do mestre recentemente, conservando de seus ensinamentos uma fluidez corporal excepcional.

Em Buirge, a dança volta a se tornar o resultado apenas do movimento interior: é menos o sentimento que o espírito, criando imagens – força, que lhe dita movimentos reduzidos voluntariamente ao mínimo e que passam a ter um significado profundo. Uma das suas mais recentes criações, um solo, *From West to East* (Rumo à luz), 1976, marca as etapas rumo à Iluminação por um simples andar pela linha mediana do espaço cênico, lenta como a resposta a um apelo indistinto, tensa como um arrancar-se a si mesmo. *Empreintes*, 1977, mostra-a fervorosamente atenta às pulsões profundas e, ao mesmo tempo, ao rigor da arquitetura do balé.

Assim, sua dança encontra um novo caminho, o de uma litotes rigorosa que só exprime, ou melhor, só sugere o essencial: a busca de uma verdade, de uma descoberta de si, de uma felicidade fundamental.

Carolyn Carlson (nascida em 1943)

Carolyn Carlson sucedera Susan Buirge como solista na companhia de Nikolais. Como Susan Buirge, acha que o objetivo da dança é a descoberta de um caminho interior. Estabeleceu-se na França em 1972, onde começa a ser conhecida no Festival de Avignon, quando da apresentação de seu balé *Ritual para um sonho morto* (com a companhia de Anne Béranger).

Mas garante sua carreira com seu solo *Densidade 21,5*, 1973, a partir de uma partitura de Varèse, que lhe vale um triunfo na Ópera. Contratada como estrela-coreógrafa, é animadora, à margem da atividade tradicional da casa, de um pequeno grupo, o Grupo de Pesquisa Teatral da Ópera de Paris.

Após um balé onírico, *X Land*, 1975, cujo tema é a procura de um outro mundo próximo e misterioso, ela chega a uma forma de dança mais teatralizada, que comporta um certo número de procedimentos que se tornaram moda a partir das óperas de Robert Wilson. *Wind, water, sand* retomava, sob esta nova forma, o tema de *X Land*. Um díptico, *O ouro dos loucos* e *Os loucos do ouro*, mostra o emprego de um novo meio de desenvolvimento: retomar um mesmo assunto – na medida em que se pode falar de um assunto, já que Carlson jamais se submete a uma construção rigorosa – em muitos balés distintos. Em 1977, desenvolveu um conjunto a partir deste esquema, *This, That, the Other* (aumentado depois por *the End* e *the Beginning*), ligado por temas de vestimentas, cenográficos e coreográficos. *Cypher*, 1978, é um solo, onde ela encarna as múltiplas experiências de várias mulheres que se dirigem para uma Iluminação e uma felicidade que transcende a condição humana. Aqui, o acessório teatral é reduzido ao estritamente necessário. Esta obra marca uma nítida evolução da coreógrafa.

Criado em 1979, o balé *Writings on the Wall* é marcado pela introdução da técnica de vídeo, testada e que se tornou moda nos Estados Unidos a partir de 1975.

A técnica de Carolyn Carlson é caracterizada por uma excepcional fluidez do gesto, por longos impulsos cortados por diminuições do movimento repentinas, marcadas por um jogo sutil dos braços, muitas vezes numa posição no limite do desequilíbrio, o tronco curvado a trinta graus. Sua dança quer parecer rigorosamente anti-intelectual; não se deve procurar em sua obra um desenvolvimento lógico, nem uma exposição em seu discurso coreográfico, mas uma acumulação de sensações, de sentimentos contidos, que pouco a pouco elaboram um clima diferente do da vida cotidiana. O emprego de acessórios, que parecem fora desta busca – cadeiras, volumes –, parece ter para ela um valor mágico que não é evidente para o público.

Carolyn Carlson é uma coreógrafa que, na busca de si mesma, encontrou momentos de poesia secreta.

Quadro sinótico da dança moderna

A ESCOLA AMERICANA

Teórico: François Delsarte

Isadora Duncan

Saint-Denis-Shawn: Denishawnschool

- Humphrey-Weidman
  - Limon
    - Falco
- Graham
  - Hawkins
  - Cunningham
    - Taylor
    - Tharp

Fora da Denishawnschool: Horton

- Ailey
- Lewitzky

Post modern: De Groat-Childs-Dunn

A ESCOLA ALEMÃ

Teórico: Jaques-Dalcroze

- Laban
  - Wigman
    - Jooss
    - Nikolais
      - Louis
      - Buirge
      - Carlson

Capítulo 11

Dançar hoje

Maurice Béjart – Constatação do estado da dança na França

Após a guerra, nos anos 1945-1950, uma grande efervescência agita as artes do espetáculo na França. A finalidade do teatro é recolocada em questão por Camus, Sartre, Audiberti e Clavel. A "Cortina Cinza" dos autores-diretores-atores Louis Ducreux e André Roussin combate as facilidades do teatro de boulevard. Impõem-se novos modelos de expressão cênica. Madeleine Renaud e Jean-Louis Barrault, que abandonam a Comédie-Française, montam um *Hamlet* que indica a via da revolução. Jouvet apresenta um autor escandaloso, Jean Genet, com *As criadas*. Anos surpreendentemente ricos. Apenas em 1947, ano em que Jean Vilar organiza o primeiro festival de Avignon, contamos nove reprises ou criações inéditas; em 1948, doze. No final da década, aparecem Ionesco, com *A cantora careca*, e Adamov, com *A grande e a pequena manobra*. O teatro elabora então os mitos, os conceitos e também os procedimentos que inspirarão toda uma geração de homens que lidam com o espetáculo.

De fato, nasceu um novo público, recrutado numa camada mais populosa do que a da burguesia. Jean Vilar logo demonstrará isto ao assumir a direção do TNP (teatro nacional popular) em 1951.

A música também evolui rapidamente: Bartok e Webern acabam de morrer e de deixar uma herança determinante. Schönberg apresenta, em 1946, seu *Trio para cordas* e, em 1947, *O refugiado de Varsóvia*; Stravinsky escreve sua *Missa* e *Orfeu*. No ano seguinte, enquanto Elliott Carter (*Sonata para piano*) e John Cage (*Sonata* e *Interlúdios*) apresentam suas primeiras experiências, Dallapicola acaba seu *Prisioneiro*, Messian sua *Sinfonia Turangalila*, seu aluno, Pierre Boulez, a *Segunda sonata para piano* e o *Sol das águas*. Finalmente, Pierre Schaeffer realiza as primeiras tentativas de música eletrônica. Em poucos anos, a revolução dodecafônica, serial e atonal está ultrapassada, integrada; quase toda a música contemporânea começa a encontrar seus conteúdos e formas.

Mas e a dança?

Uma tentativa de evolução se esboça com Roland Petit e Janine Charrat. Mas é superficial. Os temas parecem renovados: a técnica é fundamentalmente a mesma. Por que esta fixidez? O teatro se havia renovado de acordo com o novo público. A dança não muda mais do que a classe onde recruta seus espectadores: uma pequena fração privilegiada pela fortuna e pela educação que encontra na arte coreográfica, cuja transformação não deseja, a imagem de um passado de que sente saudade. Apropria-se da dança, conservada em estado de divertimento elegante, refinado, aberto apenas aos "iniciados". O grande público é mantido afastado de uma arte que nada diz à sua sensibilidade. Para abordá-lo, seria preciso que ele tivesse acesso a um nível superior de cultura, fenômeno social que só será sentido no fim da década de 50, justamente quando se apagarão os tabus de classe.

Béjart será o beneficiário desta evolução sociocultural. Mas terá o mérito decisivo de tirar a dança do gueto dos "baletômanos" e impor uma arte que falará bem alto a um público maior.

Maurice Béjart: rumo ao "balé total"

Os anos de formação

Maurice Béjart nasceu em Marselha, a 1.º de janeiro de 1927. Seu pai, Gaston Berger – Béjart é o nome de sua mãe –, é um homem fora do comum. Industrial por necessidade, é atraído pela carreira universitária. Ele se graduará, a partir de um modesto bacharelado obtido aos trinta e cinco anos até um doutorado em filosofia em 1941, que lhe proporcionará uma cadeira na Faculdade de Letras de Aix.

A influência deste pai será considerável sobre o filho. Pensador não ligado a qualquer escola, Gaston Berger concebe o homem como parte de uma sociedade cujo movimento o arrasta, como podendo modificar o devir pela sua inteligência e vontade; é a "prospectiva". Para ele, o homem pensa e age não em função apenas da razão, mas de todo o seu ser, consciente ou não; daí a importância que atribui à caraterologia. Por esta linha de ideias, é sensível ao pensamento místico do Oriente, onde observa um método que permite ao homem dedicar-se completamente a parar de pensar segundo as restritivas noções de tempo e espaço, para não mais ser prisioneiro das aparências. São estes os temas que encontraremos por toda a obra de Béjart, e com bastante facilidade, pois este cuidou de dedicar alguns de seus balés, entre os quais alguns essenciais, a seu pai.

O jovem Béjart é um bom aluno na sua cidade natal. Já mostra o gosto pela comunicação através do espetáculo; organizava com seus colegas peças de sua autoria, que interpretava e sempre dirigia. Mas seu crescimento e as restrições devidas à guerra submeteram-no a provações; seu corpo apresenta problemas. O médico da família aconselha a dança como corretivo e treinamento físico. Béjart terá aulas com uma velha bailarina italiana, Gianocci, ex-estrela do Scala.

Assinalemos que, como muitos dançarinos americanos, aborda a dança num momento em que já se desenvolveu sua inteligência crítica; esta será para ele não uma educação corporal sofrida, mas uma formação tão sensível e intelectual quanto física. Bacharelado aos quinze anos e meio, um ano de Letras a pedido de seu pai, duas licenciaturas em filosofia – psicologia e estética – obtidas em um ano de faculdade, Béjart abandona a carreira universitária pela dança.

O início não é glorioso: um contrato como corifeu-figurante na Ópera de Marselha por um ano, uma temporada em Vichy. Vai a Paris, acompanha os cursos do velho Leo Staats e de Madame Egorova; ou seja, uma formação estritamente acadêmica de alto nível.

Para sobreviver, com dificuldade, faz algumas turnês. Em Rouen, em 1946, apresenta sua primeira coreografia, um início, *Petit Page*: uma série de encadeamentos muito convencionais.

Entra para os Balés de Paris, a segunda companhia fundada por Roland Petit. O contato não é dos melhores. Abandona-a no final da temporada. Depois, vem um ano de trabalho na Inglaterra com o International Ballet: o grupo percorre o país e apresenta-se muitas vezes em condições difíceis. "Foi então", diz Béjart, "que me tornei um verdadeiro bailarino profissional. Aprendi todo o repertório com Nicolas Sergueev, ex-diretor do teatro Marinsky. Posso dizer que conheço todos os grandes papéis da tradição russa." Ainda um ano de dança, desta vez na Suécia, na companhia de Birgit Cullberg, ligada à Ópera de Estocolmo. Faz sua segunda composição, um *pas de deux*, *l'Inconnu*, que será reapresentado em um filme, *O pássaro de fogo*. Monta também alguns *pas de deux* para a Ópera e uma coreografia para uma opereta, *Kiss me, Kate*.

Tem de voltar à França para cumprir suas obrigações militares.

Os anos de experiências

Em 1953, Béjart reúne sua primeira companhia, o Ballet de l'Étoile, a partir do nome do modesto teatro onde a apresenta. O programa é inteiramente composto por ele: *O sonho de uma noite de inverno*, uma sequência de *pas de deux* que ressuscita os apaixonados de Shakespeare; depois, com os mesmos trajes, o que representa uma apreciável economia, *As sete tentações de Puck*, onde um duende se diverte em misturar os parceiros. O grupo mal sobrevive com seu repertório acadêmico.

Em 1955, o choque decisivo: Béjart descobre a música concreta, graças a Pierre Schaeffer; é o seu verdadeiro universo sonoro, a revelação de uma nova estética e de uma nova técnica. Rompe imediatamente com o seu passado. Cria a *Sinfonia para um homem só*. A partir desta obra, dá início à sua carreira de coreógrafo: atribui a este trabalho no n.º 1 de opus. O tema já é "béjartiano": o homem diante das agressões do mundo exterior – mulheres, restrições sociais, maquinismo – só poderá fugir pelo alto, subindo pelas cordas que caem das abóbadas. A ruptura com a técnica acadêmica ainda não é completa: ainda encontramos passos de escola; Béjart assinalará uma ruptura brutal nas obras seguintes. A reforma dos trajes é mais radical: nada de tutus – "É uma roupa pornográfica, escreverá um pouco mais tarde, que prova como a noção de dança estava aviltada". A partir de então, emprega o *collant* – reduzido a *collant* para as pernas no caso dos dançarinos – ou, ainda melhor, os *jeans*.

Até esta época, havia sobrevivido com dificuldade; agora, será ainda mais difícil, pois este dançarino "moderno" não é compreendido. Principalmente Paris o ignora soberbamente, pelo menos o público restrito que afirma se interessar pela dança. Por este motivo, durante o período de 1955 a 1960, suas trinta e três criações serão apresentadas no interior da França ou em outros países: *Alta voltagem*, em Lyon, *Prometeu*, em Marselha, *le Teck*, em Essen, *Orfeu*, em Liège, *Arcano II*, na Exposição de Bruxelas. Este último marcará a virada de seu destino.

O triunfo da "Sagração"

Arcano havia sido notado por um homem de teatro, Maurice Huysman. Pouco depois, quando este assumiu a direção do teatro de la Monnaie de Bruxelas, sua primeira preocupação foi renovar o repertório e, assim, o público. Propôs a Béjart realizar o espetáculo de Natal. Será *A sagração da primavera*.

Para montar esta coreografia, Béjart só dispõe de sua companhia, que se tornara, a partir de 1957, o Ballet-Théâtre de Paris. Completa-a com alguns elementos locais, um grupo inglês em turnê pela Bélgica e alguns dançarinos isolados, entre os quais Molorad Miskovitch. Teve, portanto, de inventar uma linguagem coreográfica bastante simples e sem referências acadêmicas para poder ser compreendido por um grupo tão heterogêneo. A consequência: esta linguagem será também imediatamente captada pelo público. Foi necessário acentuar algumas noções fortes e simples para ligar o conjunto. Béjart rompe com o esquema folclórico imaginado pelo compositor, Igor Stravinsky: a celebração da primavera numa Rússia lendária com o sacrifício de uma virgem para as divindades da renovação. Prefere mostrar o despertar da humanidade à vida consciente e ao amor. As cenas iniciais, em que os homens descobrem o movimento, afrontam-se e partem para a conquista do mundo sob os raios de um novo sol, em grandes saltos ainda simiescos, o surgimento do gênio em um deles, a imagem final com a exaltação do eleito e da eleita, levados pelo amor para além da condição terrestre, garantiram à obra um sucesso imenso, generalizado. A partida estava ganha por Béjart e por Huysman, que pôde contratá-lo definitivamente e permitir-lhe que começasse, com seu *Ballet du XX siècle,* sua fulgurante carreira internacional.

Premiada no ano seguinte no teatro des Nations em *Paris, A sagração* fará com que a dança surja para uma nova camada de espectadores. Este balé marca o início de uma evolução coreográfica na Europa.

O bolero, a partir da música obstinada de Ravel, será concebido um ano depois, de acordo com a mesma estética simples e poderosa. A partir do ritmo obcecante da dança de uma mulher, que ondula o torso e os braços e bate os pés, o desejo dos homens sobe num crescendo do movimento para explodir na imagem final. Nada de mais brutalmente primitivo do que o tema, nada de mais refinado do que a realização. Béjart se encontrara.

Por uma dança total

Na considerável obra de Béjart – cerca de noventa coreografias, desde *A sagração da primavera* até 1977 –, podemos distinguir três tendências: o balé puro – consagrado essencialmente à ação dançada –, o balé místico – que é uma meditação sobre o destino do homem – e o espetáculo total.

Mas Béjart é por demais rico e por demais diverso para podermos enquadrá-lo numa classificação cômoda. Na verdade, alterna suas fontes. Da mesma forma que *Romeu e Julieta*, perfeito balé puro, contém uma afirmação vibrante da santidade do amor, *Nijinsky, palhaço de Deus*, que é a história de uma alma, num espetáculo total que recorre constantemente à encenação teatral, contém passagens de dança pura de grande beleza. A dança de Béjart é uma dança total, e será cada vez mais, à medida que ele avança no domínio de sua obra e de si mesmo.

A princípio, Béjart explorará vários caminhos. Tenta a ópera-balé com *Os sete pecados capitais*, depois o teatro dançado, dirigido a um público popular: leva através de toda a Bélgica, sob um capitel, um grande afresco lendário, *Os quatro filhos Aymon*. Depois provoca o barroco, ao compor, com a cumplicidade do pintor Salvador Dali, *Gala* e *O cavaleiro romano e a dama espanhola*: os "relógios moles" do pintor, as excentricidades propositais do coreógrafo, misturando-se de forma bizarra com a música de Scarlatti, são uma provocação deliberada. Mas é a época em que Béjart tem necessidade de se afirmar opondo-se à tradição, tanto pelos assuntos quanto pela encenação e pela própria técnica, que repudia ostensivamente o estilo acadêmico.

Outra provocação, a encenação dos *Contos de Hoffmann,* contra a qual reclamarão os herdeiros de Offenbach, que conseguirão proibi-la em Paris.

Muito mais importante é *A viagem,* 1962, que, inspirando-se no *Livro dos mortos* tibetano, evoca o eterno destino do homem, seus esforços para atingir a beatitude do repouso após a morte, num cenário de motocicletas penduradas no teto, símbolo voluntariamente chocante desta viagem mística.

Com *Noces,* Béjart arremata um procedimento que empregará com frequência: desdobra seus personagens. Aqui, dois casais se sobrepõem: o primeiro, em trajes de festa, apresenta o aspecto visível dos noivos; o segundo, vestido de branco, será a alma dos jovens; a partir do contraponto de gestos cerimoniais, narra os impulsos, a retenção, o pudor, a ternura. A obra, perfeitamente competente, mostra um Béjart que alcançou o equilíbrio, a ponto de, pela primeira vez desde *A sagração,* voltar à técnica acadêmica, integrando-a a seu estilo pessoal, um estilo a partir de agora ecumênico.

Sua primeira tentativa de teatro total, *A rainha verde,* apresentada em Paris em 1963, foi um fracasso: "Meu texto era impraticável", dirá pouco tempo depois. Na realidade, o público estava ainda menos preparado do que o autor para assimilar esta forma inédita de espetáculo, em que a poesia do corpo tinha tanta importância quanto a das palavras, talvez até mais.

Mas Béjart é um homem obstinadamente fiel a si mesmo; continua neste caminho com uma nova encenação, *A viúva alegre*: é uma denúncia vigorosa da hipocrisia, da cegueira, da injustiça da "Belle Époque", símbolo evidente de séculos de privilégios; a valsa evolui em seus turbilhões elegantes, tendo ao fundo fuzilarias proféticas. O público conservador considerou-a um escândalo.

Sempre o escândalo; desta vez na Ópera de Paris. Béjart monta *A danação de Fausto,* de Berlioz. Foi o equivalente, na dança contemporânea, à batalha de *Hernani* no teatro romântico: durante muito tempo após o final do espetáculo, grupos de espectadores ainda continuavam na sala, injuriando-se de um camarote a outro. Sete anos mais tarde, quando a obra foi reapresentada na Ópera, não desencadeou mais tantas paixões, pois o público renovara-se e estava mais receptivo, e porque a autoridade de Béjart tornara-se indiscutível.

Algumas imagens impõem-se nesta obra: o diálogo corpo e música entre a Margarida-cantora e sua cópia, a Margarida-dançarina, a cena final em que Fausto, fulminado, equilibrando-se de ponta-cabeça, parece um iogue maldito, enquanto Margarida se ergue sobre os degraus de um paraíso dourado. Mas o barroco também está presente com a tropa de soldados que parte para a guerra, com capacetes de motociclistas na cabeça, ou na cavalgada de dois cavalos imensos, em folhas de bronze, sobre patins, que levarão Fausto e Mefisto pelo mundo. Apesar de *A danação* mostrar um Béjart que dominava sua arte com soberania, provou que era preciso criar um novo público para ele.

Béjart iria encontrá-lo principalmente graças ao Festival de Avignon, onde se apresentou pela primeira vez em 1966: um grande público popular que se entusiasma com um programa bem difícil – *A arte da barra*, um quadro do academismo, sustentado por uma construção engenhosa, em contraponto, de movimentos clássicos; *Cisnes*, uma alegoria mística inspirada pela Índia; um *pas de deux*, *Erotica*, onde sensualidade e espiritualidade se completam. O público será, todavia, desorientado por *Variações para uma porta e um suspiro*, a partir da música concreta de Pierre Henry, que é sentida como uma gozação.

Obterá um triunfo universal e incrível em 1967, com uma obra de ainda mais difícil acesso na maioria de suas sequências, *Missa para o tempo presente*, vasta liturgia em que se misturam a meditação budista sobre a morte física, o rito do nô sobre a aquisição do silêncio interior e a exultação do *Cântico dos cânticos*, que celebra a união no amor. Ao lado destas sequências, outras, de efeito mais imediato, como o famoso *jerk*, que simboliza a embriaguez dionisíaca.

A experiência será ainda mais decisiva no ano seguinte, 1968, o ano da contestação. Os antigos ocupantes do Odéon, que haviam descido a Avignon, queriam impedir o desenvolvimento do festival e haviam conseguido a desistência de todos os grupos de teatro. Béjart assumiu o peso da totalidade das representações diárias e afirmou várias vezes no palco que a dança era contestação e liberação por excelência. Alternando com *A missa*, seu novo espetáculo intitulava-se *Em busca de...* Reunia, com coreografias abstratas, o comentário dançado do poema *A noite obscura* do grande místico espanhol Jean de la Croix, que mostra a fusão da alma em seu Deus, e um ciclo consagrado ao mesmo tema, segundo a mitologia hindu, *Bahkti* ("O adorador").

Até 1973, as preocupações religiosas de Béjart, sua pesquisa de um caminho misterioso marcam profundamente seus balés: Os *vencedores*, 1969, *Actus tragicus*, 1970, *O pássaro de fogo*, 1971, *Nijinsky, palhaço de Deus*, do mesmo ano, são meditações a respeito dos caminhos da espiritualidade. *Stimmung*, 1972, inventa uma liturgia sincrética da Iluminação. *Golestan* e *Farah*, em 1973, descobrem a mística sufista.

O termo "místico" não é empregado num sentido vago: a maioria das religiões se encontram para afirmar que o verdadeiro objetivo da vida humana é realizar uma união pessoal da criatura com seu criador; indicam também uma via que é sensivelmente a mesma: a separação do mundo, a procura no sofrimento e na noite do espírito e, finalmente, a fusão do homem em seu Deus, que é como uma queda sem fim num abismo de felicidade. É isto que Béjart ensina com bastante exatidão, ao citar com frequência em seus balés os textos essenciais que expõem estas doutrinas. Esta parte de sua obra é o que há de mais original; é aí que se encontra também o melhor de sua inspiração propriamente coreográfica.

Na realidade, a preocupação de reencontrar o amor em sua forma mais absoluta, mais eterna, é o fio condutor da arte de Béjart. Pode ser reconhecida mesmo em seus balés que parecem de dança pura: a *Nona sinfonia*, 1964, *Romeu e Julieta*, 1966, os mais completos neste campo, são apelos à fraternidade e à paz entre os homens. Sua obra mais bem-sucedida de teatro total, *A tentação de Santo Antão*, inspirada no texto de Flaubert, apresentada em 1967 no teatro de France, é a história de uma alma que procura a verdade através dos mitos e das aparências.

Béjart parece esboçar, agora, uma evolução para o "divertimento" no sentido pascaliano do termo: desviar-se dos problemas religiosos. Procura na direção do balé abstrato – *Pli selon pli,* 1975 –, que já havia explorado em seu *Webern, opus* 5, de 1966, e em *Martelo sem senhor,* de 1973. As máquinas, montadas com uma imaginação plástica fiel à Renascença barroca, de *i Trionfi di Petrarca,* 1974, e mesmo de *Nosso Fausto,* 1975, com quadros de uma teatralidade excepcional, enfatizam mais o continente do que o conteúdo. Seu *Heliogabale,* inspirado na obra de Antonin Artaud, também busca violentos efeitos de teatro. Seu *Molière imaginário,* de 1976, montagem de uma erudição e de uma habilidade extraordinárias de textos de Molière, em que consegue restituir, melhor do que qualquer estudo erudito da obra, a vida e a personalidade do grande autor de comédias, é o ponto de perfeição que atingiu com suas reflexões e suas experiências sobre o teatro total desde *A rainha verde.*

A vontade de ecumenismo

o impacto de Béjart sobre o público é evidente em todo o mundo – apenas os países anglo-saxões parecem reticentes, talvez em virtude do conteúdo intelectualista de sua obra – e principalmente na França. Béjart conquistou um enorme público para a dança, um público novo, dominado pelos jovens. Público todavia não incondicional, pois uma parte dele, por exemplo, vaiou em 1971 a *Oferenda coreográfica,* contraponto entre a dança acadêmica e a dança moderna, entre o idealismo, cujo excesso era mostrado com escárnio, e o burlesco. Público para o qual Béjart é um mestre intelectual tanto ou mais do que um mestre de dança.

Maurice Béjart acaba de completar as etapas sucessivas de sua revolução: negar o passado, provocar o presente com insolência, integrar, depois, os elementos do passado reconhecidos como válidos à sua nova construção e, finalmente, se projetar para além deste presente, o que é propriamente a ação "prospectiva" ensinada por seu pai. Daí a dinâmica de sua obra. Sua lógica é ir sempre mais longe, recolocando em questão o conjunto de sua obra.

Em 1962, num artigo da *Enciclopédia francesa*, condenava Diaghilev: "Trouxe uma revolução estética, é de uma revolução ética que precisamos". Vimos como o essencial da obra de Béjart é uma busca desvairada e lúcida do que está além da apreensão habitual no homem. Em seu livro, *O outro canto da dança*, 1974, podemos perceber que seus sonhos são quase sempre pontos de partida. Como realizou a unidade de todos os sistemas de dança, Béjart chegou a sincretizar todas as doutrinas. O misticismo cristão, os métodos orientais de meditação, mais recentemente as efusões religiosas de uma escola islâmica unem-se em sua obra como uma incitação à clarividência, ao silêncio interior, onde o homem escuta o deus – o *daimon* dos gregos – que nele jaz. Béjart se antecipou em alguns anos à moda do budismo, do zen, das técnicas orientais de abordagem da espiritualidade. Foi o revelador de uma forma espiritual de "ecologismo", antídoto da "sociedade de produção-consumo" materialista.

O sincretismo também marca a elaboração de sua técnica. Como os modernos, faz com que o gesto coreográfico parta do ato fundamental da respiração, mas esta função corporal corresponde para ele a uma necessidade de aspirar o desconhecido divino. Nesta dinâmica física e espiritual, também intelectual, encontra ritmo e sotaque.

Mas mantém sequências completas de técnica acadêmica, na qual reconhece um valor poético intrínseco, contanto que volte à pureza de sua origem clássica. Ele o afirma na apresentação que fez de seu balé *Nem flores nem coroas,* 1968, destinado a encontrar esta pureza: "A dança acadêmica é a base indispensável de toda pesquisa, por mais livre de preconceitos e ousada que seja, mas uma dança despojada dos artifícios que escondem a pureza, a simplicidade e a inteligência. Suas últimas obras, principalmente *Petruchka* e *Dichterliebe,* 1978, empregam um desdobramento da técnica. Béjart faz com que um bailarino – ou um grupo de bailarinos – exprima-se de acordo com a técnica acadêmica, em contraponto com a técnica moderna de um outro bailarino – ou grupo de bailarinos. A pluralidade do discurso coreográfico traduz, desta forma, oposições psicológicas.

Empregará todo tipo de música, com uma preferência nítida pelos instrumentos de percussão, segundo ele adequados para despertar o ritmo interior. Não o vimos, na *Missa,* marcar ele próprio o ritmo batendo blocos de madeira que trouxera do Japão? Utilizando a música como criadora de um clima que encanta, ou solfejando-a como apoio para os passos, Béjart quer aprofundar a vida interior de seu dançarino e dar-lhe meios para exprimi-la nos mais variados registros.

Sua escola, Mudra, fundada em 1970 para jovens alunos, severamente selecionados quanto às suas possibilidades não somente em dança, ensina todos os estilos, todas as técnicas de palco, inclusive o canto coral e a expressão oral. Chegando ao primor da pedagogia, ele ensina a fazer do gesto a palavra do silêncio.

O estado da dança na França

Roland Petit (nascido em 1924)

Homem múltiplo, desconcertante, Roland Petit. Uma carreira de reviravoltas, movimentos bruscos, altos e baixos. Loucamente apaixonado pela dança e ao mesmo tempo fascinado pelas lantejoulas da moda e pelos brilhos do *music-hall.*

Foi o herói da dança do pós-guerra. Filho favorito da Ópera, onde estudou, abandona-a após a Liberação. Tem, então, vinte anos. Aparece como jovem deus ou jovem lobo romântico, conforme o papel, nas "Noites de dança" de Janine Charrat. Torna-se a coqueluche do mundo chique parisiense. Bom ou ruim? Lá consegue audácia, apoio, mas também distância do grande público pela sofisticação, conforme às normas da estética mundana.

Seu primeiro grande período de produção vai de 1945 a 1955, quando procura a colaboração de libretistas e cenógrafos famosos: *Os forasteiros* (música: Sauguet, cenários: Bérard), 1945, *O rapaz e a Morte* (argumento: Cocteau), 1946, *As donzelas da noite, O ovo à la coque,* e sobretudo *Carmen,* 1949, *O lobo* (música: Dutilleux, cenários: Carzou, argumento: Anouilh), 1953, uma transposição moderna do mito da Bela e a Fera, *O quarto* (música: Auric, cenários: Bernard Buffer, argumento policial: Georges Simenon), 1955, tornam-no o coreógrafo da época. Traz um novo tom, a leveza poética; sai dos assuntos tão desgastados, mas aborda mais os aspectos anedóticos, pitorescos, sensíveis do que os significados profundos. Sua técnica é o neoclassicismo de seu mestre

Lifar, um pouco mais liberado. Não é um renovador. Mas poderia sê-lo no contexto da época?

O público a que se dirige é restrito, insuficiente para sustentar uma companhia importante. Roland Petit quer aumentá-lo tentando uma síntese entre a dança propriamente dita e o *music-hall*, como em *Valentine ou a bicicleta mágica*. Seu público não o acompanha; o outro não comparece. Monta então um espetáculo de *music-hall* em torno de "Zizi" Jeanmaire, sua vedete e mulher.

Volta à dança em 1959 com *As donzelas na lua*, fragmento para *music-hall* onírico e decorativo, e *Cyrano*, um balé de capa e espada que conta com movimentos soberbos, mas que é por demais afetado. Novas dificuldades financeiras. Nova ofensiva em 1962, desta vez dirigida ao grande público, no TNP, onde Jean Vilar sonha com um balé nacional popular (BNP, em analogia com seu TNP). Béjart acabara de mostrar que era possível seguir este caminho. No programa, entre outras coisas, um *Maldoror*, cujo surrealismo é ao mesmo tempo assustador, terno e arbitrário. No ano seguinte, nova tentativa. A massa popular continua não comparecendo.

Em 1965, uma grande chance: a Ópera encomenda-lhe o espetáculo de Natal, um ano após *A danação de Fausto*, de Béjart. Será *Notre-Dame de Paris*. Nesta obra, Roland Petit, amadurecido e inspirado, consegue um equilíbrio entre encenação e coreografia: escolhera os episódios mais característicos e os mais facilmente transponíveis para efeitos de teatro no denso romance de Victor Hugo. Algumas cenas, principalmente a do Pátio dos Milagres, com o fervilhar de indigentes, de coxos ao nível do chão, atingem o grande público; outras, como o *pas de trois* de amor de

Esmeralda, Phoebus e Frollo, satisfazem os amantes da dança pura. É um sucesso. *Notre-Dame* será frequentemente reapresentada.

Roland Petit volta a seu próprio gênero, o "balé ao vento", com *Elogio à loucura,* decorado por Tinguely e Niky de Saint-Phalle, em 1966. É uma revisão das loucuras destes tempos, ora cheia de lantejoulas, ora comovente, por vezes profunda, com frequência superficial. Tenta enriquecer sua obra com as contribuições da dança moderna, mas aproveita os gestos, não as motivações e, de preferência, os mais marcantes e não os mais significativos. *Paraíso perdido,* 1967, é do mesmo tipo.

Brusca reviravolta de estilo em 1968: uma obra forte, meditada, sobre a *Sinfonia Turangalila,* de Messiaen, um jogo complexo de temas, de ritmos, onde, numa linguagem original, são postos em questão a vida, o amor e a morte. Do mesmo ano, *Formas, pas de deux* muito rico em sua abstração, revela um dom ainda inexplorado em Roland Petit.

Alguns anos à frente do Balé da Ópera, alguns anos na direção do Cassino de Paris, Roland Petit volta a ser responsável pelo Balé de Marselha, onde lhe são fornecidos meios para montar um grande grupo. Mas seus novos balés, *Acendam as estrelas,* sobre a vida de Maiakovsky, *A rosa doente, Pink Floyd Balé* não mostram mais do que *As intermitências do coração,* 1974, *A sinfonia fantástica,* 1975, *Nana,* 1976, *Septentrion,* 1977. Esta é a evolução em sua maneira de ser: descobertas coreográficas e cênicas de alta qualidade, com um gosto persistente na procura do efeito gratuito.

Janine Charrat (nascida em 1924)

Janine Charrat ficou célebre aos doze anos por sua interpretação do papel de "um ratinho" no filme *A morte do cisne.*

Com Roland Petit, ela participa do renascimento da dança no pós-guerra. *O jogo de cartas,* que compõe então, dá grandes esperanças a respeito desta jovem coreógrafa. O ano de 1948 reforçaria essa expectativa: *Temas e variações* é um bom exemplo de virtuosismo neoclássico; *A mulher e sua sombra,* a partir do argumento de Paul Claudel, é de uma poesia delicada e profunda; *Adame miroir,* libreto de Jean Genet, é inteligente e tem fôlego. Em 1957, ela apresenta *Diagrama,* uma inteligente composição geométrica, a partir do *Sexto concerto brandemburguês,* de Bach. Mas sua obra-prima continua sendo *Algas*, 1953, que evoca, de forma alucinante, o mundo da loucura.

Janine Charrat renovou, com Roland Petit, os temas do balé tradicional, mas não conseguiu superar sua linguagem.

A descentralização coreográfica

Em 1948-1950, o teatro recebera dos poderes públicos uma ajuda importante, que muito contribuiu para o seu desenvolvimento e para a sua expansão geográfica. Na década de 60, também a música se beneficiou de recursos do Estado, principalmente graças a Marcel Landowsky, então diretor de música e dança do Ministério da Cultura: criação de uma orquestra de prestígio internacional, plano de dez anos para a montagem de uma infraestrutura musical, ajuda direta aos compositores.

No final da mesma década, os mesmos poderes se preocuparam em promover e descentralizar a dança. De início, pensava-se em instalar uma companhia junto às principais casas de cultura. A primeira a ser constituída foi o Ballet-Théâtre contemporain, que iniciou suas atividades no final de 1968 na Casa de Cultura de Amiens. Mais tarde, seria transportado para Angers e absorveria o teatro musical fundado naquela cidade.

Seu fundador, Jean-Albert Cartier, crítico de arte, queria fazer da dança o ponto de síntese das artes contemporâneas. Cada balé deveria ser confiado a uma equipe que comportasse um coreógrafo, um músico e um cenógrafo, escolhidos entre os melhores criadores. O primeiro programa – *Danças concertantes* (coreografia: Félix Blaska, música: Stravinsky, cenografia: Sonia Delaunay), *Salomé* (Lazzini, Miroglio, Claude Viseux), *Desertos* (Descombey, Varèse, grupo de pesquisa de artes visuais) – deixa claras estas ambições.

Mas ainda era preciso considerar as restrições do sistema: primeiramente, o custo financeiro, depois a necessidade de agrupar em uma equipe realmente unida artistas que, com frequência, não se conheciam e, finalmente – e o mais grave –, o risco de cair no estetismo e dar primazia à forma. Retomar a fórmula de Diaghilev modernizando-a era, a menos que se tivesse uma grande clarividência, arriscar-se a cometer novos erros.

Se nem todo o repertório do BTC tem a mesma qualidade, ao menos deve-se a ele um bom número de sucessos incontestáveis, como *Violostries*, de Descombey, *Hymnen*, coreografia coletiva sob a direção do próprio Descombey, *Rags*, de Brian Mac Donald, com cenários "retrô" de Erté, e *Saints and Lovers*, de Sanasardo, a partir de uma partitura de Penderecki numa tapeçaria de Champré.

No seu décimo ano de vida, o BTC transformar-se-á: J.-A. Cartier é encarregado de criar uma nova companhia em Nancy; em Angers, deveria se constituir um centro nacional coreográfico para a formação de jovens dançarinos.

No primeiro programa do BTC, vimos surgir o nome de Lazzini (nascido em 1926).

Diretor do Balé da Ópera de Marselha, após uma carreira itinerante, Joseph Lazzini pareceu, durante alguns anos, de 1963 a 1969, um valor garantido para o balé. Havia imposto ao público marselhês, a princípio hostil, uma *Valsa*, de Ravel, surrealista, um *Orfeu* confuso, mas com trechos geniais e, finalmente, as *Iluminações*, segundo Rimbaud, que lhe valeram a Estrela de Ouro do Festival Internacional de Paris. Seu repertório vai indiferentemente do academismo – *Ode das ruínas* – ao surrealismo profético – *Homenagem a Jieronimus Bosch*. Tem o dom pouco comum de ser um homem de teatro completo, um diretor e um iluminador inspirado, o que pode ser constatado em $E = MC^2$, marcante evocação de um mundo maquinal, em *O filho pródigo*, onde, desde a primeira imagem, envolve o herói na teia de aranha de seus desejos que é a cortina do palco, em *Ecce Homo*, violentamente expressionista. Privado de seu Balé de Marselha em 1969, Lazzini foi convidado a assumir os espetáculos de reabertura do Odéon, no outono do mesmo ano. A responsabilidade era grande demais: três semanas de espetáculos que comportassem uma maioria de obras inéditas, com um grupo a ser constituído num prazo curto demais. Foi um fracasso.

Outra perda para a dança francesa foi a de Michel Descombey (nascido em 1930), que vimos também aparecer no programa inaugural do BTC.

Foi uma surpresa quando foi nomeado mestre de dança do Balé da Ópera em 1963. É verdade que desempenhava bem, no grupo, personagens fortes, é verdade que assumira funções sindicais com uma combatividade inteligente, é verdade que havia composto certos balés apreciados como *Clareira*, onde mostrava um agudo senso coreográfico, sensibilidade e vontade de desviar a dança para novos rumos. Na direção do Balé da Ópera, Descombey manifestou sua vontade de mudança.

Em sua *Sinfonia concertante*, modificou mais o tema coreográfico do que a técnica. *But*, 1963, é a transcrição dançada de uma partida de basquete, entremeada por um esboço amoroso. Apesar de sua linguagem ser bem próxima da ortodoxa, tornou-o suspeito de uma boa parte dos *habitués*. Sua *Sarracenia*, 1964, em que retoma o velho tema do amor e da morte, sob uma forma alegórica, foi violentamente criticada. Uma versão bem livre de *Copélia*, 1966, e finalmente um *Baco e Ariane*, 1968, cuja encenação e frenesi escandalizaram seus inimigos, fizeram com que Descombey, além de tudo alvo das hostilidades dos principais dançarinos, fosse eliminado em 1969. Restava-lhe um último cartucho: a encomenda de uma encenação de Berio na Ópera-Comique; transformou-o num manifesto da dança contemporânea, levando ao extremo os exageros que refreara até então.

Descombey, que a partir de então trabalha principalmente fora da França, teve um papel de animador extremamente importante na Ópera. Foi ele quem chamou Béjart. Foi ele também quem criou para os dançarinos que não se satisfaziam com a acomodação do repertório, o Ballet Studio, 1966; estes têm, assim, a oportunidade de trabalhar na pesquisa coreográfica, à margem de sua atividade oficial.

O segundo grupo criado para a descentralização coreográfica foi o de Félix Blaska, em 1972, na Casa de Cultura de Grenoble, que abandonou em 1974, em virtude de dificuldades financeiras.

Nascido em 1942, primeiro prêmio do Conservatório Nacional, solista de Roland Petit, Blaska compôs, aos vinte e quatro anos, *Octandre,* ainda marcado pela influência e até pelos tiques de seu mestre, mas cujo movimento tinha uma espontaneidade arrebatadora. Sua segunda composição, *Danças concertantes,* foi um sucesso: dinamismo, originalidade e clareza eram suas qualidades, unanimemente louvadas. Dois outros, entre seus balés de menor valor, *Electro Bach* e *Ballet pour tam-tam et percussions,* consagraram-no definitivamente. Seu estilo nestas obras se afirmava essencialmente baseado sobre a técnica acadêmica, mas levando até as últimas consequências as experiências neoclássicas de Roland Petit.

Blaska quer então aprofundar suas fontes de inspiração e se voltar para uma técnica mais próxima da dança moderna; seu *Arcana,* 1973, marca esta vontade, que só se realiza em meio a certa confusão. O encontro com a música de Berio fornece-lhe um novo impulso; *Wasserklavier,* 1974, comprova-o. Sempre preocupado em ir mais longe, porém mais com o instinto do que com a razão crítica, dirige-se para o balé freudiano e encena *O homem dos lobos,* 1976, que comporta momentos de verdadeira intensidade.

Exigente consigo mesmo, insatisfeito, Félix Blaska não para de se questionar, o que garante a sua autenticidade.

O último grupo criado no interior foi o Teatro do Silêncio, cujos fundadores, Jacques Garnier (nascido em 1942) e Brigitte Lefèvre (nascida em 1946), foram revelados por Descombey em seu Ballet-Studio. Sua base é a Casa de Cultura de La Rochelle.

Lefèvre e Garnier abandonaram o Balé da Ópera de Paris para procurar um outro tipo de dança. Rompendo com as tradições francesas de isolamento, foram trabalhar com os modernos americanos. O problema era conciliar sua nova técnica com as formas de pensar cartesianas. *Fiat lux*, 1969, *Eles dizem participar*, 1970, *A noite*, 1971, de Jacques Garnier, *Microcosmos*, 1972, de Brigitte Lefèvre, ilustram bem seu método: os balés são menos o desenvolvimento lógico e contínuo de uma ação do que uma sequência de tensões, separadas por momentos de vazio voluntário. Buscam uma espécie de ritmo interno, escandido como um poema, onde tempos fortes trazem imagens poderosas; nos tempos fracos seguintes, o espectador é convidado a prolongar o eco em si mesmo. Há uma recusa da historieta e até do discurso lógico e uma vontade de despojamento dignas de respeito, mas que exigem muito, tanto dos coreógrafos quanto de seu público. Seus balés de 1977, *Cordão umbilical*, *Retrato*, de Jacques Garnier, e *Instantaneamente*, de Brigitte Lefèvre, mostram-nos mais senhores de sua técnica e em contato mais direto com o público.

Pudemos constatar que não há mestre de escola na França. Béjart, que poderia desempenhar este papel, trabalha fora do país, apesar de este "país estrangeiro" ser próximo; mas nunca tentou ter discípulos; chegou até a recusar várias vezes assumir a direção do Balé da Ópera, justificando sua atitude pela rigidez das estruturas e pelo peso das tradições na instituição, que acredita impedirem a criação.

Frequentemente com formação insuficiente no campo coreográfico, pois saem, em sua maior parte, das escolas tradicionais, e não tendo podido fazer estudos gerais, os jovens coreógrafos trabalharam até hoje isoladamente, fechados em si mesmos, sem se beneficiar das experiências feitas perto deles. Isto acarreta tentativas cegas, erros e, por vezes, fracassos definitivos, cujas causas são a ausência de formação inicial e a falta de recursos materiais.

Parece, todavia, que este período de confusão está prestes a acabar: atualmente, um grande número de grupos testa suas possibilidades, sempre com uma aflitiva falta de recursos, mas com promessas garantidas de talento. Estes jovens se encontram, colaboram, pelo menos através de discussões. Têm tal vitalidade, que se pode esperar que a dança tenha, no final do século, o papel privilegiado de expressão entrevisto por Béjart: "O século XVII, disse ele, foi o século do teatro; o século XIX, o século da ópera; o século XX será o século da dança".

Indicações bibliográficas

Não apresentaremos aqui uma bibliografia exaustiva, destinada a pesquisadores especializados, mas uma lista de obras que podemos recomendar aos leitores que desejem aprofundar seus conhecimentos sobre um ou outro ponto da história da dança.

CAPÍTULO I

Paleolítico

Clark, J.G.D., *La Préhistoire de l'humanité.* Paris, Payot, 1962.

Leroi-Gourhan, A., *Les Religions de la préhistoire.* Paris, PUF, 1971.

Leroi-Gourhan, A., *Préhistoire de l'art occidental.* Paris, Mazenod, 1965. (Contém belas reproduções de figuras parietais.)

Neolítico – Idades do bronze e do ferro

Baillaud, G., "Le Néolithique", *in La Préhistoire.* Obra coletiva. Paris, PUF, 1966.

Faure, P., *La Vie quotidienne en Crète au temps de Minos.* Paris, Hachette, 1973.

Faure, P., *La Vie quotidienne en Grèce au temps de la guerre de Troie.* Paris, Hachette, 1975.

CAPÍTULO II

Daremberg e Saglio, *Dictionnaire des antiquités grecques et romaines.* Paris, Hachette, s.d. (Obra fundamental, sempre atual, apesar de ser bem antiga.)

Grécia

Emmanuel, M., *De saltationis disciplina...* Paris, Hachette, 1895.

Emmanuel, M., *La danse grecque d'après les monuments figurés...* Paris, Hachette, 1896.

Jeanmaire, H., *Dionysos.* Paris, Payot, 1970. (Para um mergulho em profundidade na mentalidade grega.)

Séchan, L., *La Danse grecque antique.* Paris, De Boccard, 1930. (Como M. Emmanuel, L. Séchan se baseia numa teoria que foi abandonada, segundo a qual a técnica clássica e até a acadêmica remontariam aos gregos. Utilizam também a *cronofotografia,* procedimento também abandonado, que consiste em escolher, em diversos vasos diferentes, movimentos apresentados como um encadeamento. Obras todavia úteis como documentos.)

Etrúria e Roma

Heurgon, J., *La Vie quotidienne chez les Étrusques.* Paris, Hachette, 1961.

Pallotino, M., *La Civilisation étrusque.* Paris, Payot, 1949.

Pallotino, M., *La Peinture étrusque.* Genebra, Skira, 1952. (Reproduções luxuosas das danças representadas nos túmulos.)

CAPÍTULO III

Chailley, J., "La danse religieuse au Moyen Age", *in Actes du 4*[e] Congrès international de philosophie médiévale. Universidade de Montreal, Paris, Vrin, 1967. (O melhor resumo do momento sobre a dança religiosa na Idade Média.)

CAPÍTULO IV

Bridgman, N., *La Vie musicale au Quattrocento.* Paris, Gallimard, 1966.

Kinkeldey, O., *A jewish dancing master: Guglielmo Ebreo.* Brooklyn, Dance Horizons, 1966.

Danças de corte

L'Art et Instruction de bien dancer... Michel Toulouze, Paris (entre 1496 e 1501). Reeditada em fac-símile, Londres, 1936.

Arbeau, Th., *Orchésographie.* Langres, Jehan des Prezs, 1596. Reeditada em fac-símile por Minkoff, Genebra, 1972. (Com descrições e partituras de danças.)

CAPÍTULO V

Balés de corte

Christout, M.F., *Le Ballet de cour de Louis XIV.* Paris, A. et L. Picard, 1967.

MacGowan, M., *L'Art du ballet de cour en France, 1581-1643.* Paris, CNRS, 1963. (Obra fundamental.)

Ménestrier, P., *Les Ballets anciens et modernes...* Paris, René Guignard, 1652. Reeditada em fac-símile por Minkoff, 1971.

Prunières, H., *Le Ballet de cour avant Lully.* Paris, Laurens, 1914.

Tiersot, J., *La Musique dans la comédie de Molière.* Paris, La Renaissance du livre, 1922.

CAPÍTULO VI

Guest, I., *Le Ballet de l'Opéra de Paris.* Paris, Ópera de Paris/ Flammarion, 1977. (Cobre a história do Balé da Ópera até nossos dias.)

Noverre, J.-G., *Lettres...* primeira edição, Lyon, Delaroche, 1760; edições ampliadas: São Petersburgo, 1804, Paris, 1807; reedição Lieutier, 1952.

CAPÍTULO VII

Binney, E. (3rd), *Les Ballets de Théophile Gautier.* Paris, Nizet, 1965.

Lifar, S., *Histoire du ballet russe.* Paris, Nagel, 1950.

CAPÍTULO VIII

Balanchine, G., *Histoire de mes ballets.* Paris, Fayard, 1954.
Kochno, B., *Diaghilev.* Paris, Fayard, 1973. (Uma luxuosa coletânea iconográfica.)

CAPÍTULO IX

Obras gerais

Baril, J., *La Danse moderne.* Paris, Vigot, 1977.
Garaudy, R., *Danser sa vie.* Paris, Le Seuil, 1974.

Obras específicas

Duncan, I., *Ma vie.* Paris, Gallimard, 1928 (Trad. fr. Jean Allary.)
Fuller, L., *Quinze Ans de ma vie.* Paris, Juven, 1908.
Giraudet, A., *Physionomie et Gestes. Méthode pratique d'après le système de François Delsarte.* Paris, Librairies-Imprimeries réunies, 1895.
Humphrey, D., *The Art of making dances.* Nova York, Grove Press, 1959.
Rothschild, B. de, La *Danse artistique aux États-Unis. Tendances modernes.* Paris, Elzévir, 1949.
Saint-Denis, R., *My unfinished life.* Nova York, Harper, 1939.
Shawn, T., *Dance we must.* Pittsfiel, The Eagle Print, 1938.
Shawn, T., *Dance: a basic educational technic.* Obra coletiva, Nova York, MacMillan Company, 1941.
Shawn, T., *Every little movement.* Pittsfield, 1954; reedição Dance Horizons, 1963.

CAPÍTULO X

Jaques-Dalcroze, E., *Le Rythme, la Musique et l'Éducation.* Lausanne, Jobin, 1920.
Laban, R. von, *Die Welt des Tänzers.* Stuttgart, Seifert, 1922.
Laban, R. von, *The Mastery of movement on stage.* Londres, MacDonald & Evans, 1960.

Laban, R. von, *Principies of dance and Movement Notation.* Londres, MacDonald & Evans, 1956.

Wigman, M., *Die Spräche des Tänzes.* Battenberg verl., 1963; tradução inglesa, *The Language of dance.* Londres, MacDonald & Evans, 1966.

CAPÍTULO XI

Béjart, M., "Arts et littérature", *in Encyclopédie française.* Paris, Société nouvelle de l'Encyclopédie française, 1962, atualização dos tomos XVI-XVII, pp. 28-29, artigo sobre a dança.

Béjart, M., *L'Autre Chant de la danse.* Paris, Flammarion, 1974.

PARA O CONJUNTO DA HISTÓRIA DA DANÇA

Baril, J., *Dictionnaire de la danse.* Paris, Le Seuil, 1964.